KB068081

우리의 인생 여정의 중간에서,
나는 캄캄한 숲에 부닥쳤네.
올바른 길을 잃고서.

단테의 천국 여행기

1판 1쇄 발행 2015년 7월 20일

원 작 | 단테《신곡》
그 림 | 구스타프 도레
편저자 | 최승
펴낸이 | 최윤하
펴낸곳 | 정민미디어
주 소 | (151-834) 서울시 관악구 행운동 1666-45, F
전 화 | 02-888-0991
팩 스 | 02-871-0995
이메일 | pceo@daum.net
편 집 | 정광희
디자인 | 서진원

ⓒ 정민미디어

ISBN 979-11-86276-15-0 (03800)

DANTE
LA DIVINA
COMMEDIA

단테의 천국 여행기

구스타프 도레 그림 | 최승 편저

정민
미디어

책을 펴내며

　인류의 가장 큰 소망은 평화와 행복이라고 생각합니다. 그 참다운 소망을 위하여 '마음의 양식'이 될 세계 문학의 최고봉인 단테의 《신곡》을 국내는 물론 세계 최초의 소설로 발간합니다.

　이 책은 신학, 철학, 신화, 우주관, 인간학, 자연학, 심리학, 신비설 등을 바탕으로 주석의 도움 없이도 읽을 수 있도록 오늘의 언어로 누구나 쉽게 정독할 수 있게 풀어 썼습니다. 인류의 본향本鄕을 배경으로 모든 구성에 있어서 치밀하고 완벽하게 표현함이 참으로 놀랍지 않을 수가 없습니다. 누가 감히 《신곡》을 소설로 읽으리라 상상이나 했겠습니까?

　단테의 《신곡》은 윤리의 필요성, 선과 악의 개념, 신앙, 사랑, 인간 공동체의 연대, 영원한 생명과 기쁨, 독창성 등이 완벽하여 이탈리아어의 기초로까지 이어진 작품입니다.

　저 또한 원저原著의 명성에 이끌려 읽어보려고 수차례 시도했었지만 제대로 이해하며 읽지 못하다가 우연히 소설화된 원고를 접하게 되었습니다. 순수한 독자의 입장에서 읽어내려 가다가 그 어떤 행위의 표현보다 작품의 위대함에 감사와 공경의 마음이 솟구쳐 발간을 결심하게 되었습니다.

인간은 만물의 영장이라는 자부심으로 교만하게 살아오다가 이 글을 읽으면서 의식하지 못하고 있던 죄를 구별할 수 있었고, 그 결과 불완전한 피조물임을 깨달아 영원한 생명의 구원을 위하여 종교적 신앙을 체험하기까지……《신곡》은 저를 이끈 위대한 문학이었습니다.

위대한 책은 위대한 생각과 문화를 잉태하듯이 단테의 《신곡》이야말로 인류 문명사와 역사, 종교에 큰 영향을 끼쳤다고 생각합니다. 단테의 《신곡》은 모든 학문이 집결된 만큼 일반인들이 읽기에 쉽지 않은 내용인데, 이해하기 쉽게 소설화되어 주저함 없이 발간을 결정했던 것입니다.

이 책의 발간을 결정하고 나서 어려움에 부딪친 것은 '동양 문화권에 젖은 우리 문화의 배경으로 단테의 《신곡》을 제대로 이해할 수 있는가'와 이러한 문화적 배경임에도 불구하고 '편집 과정을 무사히 끝낼 수 있을까' 하는 것이었습니다. 그러나 그것은 기우에 불과했습니다. 오랜 시간 동안 해박한 지식과 철저한 검증을 통해서 개작 원고를 다시 원본과 대조해 가며 독자의 이해력에 초점을 맞춰 저술했기에, 작품 세계에 빠져 들어가다 보니 별 어려움 없이 빠르고 쉽게 편집 과정이 진척되었습니다. 이 자리를 빌려 최선의 노력을 다해주신 최승님께 다시금 깊은 감사를 드립니다.

현대사회를 살아감에 있어 가치관의 혼란과 미래의 불확실성을 겪으

며 인간의 가치를 잊고 사는 우리에게 어느 것이 참다운 길인가를 제시
해 주는 사랑의 메시지가 될 것을 믿어 의심치 않습니다.

    끝으로 이 책을 선택해 주신 독자 여러분께도 머리 숙여 감사를 드립
니다.

펴낸이

천국 여행기天國 旅行記

　지옥이 어둠과 증오, 영원한 저주의 세계라면 천국은 빛과 춤, 노래와 환희 그리고 완전한 덕이 있는 세계라고 할 수 있다. 여기에 있는 영혼들의 본거지는 지고천至高天이다. 그러나 단테가 베아트리체의 안내를 받아 천국에 도착하자 영혼들은 축복의 여러 계층을 보여주기 위해서 각각의 적합한 지역으로 그를 데리고 간다. 거기서 단테는 천국의 여러 하늘에서 축복받은 영혼들을 보게 되고 그들의 의지가 곧 하느님의 의지이며, 그렇기 때문에 하느님께서 만들어 놓으신 질서 안에서 그들이 완전한 행복을 누리게 됨을 깨닫게 된다.

　단테는 중세의 천문학자인 프톨레마이오스의 우주관에 의거하여 천계天界는 지구를 중심으로 열개의 천체天體를 포함한 것이라고 생각했다. 그렇기 때문에 월광천月光天, 수성천水星天, 토성천土星天, 항성천恒星天, 원동천原動天이 있고, 그 바깥쪽으로 지고천至高天이 있어 하느님의 특별한 자리를 형성하도록 천국의 구조를 설정했다.

한편 하늘에는 천사들이 아래로부터 위로 품급에 따라 좌정하고 있다.

상급 3대 : 치품천사熾品天使, 지품천사智品天使, 좌품천사座品天使.

중급 3대 : 주품천사主品天使, 역품천사力品天使, 능품천사能品天使.

하급 3대 : 권품천사權品天使, 대천사大天使, 천사天使 등이다.

제1천 월광천 : 하느님께 행한 서원을 이루지 못한 영혼들이 반사된 영상처럼 나타나 있다. 그들은 불안전성을 가진 영혼들로서 하나의 하늘에서만 존재한다.

제2천 수성천 : 자신의 명성을 위해 선을 행했던 영혼들이 환희에 가득 차 노래 부르고 춤추는 빛살들처럼 작은 형태로 나타난다.

제3천 금성천 : 인간적인 사랑에 불탔던 영혼들이 축복받고 있다. 여기서부터 영혼들이 조금 빠른 속도로 움직이면서 서서히 찬란한 빛을 발하기 시작한다.

제4천 태양천 : 지혜로운 영혼들이 단테와 베아트리체 주위에 두 겹을 이루고서 노래하고 춤을 춘다.

제5천 화성천 : 신앙을 위해 싸운 영혼들이 거대한 십자가를 이루고 있다. 그 안에 예수 그리스도께서 잠시 나타나셨다가 사라진다.

제6천 목성천 : 지상에서 정의를 행했던 영혼들이 노래를 부르며 정의와 제국의 상징인 독수리를 이루고 있다.

제7천 토성천 : 묵상생활을 한 영혼들이 금 층계를 오르내리고 있는데 끝이 보이지 않을 정도로 높다.

제8천 항성천 : 승리에 빛나는 영혼들이 있다. 거기에서 단테는 그리스도의 사도들로부터 신信, 망望, 애愛에 관한 시험을 받게 된다. 그리고 예수님의 승리가 승천하는 것도 보게 된다. 즉, 교황의 죄가 규탄 받게 되고 하늘 세계의 모든 희망이 성취된다. 뿐만 아니라 기도는 찬미 속에 사라지고, 지상의 탄식은 기쁨으로 바뀌며, 온 세계는 하느님의 사랑 안에서 더욱 충만하게 된다. 그리고 빛은 타오르는 불꽃이 되어 영원히 빛난다.

제9천 원동천 : 단테는 이곳에서 하느님을 상징하는 한 점을 보게 된다. 이 점에는 하늘과 자연 그리고 하늘을 움직이는 천사들의 아홉 합창대가 하느님의 의지에 따라 돌고 있다.

제10천 지고천 : 아홉 군데 천계天界가 통일되는 곳으로써, 축복받은 자들의 진정한 보금자리이다. 여기에서 단테는 하얀 장미꽃을 이루고 있는 그들의 모습을 보며 삼위일체의 신비를 깨닫게 된다. 또한 태양과 모든 별들을 움직이는 사랑의 본질이신 하느님을 우러러보게 된다. 결국 완전한 평화를 발견한다. 여기에서 우리는 중요한 한 가지 주제, 즉 하느님의 의지를 완전히 터득하면 평화를 얻을 수 있다는 진리를 깨달을 수 있다.

《지옥 여행기地獄 旅行記》가 하나의 조각품을 연상케 했다면《연옥 여행기煉獄 旅行記》는 회화를 감상하는 듯한 착각을 불러일으킨다. 그리고《천국 여행기天國 旅行記》에서는 완성된 음악을 듣고 있는 듯한 환희에 빠져들게 한다. 따라서 이 모두를 하나의 통일체로 볼 때 그것은 조화롭게 잘 짜여진 균형 잡힌 건축물에 비유할 수 있을 것이다.

DANTE
LA DIVINA
COMMEDIA

Contents

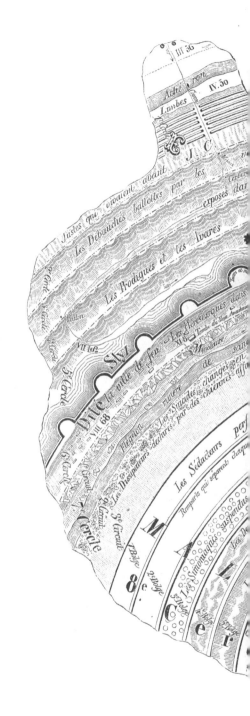

DANTE
LA DIVINA
COMMEDIA

육에서 나온 것은 육이요, 영혼에서 나온 것은 영이다.
어떻게 사는 삶이 가장 올바른 삶인가, 인간은 죽어서 어디로 가며
또 무엇을 버리고 무엇을 가지고 가야 하는가.

DANTE LA DIVINA COMMEDIA 01
천국의 신비

천상의 아름다움을 그 무엇에 비할 수 있겠는가! 성부와 성자와 성령의 은총이 충만한 이곳의 아름다움······ 성 삼위일체聖 三位一體의 영광이 온 만물에 가득 넘쳐흐르는 천상의 아름다움을 감히 그 누가 말할 자격이나 있을까?

단테 역시 마찬가지였다. 세상의 모든 사물을 주관하시며 무無로부터 유有를 창조하신 하느님! 지고하시며 높으신 그분의 영광이 지금 온 누리를 밝게 비추며 온갖 만물에 넘쳐흐르고 있었다.

단테는 그 영광의 빛이 넘쳐흐르는 천상에 와 있었다. 망각의 동물인 인간에겐 시간이 지나면 모든 기억들이 희미해지는 것은 당연한 일이었다. 그러나 단테는 결코 이곳의 아름다움을 영원히 잊지 못할 것이다.

이 황홀한 체험을 오직 자신의 것으로만 간직하려 하지는 않으리라.

비록 부족할지라도 보다 많은 사람들에게 자신이 보고 느낀 이곳의 거룩함과 성스러움을 전하며 그들에게도 천국을 체험하게 하리라.

15

단테는 아름답기 그지없는 천국에서의 일들을 시詩로 읊어 노래하고 있었다.

"오, 아폴론이여! 선하고 지혜로운 올림푸스 시의 신이여! 당신을 사랑하는 저로 하여금 이곳 천국을 시로 읊을 수 있는 능력을 베푸소서. 값진 시의 월계관을 쓸 수 있도록 허락하시어 진정 가슴속 깊이 천국을 이해하고 올바르게 노래할 수 있도록 당신의 지혜를 빌려주소서."

단테가 천국의 입성入城에 앞서 아폴론을 찾은 데는 그 이유가 있었다. 파르나소스에는 두 개의 산봉우리가 있는데 그중 하나는 시의 여신 뮤즈가 살고 있는 엘리코였고 또 다른 하나 역시 시의 신神 아폴론이 살고 있는 키라였다. 단테가 지옥과 연옥을 순례할 때는 뮤즈의 도움만으로 시적 영감을 얻을 수 있었으나 이제부터는 아폴론에게서 도움을 청해야만 했다.

단테는 계속 아폴론을 찬양했다.

"아폴론, 언젠가 반인반양半人半羊 마르시아가 교만하여 당신을 공격했을 때 당신은 분노하여 그를 산 채로 가죽까지 벗겨 버렸소. 그러한 뜨거운 정열을 저의 시적 감각에 불어넣어 주소서. 당신의 신묘한 힘으로 제 가슴속에 새겨져 있는 천국의 그림을 진실 되게 그려낼 수 있다면 그것은 당신의 영광이요, 또한 저의 영광이 될 것이옵니다. 만약 그렇게만 된다면, 당신은 당신이 그토록 사랑하는 월계수 아래에서 그 상으로써 제게 월계수 잎으로 만든 왕관을 씌워 주실 것입니다."

월계수는 원래 아폴론의 나무였다. 물의 신 페네이오스에게는 다프네라는 예쁜 딸이 있었다. 아폴론이 다프네를 끔찍하게 사랑했지만 그녀는 아폴론을 질색할 정도로 싫어했다.

어느 날 길에서 다프네와 마주친 아폴론이 그녀를 뒤쫓아갔다. 아폴론에게 거의 잡힐 위기 때 다프네는 간절한 기도를 통해 월계수로 변해버렸다. 아폴론이 가슴을 치며 후회했지만 이미 그녀는 나무가 되어버렸다. 하지만 그의 그녀에 대한 사랑은 변함이 없었다. 이후 아폴론은 월계수를 자신의 상징으로 정하고 애지중지 아꼈다.

"아, 모든 시의 아버지! 오늘날 인간들의 어리석음으로 인하여 시인다운 시인이 부족함을 용서하소서. 당신의 사랑스런 월계수 잎으로 만든 월계관을 앞으로 많은 시인들이 머리에 쓰게 되길 간절히 바라나이다. 작은 불꽃 뒤에 큰 불꽃이 일어나듯, 저 단테 이후 더욱 훌륭한 시인이 탄생되어 그의 기도가 당신의 봉우리 파르나소스에 울려 퍼지길 기원하겠나이다."

온 세상을 환히 밝혀주는 태양. 그 태양이 지평선과 황도, 적도 그리고 낮과 밤의 평분선이 서로 어우러져 세 개의 십자가 모양을 이루는 지점에서 찬란히 빛나고 있었다.

높이 솟은 태양은 백양궁에 머물러 오늘이 바로 춘분임을 알려주고 있었다. 백양궁은 상서로운 별자리이다. 천지 창조의 날과 성령에 의한 예수님 잉태 소식이 마리아님에게 알려진 날도 바로 백양궁에 태양이 머물러 있던 춘분 때였다.

춘분은 모든 만물이 생동하는 시기로 빛과 공기가 부드러워지고 꽃들도 앞다투어 피어난다. 더구나 지금은 하늘의 삼덕三德인 세 십자가와 지상의 사덕四德인 지평선, 황도, 적도, 평분선이 서로 연결되는 지점에서 태양이 치솟았으니 어찌 상서祥瑞로운 일이 일어나지 않겠는가!

그렇기에 연옥의 산이 솟은 남반구에는 낮이 시작되었고 예루살렘이 있는 북반구에는 밤이 다가오고 있었다. 그리고 이곳 지상낙원에는 바야흐로 정오가 다가오고 있었다.

베아트리체는 똑바로 서서 태양을 뚫어지게 바라보고 있었다. 아마 독수리의 날카로운 눈이라도 그처럼 냉철하고 차갑지는 않았을 것이다. 단테는 그런 그녀의 모습에서 나그네가 낯선 객지에 있다가 집으로 돌아가고 싶어 하는 것을 연상할 수 있었다.

그녀의 모습은 단테의 눈을 통하여 머릿속 가득 자리 잡았다. 단테는 경외감에 젖어 자신도 모르는 사이에 그녀와 똑같은 행동을 취했다. 그도 그녀와 같이 태양을 정면으로 바라보았다. 만약 지상이었다면 당장 눈이 멀었으리라. 그러나 이곳은 인류를 위해 하느님께서 만들어 놓으신 에덴의 땅이기에 그것이 가능했다.

단테가 태양을 바라본 것은 그리 긴 시간이 아니었다. 불가마에서 시뻘겋게 끓던 무쇠가 이제 막 밖으로 쏟아져 나온 것처럼 이글거리는 태양의 주위에서 불꽃이 튀는 것이 보였다. 이때 갑자기 한낮의 빛이 강렬해지는 느낌을 받았다. 마치 전능하신 신이 또 하나의 태양을 만들어 놓은 것 같은 느낌이었다. 빛과 함께 어디선가 신비스러운 소리도 흘러나오고 있었다.

단테는 태양으로부터 거둬들인 시선을 베아트리체에게로 향했다. 그녀는 지구 주위를 맴돌고 있는 모든 천체를 응시하는 듯했다. 그녀를 바라보고 있는 단테 마음은 글라우코스와 같았다.

글라우코스는 보이오티아에 사는 어부였다. 어느 날 그가 물고기를 잡아 풀밭에 두었는데 신기하게도 물고기들이 그곳의 풀을 뜯어먹는 것이었다. 풀을 뜯어먹고 기운을 차린 물고기들은 몸을 뒤틀어 다시 바닷속으로 뛰어들어 가는 것이었다.

글라우코스는 의아하게 여기고 자신도 그 풀밭의 풀을 뜯어먹어 보았다. 그러자 가슴속으로부터 바다에 대한 그리움이 솟구쳐 충동을 못 이긴 그는 바다로 뛰어들었고 결국 바다의 신이 되었다.

바다에 대한 그리움이 절절했던 글라우코스의 마음처럼 지금 단테도 영원한 동경의 시선으로 베아트리체를 바라본 것이다.

일찍이 토마스 아퀴나스는 사람의 초능력은 말로써 설명될 수 없는 것이라고 했다. 그것은 오직 하느님의 은총에 의해서만 가능하다는 것이다. 글라우코스의 예에서 토마스 아퀴나스의 말을 입증할 수 있었다.

"오, 하늘을 다스리시는 분! 당신의 은총으로 저는 이곳까지 올 수 있었나이다. 저의 영혼을 무사히 인도해 주신 은총에 감사드리나이다. 당신의 섭리에 의해 끊임없이 움직이는 이 우주를 저는 똑똑히 보았나이다. 당신께서 조율해 놓으신 이 우주의 신비를…… 태양은 온통 불꽃으로 활활 타오르고 아름다운 호수의 물도 충만하게 넘쳐흐르고 있나이다. 노아의 홍수 때도 저렇듯 호수가 넘쳐흐르지는 못했을 것이옵니다."

천상에서 울려 나오는 소리의 신비함과 위대한 빛들은 그 근원을 알고 싶어 하는 단테의 열망에 불을 붙였다. 이처럼 강렬한 소망을 품게 된 적은 지금까지 한 번도 없었다.

베아트리체는 단테를 향해 고개를 돌리더니 부드럽게 미소 지었다. 아마도 마음속을 훤히 꿰뚫어보는 듯했다. 그녀는 걷잡을 수 없이 격동하고 있는 단테의 마음을 진정시키기 위해서 그가 질문하기도 전에 먼저 입을 열었다.

"당신은 당신의 잘못된 상상력으로 자기 자신을 가두려 하고 있어요. 그런 공상만 떨쳐버린다면 예전처럼 잘 볼 수 있을 텐데…… 당신은 스스로 자신의 눈을 가리고 있는 꼴이에요. 지금 이곳은 지상의 피렌체가 아니라 당신의 원래 고향이었던 천국입니다. 그리고 지금 들려오는 저 소리와 강렬한 빛은 당신의 본향本鄕으로의 귀향歸鄕을 반기는 하늘의 은총 때문이고요."

단테는 그녀의 말에 비로소 의문을 떨쳐버릴 수 있었다. 그러나 곧 새로운 의문을 품지 않을 수 없었다.

"베아트리체, 조금 전의 경이로운 현상에 대한 의문은 풀렸으나 또 다른 의문이 생겼소."

"말씀해 보세요. 무엇이든 대답해 드리겠어요."

단테는 머뭇머뭇 어렵사리 입을 열었다.

"이제 천국을 순례하려면 천상으로 올라가야만 하는데 저 가벼운 공기와 불꽃 위를 과연 내가 올라갈 수 있겠소? 나는 무게가 있는 살아 있는 육신을 갖고 있으니……. 아리스토텔레스는 자신의 학문에서 공기는 무게를 잴 수 없을 만큼 가벼운 것이라고 했소. 아마 불꽃도 마찬가지일 거요. 그런데 어떻게 저 위로 올라갈 수 있단 말이오?"

그의 이러한 물음에 베아트리체는 연민의 한숨을 내쉬었다. 그러고는 사랑하는 자식을 굽어보는 어머니의 인자한 눈빛으로 말했다.

"모든 사물은 하느님께서 정하신 질서에 따라 움직이고 있습니다. 형체야 어떻든 그 질서는 하느님을 닮아가게 되는 것이지요. 천사와 인간들 또한 하느님이 빚으신 창조물이기에 그와 마찬가지입니다. 모습도 하느님을 닮았을 뿐만 아니라 하느님이 베푸신 이성과 사랑을 지니고 있지요. 사물들 간의 질서, 즉 규범을 통해서 창조주의 전능하심을 알 수 있는 것입니다. 이렇듯 이 우주는 일정한 질서 안에서 멀고 가까움에 관계없이 각각 그 몫의 본성에 따라 그들의 근원인 하느님께로 기울게 됩니다. 성 토마스 아퀴나스님의 말씀대로 우주의 모든 사물들이 하느님의 의지에서 비롯된 것인 만큼 그것들은 정한 질서에 따라 선善을 향해 나아가고 있고 단지 모습만 서로 다를 뿐이지요."

"그렇다면 나도 지금 선을 향해 나아가고 있단 말이오?"

베아트리체는 잠시 생각에 잠기더니 질문에 대답했다.

"식물이나 무생물조차도 선을 향해 나아가고 있지만 그것들은 모두 지각知覺이 없는 존재에 불과해요. 인간을 제외한 모든 만물이 그렇듯 본능에 따라 움직이게 됩니다. 이성理性이 없는 하등동물의 원동력도 본능에 의한 것이지요. 지성이 없는 피조물뿐만 아니라 지성과 사랑을 갖추고 있는 인간에게도 이러한 본능은 가끔씩 억제할 수 없는 충동으로 존재하지요. 태양에서 뿜어져 나온 불꽃이 달 쪽을 향하고 있는 것도 다 본능 때문이랍니다. 하지만 선한 영혼을 가진 자라면 누구나 선을 향해 올라갈 수 있는 능력을 지니고 있는 셈이지요."

그러나 그녀의 친절한 답변에도 불구하고 단테는 아직까지 완전히 이해할 수 없었다. 단테는 앞으로 펼쳐질 천국 순례가 몹시도 궁금해졌다. 그래서 베아트리체에게 천국의 구조에 대해 물어보기로 했다.

"베아트리체, 천국 또한 지옥이나 연옥처럼 행적에 따라 구획區劃이 나뉘어 있소? 만약 그렇다면 몇 개나 되오?"

"천국의 구조는 지구를 중심으로 여러 불꽃이 그 둘레를 감싸고 있습니다. 전체 10천天으로 이루어져 있죠. 그 맨 안쪽이 제1천으로 월광천이라고 부르지요. 제2천 수성천, 제3천 금성천, 제4천 태양천, 제5천 화성천, 제6천 목성천, 제7천 토성천, 제8천 항성천, 제9천 원동천이며 제10천이 바로 지고천至高天이지요. 그리고 제6천과 제7천 사이에는 야곱의 사다리가 놓여 있답니다."

단테는 인간의 한계에 머물러 있었으므로 그 엄청난 규모에 입을 다물지 못했다. 광대한 그 우주에 질서와 조화를 부여하신 하느님의 섭리는 가히 놀라운 것이었다.

베아트리체는 계속 말을 이었다.

"제9천 원동천은 맨 끝에서 가장 빠르게 돌고 있는 이유는 하늘을 안으로 감싸고 있는 제10천에서 힘을 받고 있기 때문이지요."

"그렇다면 맨 마지막의 지고천은 어떤 곳이오?"

단테는 이미 천국에 입성하여 순례를 하고 있는 사람처럼 이야기에 몰입되어 있었다.

"제10천 지고천은 언제나 고요하고 정숙한 곳입니다. 공간을 초월하여 오직 영원한 빛과 사랑 속에 하느님의 옥좌가 마련되어 있는 곳이지요. 이제 기쁨으로 충만한 운명의 과녁을 향하여 방금 시위를 떠난 화살과도 같은 힘이 우리를 복된 그곳으로 싣고 갈 것입니다."

"과연 내가 그곳까지 갈 수 있을 것이라 생각하오?"

"예술가가 한 작품을 만들 때 그 완성품이 자기가 의도했던 것과 동떨어진 것이라면 그것은 분명 작가가 재료를 충분히 파악하지 못했다는 증거일 것입니다. 그처럼 사람도 본래는 선하게 창조되었지만 때로는 그 참뜻과 다르게 일시적 충동으로 인해 엉뚱한 곳으로 빗나가는 경우가 있지요. 최고의 선이신 하느님께 향하는 자연적 욕구가 충동과 분별 없는 쾌락으로 인하여 삐뚤게 나아가는 것입니다. 단테, 이제 하늘로 올라가는 일에 대해 더 이상 의혹을 갖지 마세요. 그것은 높은 산 계곡에 있던 물이 낮은 강으로 흘러 들어가는 이치와 다를 바 없습니다. 그건 당신의 죄가 이미 깨끗하게 씻기어졌다는 증거이지요. 그런데도 아직 마음이 저 아래 지상 세계에 남아 있다면 오히려 그것은 자연의 섭리에 어긋나는 것이나 다름없습니다."

말을 마치고 난 그녀는 얼굴을 들어 시선을 하늘로 보냈다. 베아트리체의 그 모습이란 이 세상 어느 화가도 그려낼 수 없을 만큼 아름다웠다.

월광천 月光天

'천국을 알고자 하는 이들이여! 천국을 향해 귀 기울이고 있는 수많은 이들이여! 그대들은 얄팍한 지식의 쪽배에 타고 있음을 알고 있는가? 과연 그대들의 쪽배가 신나게 노래 부르며 노 젓는 나 단테의 큰 배를 따라 올 수 있을는지……. 아직 때가 늦지 않았으니 곰곰이 잘 생각해보고 판단하기 바란다. 공연히 섣부른 자만심으로 바다 한가운데까지 따라왔다가 길 잃고 헤매지 말기를…….'

지금 단테가 천국의 노래를 부르고 있으나 그것을 완전히 이해하는 사람은 아마 드물 것이다.

될 수 있다면 저들이 안식처로 되돌아가기를 단테는 바랄 뿐이었다. 왜냐하면 그가 지금 가고자 하는 바다는 그 누구도 가보지 못한 신비한 바다였기 때문이다. 단테의 배는 예지의 신 미네르바가 돛이 되고, 빛과 노래의 신 아폴론이 귀가 되어 인도하며, 예술의 아홉 여신들이 나침반이 되어 보호해 주고 있었다.

'만약 현세에 살면서 유한한 지식만으로는 만족해하지 못하는 사람이 있다면, 영원한 천상의 신비에 목말라하는 사람이 있다면 그대들은 나 단테의 뱃길을 뒤따라와도 좋다. 나는 이아손이 사람들을 놀라게 한 것 이상으로 나를 따르는 그대들을 놀라움과 흥분으로 가득 차게 만들어 주리라.'

이아손은 아르고나 우타이의 지도자였다. 우연히 콜키스를 항해하던 그리스의 용사들이 그곳에 머물렀을 때 이아손은 그들을 깜짝 놀라게 한 적이 있었다. 그가 콧구멍에서 시뻘건 불을 내뿜는 황소 두 마리로 하여금 밭을 갈게 한 후 그곳에다 죽은 용의 이빨을 심어 사람들을 만들어냈기 때문이었다.

사람은 누구나 태어날 때부터 천국에 대한 갈망을 품게 된다. 바로 그러한 갈망 때문에 사람들은 하늘을 우러러보게 되었으며 그 갈망의 움직임만큼이나 빠르게 이들을 이곳까지 인도했다.

베아트리체는 하늘을 바라보고 있었다. 단테는 그런 그녀의 모습을 넋이 나간 듯 바라보고 있었다. 베아트리체의 모습을 보고 있노라면 누구라도 신비한 황홀감에 젖어들 것 같았다.

단테의 시선을 단단히 고정시킨 그녀는 스승 베르길리우스가 그랬던 것처럼 이미 그의 속마음을 꿰뚫어보는 것 같았다. 그녀는 미소 가득한 얼굴로 입을 열었다.

"주님께 감사드리세요. 그분께서는 우리를 첫 번째의 별 월광천月光天으로 인도해 주셨습니다."

단테가 주위를 둘러보니 과연 그녀가 말한 대로 어느덧 첫 번째 여행지에 와 있었다. 월광천은 태양빛을 받아 금강석처럼 빛을 발하고 있는 곳이었다. 주위로 솜사탕 같은 구름이 내려와 베아트리체와 그를 감쌌다. 바다가 갈라지지 않고서도 제 몸속 깊숙이 빛을 받아들이듯 이 영원한 달 역시 이들을 자신의 몸 안으로 받아들여 주는 것처럼 느껴졌다.

사실 한 물체가 다른 한 물체와 서로 결합된다는 것은 생각할 수 없는 것이다. 두 개의 물체가 동시에 동일한 공간을 차지할 수 없다는 물리적 법칙에 의한다면 그것은 결코 있을 수 없는 일이었다. 하지만 단테는 자신의 육신과 이곳 월광천이 합일合―됨을 느꼈다.

이러한 사실로 미루어 인성人性과 신성神性이 하나로 합일된 바로 그 본질 예수 그리스도를 보고 싶다는 열망이 자신에게 불타오르고 있음을 단테는 알 수 있었다. 비록 그 모든 것을 논리적으로 설명할 수 없었지만 이곳 천국의 경이로운 신비로움이란 믿음의 본질로밖에 파악할 수 없는 일이었다.

"저 추악한 현세로부터 이곳까지 저를 이끄신 복된 주님의 은총에 진심으로 감사와 찬미를 드리나이다."

단테는 기도를 마치고 베아트리체를 향해 말했다.

"베아트리체, 떨쳐 버릴 수 없는 한 가지 의문을 당신이 풀어 주어야겠소. 달의 이 검은 반점은 대체 무엇이오? 현세에 있는 사람들은 카인과 관련된 일로 알고 있소."

그녀는 잠시 미소를 짓더니 이윽고 입을 열었다.

"카인의 전설에 대해서는 평범한 사람들뿐 아니라 지식 있는 현자들까지도 그릇되게 알고 있는 것 같더군요. 모든 인식의 출발은 감각에서부터 출발합니다. 그러한 감각의 열쇠가 열리지 않으면 사람들의 생각이 그릇될 수밖에 없지요. 하지만 감각만으로 이곳의 일을 설명하기란 부족합니다. 감각만을 따르는 이성理性은 짧은 날개라고 볼 수 있지요. 그 짧은 날개를 가지고서는 잘 날 수 없다는 건 자명한 일입니다. 그렇다면 먼저 묻겠어요. 당신은 이 검은 반점에 대해 어떻게 생각하시나요?"

그녀의 물음에 단테는 평소 생각하고 있던 대로 대답했다.

"이곳에서 다양하게 보이는 짙고 엷은 반점들은 아마 달의 밀도 때문일 것 같소."

그러나 그녀는 고개를 가로저었다.

"지금부터 제가 하는 말을 귀담아 들으신다면 당신의 생각이 얼마나 큰 오류인지를 깨닫게 될 것입니다. 여덟 번째 하늘 항성천에는 수많은 별들이 떠 있지요. 그 별들은 각각 크기나 빛의 밝기가 모두 다릅니다. 그 무수한 별들이 우리 눈에 천차만별로 보이는 이유가 단지 별의 밀도에서 비롯된다면 모든 별들의 움직임이 한결같을 것이고 오직 다른 것은 별의 크고 작음에 지나지 않아야 합니다. 그러나 실제로 별들은 각기 작용이 모두 다르지요. 그렇게 별이 다양하게 보이는 까닭은 따로 있습니다."

베아트리체는 스콜라 철학자들이 주장하는 '질료형상론質料形相論'을 예로 들어가며 자세하게 설명해 주었다.

"아리스토텔레스가 창시하고 스콜라 철학이 계승 발전시킨 '질료형상론'에 의하면 모든 물체의 구성 원리는 두 가지로 나누어집니다. 하나는 질료이고 또 다른 하나는 형상이지요. 일반적으로 보면 질료는 수동성을 나타내고 형상은 능동성을 나타내는 원리입니다."

단테는 그녀가 예를 들며 설명하는 것과 이 반점이 어떤 관계가 있는 것인지 도무지 이해가 되지 않았다.

"그 형상과 질료가 이 반점들과 무슨 연관이 있다는 거요?"

"제가 그 이야기를 꺼낸 이유는 바로 당신이 범하고 있는 오류를 지적하기 위해서입니다. 당신의 이론대로라면 모든 것이 '무無'로 돌아가야 한다는 논리죠. 즉 반점의 원인이 단지 밀도가 희박하다는 이유에서라면, 결국 모든 만물은 그러한 밀도의 희박성으로 인해 '무'의 상태로 돌아갈 것입니다."

그녀의 말만으로는 정확히 이해할 수가 없었다. 단테가 계속해서 의아한 표정을 짓자 그녀는 차근차근 설명해 나갔다.

"뼈와 피부가 인체를 이루듯이 한 권의 책이 여러 종이들의 묶음으로 이루어져 있듯이 달도 마찬가지입니다. 밝은 부분과 짙은 부분이 층을 이루어 서로 접해있다는 것입니다."

단테는 약간 고개를 끄덕였다. 이제 어느 정도 의문이 풀리기 시작했기 때문이다.

"그럼 좀 전에 얘기했던 '질료형상론'은 그것과 어떤 관계가 있는 것이오?"

베아트리체는 부드러운 얼굴로 질문에 친절히 답했다.

"첫 번째의 질료만으로는 진리가 될 수 없지요. 일식日蝕 현상을 보면 분명하게 알 수 있습니다. 어떠한 종류의 투명체라도 그 빛을 투사하는 태양빛은 그대로 통과되어야 마땅하지요. 그러나 실제로는 그렇지 못하기 때문에 우리는 두 번째 형상에 관심을 가질 필요가 있는 것입니다. 조금 이해가 되시나요?"

조금 알 듯도 했으나 솔직히 말하자면 장님이 코끼리를 더듬는 기분이었다. 단테는 우물쭈물 말도 못하고 그냥 애매한 표정만 짓고 있었다. 그녀는 좀 더 구체적으로 설명해 주었다.

"어떤 물체가 있을 때, 그것을 빛이 뚫고 통과하지 못하는 상태라면 거기에는 빛을 막는 그 무언가가 있었다는 것입니다. 예를 들어 거울을 보면 빛을 통과시키지 않고 반사시키는 것을 볼 수 있습니다. 왜냐하면 거울의 뒷면에는 납이 발라져 있어 빛의 통과를 막고 있기 때문이지요."

그때 단테는 또 한 가지 의문이 생겼다.

"거울에서 반사되는 빛의 명암 차이는 거리가 가깝고 먼 것에 관계있는 것 아니었소?"

그녀는 고개를 내저으며 말했다.

"당신이 만약 실험을 해보신다면 그러한 의문은 금방 풀릴 거예요. 실험이야말로 인류 학술의 원천이라고 할 수 있지요. 빛의 속도는 실로 엄청나게 빠른 것이어서 멀리 떨어져 있는 거울이나 가까이 있는 거울이나 반사되어 오는 시간의 차이는 거의 느낄 수 없을 것입니다."

베아트리체는 드디어 단테가 가장 궁금해하는 이곳 월광천의 반점에 대해서 설명해 주었다. 단테는 그녀의 설명을 하나라도 놓치지 않기 위해 주의를 기울였다.

"겨울에 따뜻한 햇볕이 내리쬐면 눈이 녹아내리게 되죠. 눈이 녹으면 원래 자신의 주체인 흰빛과 차가움은 벗어버리지만 그 질료인 물만은 그대로 남게 되는 것입니다. 이제 어느 정도 아셨을 것으로 짐작하고 당신의 의문에 답해드리죠. 하지만 이 얼룩진 반점의 원인을 알고 나면 약간의 충격을 받게 될 것입니다."

여기서 베아트리체는 잠시 말을 멈추었다. 하지만 곧 이어나갔다. 단테는 그 짧은 침묵의 순간에도 조급함으로 마음의 동요가 일었다.

"성스러운 하느님의 평화가 머물러 있는 지고천의 안쪽에는 원동천이 돌고 있습니다. 그 원동천은 지고천에서 힘을 빌려 움직이고 있으며 그 안쪽에 있는 항성천에 영향을 주고 있지요. 수많은 별들이 빛나고 있는 항성천은 천국의 하늘 중에서 상당히 중요한 역할을 하고 있는 곳입니다. 항성천은 원동천에게 받은 힘을 나머지 일곱 하늘에 골고루 나누

어주는 일을 하고 있지요. 이렇듯 천국의 모든 하늘들은 위쪽 하늘에서
받은 힘으로 각자 다른 여러 가지 특징을 형성하고 있는 것입니다."

단테는 베아트리체의 말에 놀라지 않을 수 없었다. 정말 놀라운 이야
기였다. 그녀의 설명에 따르면 모든 천국의 하늘은 위쪽 하늘에서 받은
힘을 아래쪽 하늘로 전달하며, 그러한 힘들의 영향으로 각 하늘의 성격
이 형성되고 유지된다는 것이었다.

"이 천국의 모든 기관들은 당신께서 보고 계시듯, 위에서부터 이곳 맨
아래 하늘인 월광천까지 층층이 존재하고 있습니다. 하늘의 등급은 천
사들의 품급品級과도 밀접한 관련이 있습니다. 이곳 월광천은 천국에서
는 가장 낮은 하늘이기에 지고천의 힘을 모두 통과시키지 못하고 일부
분 반사시키고 있지요. 그 역할을 맡고 있는 것이 바로 반점입니다."

단테는 드디어 의문이 하나하나 풀리기 시작하고 있음을 느꼈다. 그
의 표정이 밝아지는 것을 알아차렸는지 베아트리체 역시 무척 기뻐하
는 눈치였다.

그는 그녀에게 자신의 생각을 털어놓았다.

"그렇다면 결국 천국의 하늘은 지고하신 하느님과 여러 천사들에 의
해 움직이고 있다고 봐야 할 것 같소."

그녀는 나직이 웃음을 보였다.

"물론이에요. 또 빼놓을 수 없는 분은 항성천의 지품천사 케루빔입니
다. 이렇게 수많은 별들을 아름답게 꾸며 주시는 분이랍니다. 그분은 에
덴동산을 감시하고 또 하느님의 옥좌도 지켜 드리죠."

"항성천은 어떠한 곳이오?"

베아트리체는 항성천의 다양한 능력을 사람의 몸에 비유하며 설명
했다.

"사람의 육체가 그 몸속에 깃들어 있는 영혼의 명령에 따라 움직이듯, 항성천의 천사들도 하느님의 명령에 따라 자신들의 능력을 다른 많은 별들에게 나눠주고 있답니다. 그렇듯 항성천에서는 보배로운 힘을 원동천으로부터 받아 각각의 하늘에 이어 주고 있는 것이지요."

그녀는 멈추지 않고 설명을 계속해 나갔다.

"천사들은 전능하신 하느님의 은총으로 인해 항상 기쁨으로 충만한 상태입니다. 환희에 차면 눈동자가 더욱 빛나듯 별들도 마찬가지입니다. 온 천국에 기쁨이 더하면 더할수록 별빛 역시 강해지는 것이지요. 별들 하나하나가 각기 빛이 다르게 보이는 까닭은 예지의 힘에서 비롯되는 것일 뿐, 밀도 때문은 아니랍니다. 그런 힘이야말로 형상 원리로써 빛과 어둠을 낳는 원인이 됩니다. 하느님의 이런 권능과 위엄은 시작과 끝도 없이 영원하기 때문에 온 세상의 모든 만물들이 하느님을 경배하며 감사와 찬미와 영광의 노래를 부르고 있는 것이지요."

서원誓願을 어긴 영혼

온통 사랑의 불꽃으로 단테의 열정적 젊은 날을 사로잡았던 아름다운 베아트리체, 그녀는 단테의 가슴속에 영원한 빛이었다. 그녀는 지금 귀중한 진리를 그에게 깨우쳐 주었다. 가르침을 통해 깨달음을 얻은 단테는 그동안의 잘못을 인정하지 않을 수 없었다.

그가 고개를 들고 몸을 일으키려고 할 때 갑자기 눈앞에 웬 낯선 그림자가 어른거렸다. 단테는 그것에 시선을 빼앗겨 베아트리체에게 잘못을 고백하려고 마음먹었던 사실조차 까맣게 잊고 말았다. 그 그림자는 곧 제 모습을 나타냈다. 마치 깨끗한 유리나 바닥이 훤히 보일 만큼 맑고 투명한 샘물 속에서 모습을 드러내는 것 같았다. 그것은 찬란한 빛을 뿜으며 다가오고 있었다. 눈에 선명하게 들어오지는 않았지만 뭔가를 간절히 말하고 싶어 하는 듯한 느낌이 들었다.

단테는 순간 아름다운 소년 나르시스를 떠올렸다.

나르시스는 샘에 비친 자신의 모습을 다른 사람의 얼굴로 착각하고 그만 사랑의 열정에 휩싸인 채 샘에 몸을 던져 죽고 말았다. 그가 죽은 곳에선 수선화 한 송이가 피어올랐고 그것은 곧 그를 상징하는 꽃이 되었다.

하지만 단테는 그와 반대였다. 물에 비친 다른 이의 모습을 자신의 모습으로 착각하고 있는 꼴이었다. 그 그림자의 형상이 혹시 거울에 비친 자신의 모습이 아닌가 하고 의아하게 생각했던 그는 다시금 정신을 차려 그것을 찬찬히 살펴보았다.

그러나 그곳에는 아무도 보이지 않았다. 단테는 어리둥절할 수밖에 없었다. 그가 시선을 베아트리체에게로 돌렸을 때 그녀는 부드러운 미소를 머금고 있었다. 그 미소는 빛나는 눈동자와 더불어 사랑이 듬뿍 담겨져 있었다.

"놀랄 것 없어요."

그녀는 의아해하는 단테를 보고서 계속 말을 이었다.

"당신이 아직도 진리에 발을 들여놓지 못한 어린아이처럼 생각되니 그것에 웃음이 나왔을 뿐입니다. 당신의 상상력은 아직도 헛된 쪽으로만 자꾸 맴돌고 있어요."

"내 상상력이 어째서 헛되다는 거요? 방금 나타났던 것은 단지 허상일 뿐인데……."

그의 물음에 베아트리체는 고개를 내저었다.

"아니에요. 그건 허상이 아니고 참된 실체예요. 이곳의 영혼들은 서원誓願을 어겼기 때문에 더 높은 하늘로 올라가지 못하고 이곳에 머물 수밖에 없는 거예요. 그러니까 당신은 이 월광천에서 그들과 대화를 좀 해야 해요. 어떤 이유로 그 영혼들이 이곳으로 오게 된 것인지를 알기 위해서요."

그녀의 말을 듣고서야 단테는 비로소 자신과 이야기하고 싶어 하는 한 영혼의 모습을 확실히 볼 수 있었다. 그는 영혼을 향해 몸을 돌리더니 무엇엔가 몸이 바싹 달아오른 사람처럼 말했다.

"오, 복되신 이여! 맛보지 않고서는 도저히 느낄 수 없는 천국의 감미로움을 영원한 생명 속에서 느끼고 있는 이여! 당신의 이야기를 해 주신다면 저는 무한한 기쁨과 감사를 느낄 것입니다."

그 영혼은 조용히 웃으며 잠시의 망설임도 없이 입을 열었다.

"저는 현세에 있을 때 수녀였습니다. 저를 한번 자세히 보세요. 당신이 조금만 기억을 되살려 본다면 누군지 곧 알 수 있을 거예요."

그 영혼이 자신을 알고 있다는 말에 단테는 몹시 놀랐다. 그러나 아무리 기억을 되살려 보아도 그녀가 누구인지 도무지 떠오르지 않았다. 분명 그녀의 얼굴은 낯설었다. 단테가 곤혹스러운 표정을 짓자 그녀는 곧 자신을 밝혔다.

"저는 바로 피카르다입니다."

순간 단테는 깜짝 놀랐다. 피카르다라면 피렌체의 도나티 명문가의 딸이었기 때문이다. 그녀는 자신의 아내 젬마와 친척이었고 또한 절친한 친구 프레세의 누이동생이었다. 단테는 그녀를 알아보지 못한 것에 대한 용서를 구했다.

"용서하시오, 몰라봤습니다. 예전의 모습과 달리 당신의 빼어난 얼굴에는 무엇이라 형언할 수 없는 거룩함이 깃들어 있군요. 그처럼 더욱더 아름다운 얼굴로 변했으니 내가 알아보지 못한 것은 어쩌면 당연한 일인 것 같습니다."

"이곳에는 항상 기쁨이 넘쳐흐르고 있기 때문에 현세의 얼굴과 많이 달라지지요. 이곳에서 만나게 되다니 참으로 반갑습니다."

단테는 그녀에게 이곳 월광천까지 오게 된 배경을 물었다.

"저는 하느님의 크나큰 은총으로 성 클라라회의 수녀가 되기로 결심했었지요. 하지만 여러 가지 문제에 부딪히게 되었답니다."

물론 단테는 그녀에 대해 어느 정도 알고 있었다. 피카르다가 수녀가 되려 했을 때 그녀의 큰오빠 코라소가 완강히 반대했다. 정치적으로 야심만만했던 코라소는 미모가 뛰어난 동생을 감금하고 자신의 출세를 위해 어떤 정치인과 정략결혼을 강요했던 것이다.

"큰오빠는 완강했지만 그래도 조금 위안이 되었던 것은 작은오빠 프레세의 위로였어요."

피카르다는 잠시 감회에 젖어드는 것 같더니 계속 말을 이어나갔다.

"우여곡절 끝에 결국 저는 성 클라라의 뒤를 따라 속세를 떠나 베일을 쓰게 되었습니다. 큰오빠를 피해 수녀원에 몸을 숨기고 하느님께 서원을 했었지요. 그러나 불행은 계속 제 곁을 떠나지 않았답니다."

"불행이라뇨?"

단테는 의아해서 물었다.

"사랑보다는 악으로 물들어 있던 사람들이 수녀원으로 몰려와 저를 완력으로 끌어냈지요. 매일같이 기쁨에 넘쳐 수도 생활에 여념이 없던 제게는 큰 충격이었습니다. 그들은 큰오빠가 고용한 사람들이었어요. 큰오빠는 정치적 계산으로 저를 광폭한 로셀리노 델라오자와 강제로 결혼을 시켰답니다. 그 뒤의 제 생활이 어떠했는지 인자하신 하느님께서 잘 알고 계십니다."

단테는 이제야 모든 사정을 알게 되었다. 그녀는 천국의 보다 높은 곳으로 올라갈 수 있었으나 그만 본의 아닌 불행으로 서원을 깨뜨려 이곳 월광천에 머물고 있는 것이었다.

단테는 화제를 돌려 질문했다.

"월광천은 모든 천국의 관문 중에서 가장 움직임이 더딘 곳이 아닙니까?"

그녀는 가볍게 웃음을 머금더니 대답했다.

"지구와 가까운 곳일수록 움직임이 더딘 것은 사실입니다. 하지만 크신 하느님의 영광된 축복은 이곳에도 충만합니다. 우리가 낮은 하늘로 오게 된 것은 서원을 소홀히 하고 의무를 다하지 않았기 때문입니다."

"그래도 한 가지 의문이 있습니다. 비록 이곳에서 행복하게 지내고는 있지만 당신들은 더 많은 기쁨이 있는 저 높은 하늘로 오르기를 원치 않습니까?"

단테의 질문이 어리석었는지 그녀는 다시 한 번 엷은 미소를 지었다.

"형제여, 사랑의 힘이 우리의 욕망을 소멸시켜 주었기에 우리는 가진 것만큼만 원할 뿐 그 이외에는 더도 덜도 목말라하지 않습니다. 만약 우리가 이보다 더 많은 행복을 원한다면 그건 우리를 이곳에 머물도록 안배하신 하느님의 섭리에 위배되는 것이지요. 그분의 사랑 안에 존재함이 이곳의 섭리이자 모든 천국에 공통적으로 해당되는 섭리인 겁니다. 당신께서 잘 살펴보신다면 이 천국에서는 그러한 헛된 욕망이 결코 용납되지 않을 뿐더러 그럴 필요조차 없다는 사실을 알게 될 거예요."

"그렇다면 전혀 그러한 욕망이 없다는 겁니까?"

단테는 계속 우매한 질문을 해댔다.

"물론입니다. 우리가 해야 할 일은 우리의 의지를 전능하신 하느님 뜻 안에 머물도록 하는 것이지요. 그것이 축복받은 우리 영혼들이 해야 할 의무이자 공의로우신 하느님의 원래 의지이십니다."

이때 베아트리체가 단테를 향해 마치 어린아이에게 충고하듯 말을 건넸다.

"이제 좀 아시겠어요? 항상 공의로우신 하느님의 의지만이 인간 행위의 규범이지요. 이렇듯 영혼들이 이 천국에 층층이 존재하는 것은 모두 우리를 사랑하시는 하느님과 그분의 온 왕국이 바라는 의지입니다. 전능하신 하느님의 의지가 곧 우리의 평화이면서 그분이 창조하신 모든 만물의 바다인 것입니다."

단테는 피카르다의 영혼과 베아트리체의 설명을 듣고서야 비로소 하느님께서 내리시는 이곳 천국의 은총을 조금이나마 깨달을 수 있었다. 하지만 한 가지 음식을 배불리 먹고도 색다른 음식을 보면 또 먹고 싶은 충동이 생기듯 그는 아직 만족하지 못하고 있었다. 단테는 그녀가 서원을 소홀히 여겨 처음 뜻한 바대로 수도의 길을 끝까지 완수하지 못한 것을 베 짜는 일에 비유하며 물었다.

"대체 무슨 베를 짰기에 끝까지 북을 놀리지 못한 것이요?"

그녀는 그의 물음을 곧 이해하고 대답했다.

"의지가 부족했기 때문이었지요. 하느님과의 서원을 끝까지 지키지 못한 것은 모두 제 의지가 굳건하지 못했기 때문입니다."

이때 그녀의 오른편에서 다른 한 영혼이 나타났다. 역시 눈부신 빛을 발산하며 다가왔다.

피카르다는 단테에게 그 영혼을 소개시켜 주었다.

"이분 역시 수녀였으나 저처럼 타인의 강압에 의해 머리의 거룩한 베일을 벗게 되었답니다. 수녀로서의 도리를 어기게 되었지만 그렇다고 마음의 베일까지 완전히 벗은 것은 아니지요."

뒤늦게 나타난 영혼도 피카르다와 마찬가지로 역시 뭔가 불행한 사연이 있을 듯했다.

단테는 그 영혼에게 이름을 물어 보았다.

"제 이름은 코스탄차입니다. 시칠리아의 왕 로체르 1세의 막내딸이지요."

코스탄차는 현세에서 위대한 황후였다. 호엔슈타우펜 왕가 출신의 황제들은 성격이 억세고 그 제위 기간이 짧았던 탓에 '태풍'에 비유되곤 했다.

그 첫 번째 태풍은 프리드리히 바르바로사 1세이고 둘째 태풍은 코스탄차의 남편 하인리히 6세이며 셋째 곧 마지막 태풍은 코스탄차가 낳은 프리드리히 2세였다.

이윽고 피카르다와 코스탄차는 성모 마리아님을 찬미하는 '아베마리아'를 부르기 시작하더니 마치 깊은 물속으로 무거운 물체가 가라앉듯이 삽시간에 사라져 버렸다. 단테는 시선이 닿을 수 있는 곳까지 그녀들이 사라지는 모습을 지켜보았다.

그녀들이 사라지자 그는 곧 시선을 돌려 베아트리체를 바라보았다. 그런데 단테의 소망이자 의지인 그녀에게서 몹시 강렬한 빛이 쏟아져 나오고 있었다. 그는 너무나 눈이 부신 나머지 눈을 뜰 수가 없었고 질문하는 것조차 불가능했다.

사랑의 불꽃

두 마리의 토끼를 동시에 발견하게 된다면 어떻게 해야 할까? 둘 다 잡으려는 욕심으로 어느 한쪽을 선택하지 못한다면 결국 그 사람은 한 마리의 토끼도 잡을 수 없을 것이다.

일반적으로 우매하고 욕심이 많은 사람일수록 그와 같은 실수를 저지르기 마련이다. 그에게 자유의지가 있다고 하더라도 둘 다 한꺼번에 먹으려는 욕심 때문에 결정을 내리지 못한다면 결국 어느 한쪽의 음식도 입에 대지 못하고 굶어 죽게 될 것이다.

이처럼 똑같이 매력적인 두 가지가 있다고 가정할 때 인간은 어느 한쪽으로만 구미가 당겨지지 않는 법이다. 왜냐하면 인간의 마음 한구석에는 둘을 모두 갖고자 하는 욕망이 도사리고 있기 때문이다. 그것은 마치 굶주린 사람이 두 가지 음식 앞에서 무엇을 먼저 먹을까 계속 망설이며 머뭇거리는 꼴과 같다.

이와 마찬가지로 굶주린 이리 사이에 있는 어린양이 두려움에 떨며

갈피를 못 잡고 우왕좌왕하다가 주저앉아 버리고 두 마리 사슴을 쫓던 사냥개가 갈팡질팡하다가 두 마리를 다 놓쳐 버리는 결과와 똑같다.

단테는 그처럼 바보 같은 짓인 줄 알면서도 두 가지 의혹에 휩싸이고 말았다. 하지만 그것은 그 자신의 탓도 아니요, 그렇다고 자랑거리는 더더욱 아니었다. 다만 어쩔 수 없는 의문일 뿐이었다.

방금 전 피카르다가 해 주었던 얘기에서 그는 두 가지의 강렬한 의문을 갖게 되었다. 그 하나는 본인의 의사와는 무관하게 타인의 강압적인 폭력에 의해 어쩔 수 없이 서원이 깨지는 것에 관한 것이고, 또 다른 하나는 영혼들이 천국에서 차지하고 있는 위치에 대한 것이었다. 비록 아무 말도 하지 못했으나 단테의 얼굴에는 알고자 하는 열망으로 붉게 물들어 있었다.

바벨론의 왕 느부갓네살은 어느 날 이상한 꿈을 꾸게 되었다. 자리에서 일어나니 그 꿈의 의미가 궁금해 견딜 수 없었다. 그는 전국에서 명성 높은 해몽가, 마술사, 점성술사들을 다 불러 모아 자신이 꾼 꿈을 해몽하기 위해 온갖 총력을 기울였다. 그러나 왕이 꾼 꿈을 알아내는 사람은 아무도 없었다. 이때 유다에서 포로로 붙잡혀 왔던 다니엘이 하느님의 가르침에 따라 그 꿈을 해몽하여 여러 사람을 구했을 뿐만 아니라 그후 왕 다음의 권력자가 되어 바벨론을 다스리게 되었다.

이렇게 다니엘이 느부갓네살 왕을 구해 주었듯이 베아트리체도 그처럼 단테의 마음을 진정시키며 말했다.

"저는 당신이 두 가지 의혹 때문에 생각이 얽혀 말도 못하고 답답해하고 있다는 것을 잘 알고 있어요. 하나는 어쩔 수 없는 상황에 의해 서원을 깨뜨릴 수밖에 없었던 사람의 선행이 왜 감소되어야 하는 것인지와 다른 하나는 영혼들이 이곳 천국에서 차지하는 위상에 관한 것이지요?"

단테는 자신의 마음속을 훤히 들여다보고 있는 그녀에게 새삼스레 놀라지 않을 수 없었다. 그러나 그의 놀란 가슴을 진정시켜 주려는 듯 그녀는 의문에 대한 답을 자세하게 설명해 주었다.

"먼저 두 번째 물음에 대한 의혹부터 풀어드리죠. '별에서 나온 영혼들은 모두 하느님께서 별들 속에 미리 창조해 두셨던 것으로, 현세에 뿌려져 육체와의 결합을 통해 인간이 된다. 또한 착한 생애를 끝마치고 나면 다시 별나라로 되돌아간다'는 플라톤의 학설이 당신의 생각을 혼란스럽게 하고 있는 것 같습니다. 이런 학설 따위가 당신의 의식 안에 자리 잡고 있다는 사실부터가 문제입니다. 지금부터 그 오류를 깨우쳐 드리지요."

베아트리체는 플라톤의 학설을 반박하기 시작했다.

"창조주께서는 인간의 육체를 빚으실 때 영혼도 함께 불어 넣어주셨습니다. 그러므로 플라톤의 '선재영혼설先在靈魂說'은 아주 잘못된 학설일 뿐더러 오히려 해로운 학설이지요. 지금부터 그걸 증명하겠습니다. 아홉 등급의 천사들 중에서 하느님과 가장 가까운 자리에 있으며 또한 하느님의 영광에도 참여하는 치품천사 세라핌이나 하느님의 전능하심을 빌어 홍해를 갈라 이스라엘 백성을 이집트로부터 탈출시키고 하느님의 십계명을 받았던 그 유명한 모세, 이스라엘의 위대한 영도자 사무엘, 그리고 세례자 요한과 사도 요한 또는 성모 마리아님일지라도 방금 당신 앞에 나타났던 영혼들과 다른 천국에 있는 것으로 생각해선 결코 안 됩니다. 또한 하느님께서 내리시는 축복과 은총의 양이 하늘에 따라 각각 많고 적은 것은 더욱 아니지요."

베아트리체가 다시 설명하기를, 천국에서 그 영광을 받는 자체는 모두가 마찬가지고 각자의 아름다움으로 하늘을 아름답게 꾸미고 있으며 하느님으로부터 비롯되는 영원한 복락은 느끼는 정도에 따라 아름다운 삶의 차이가 있을 뿐이라고 했다. 좀 전에 그 영혼들이 여기 나타났던 것은 이 하늘이 자기들의 몫이어서가 아니라 다만 천국에서 이곳이 가장 낮은 곳임을 표시하기 위해서였다는 설명이었다.

"이성작용은 감성작용에 앞서서 움직이고 있으며 온갖 인식은 감각으로부터 출발하고 있습니다."

그녀는 성서 이사야의 한 대목을 인용했다.

"하늘은 나의 보좌요, 땅은 나의 발판이다. 너희가 나에게 무슨 집을 지어 바치겠다는 말이냐? 내가 머물러 쉴 곳을 어디에다 마련하겠다는 것이냐? 모두 내가 이 손으로 지은 것이 아니냐? 다 나의 것이 아니냐?(이사야 66: 1)"

베아트리체는 잠시 숨을 고른 후 다시 말을 이었다.

"그 말씀 때문에 사람들은 자신들의 상상으로 하느님의 손과 발의 모습을 생각하지만 사실 그 대목은 다른 뜻을 부여하고 있다는 것을 알아야 합니다. 하느님은 이렇듯 모든 것을 섭리하시지만 각각의 성질에 따라서 섭리하시는 것 또한 다릅니다. 즉 감각을 통하여 이성理性으로 오는 것이 사람들에게는 자연스러운 일로서 바로 우리의 모든 인식은 감성에서 비롯되고 있지요."

단테는 용기를 내어 그녀에게 물었다.

"하지만 아직도 왜 플라톤의 학설이 틀렸다는 것인지 도무지 이해가 되지 않소."

베아트리체는 그의 물음에는 아랑곳하지 않고 말을 계속 이어나갔다.

"성스러운 교회는 예수님 탄생을 예고한 대천사 가브리엘과 대천사 미카엘('누가 하느님과 같으냐?'라는 뜻) 또 토비트의 먼눈을 고쳐주신 대천사 라파엘을 사람의 형상으로 만들어 많은 사람들에게 보여주고 있지요. 남이탈리아에서 태어나 피타고라스학파에 속하며 플라톤의 벗이기도 한 티마에오스가 영혼에 대해서 논한 것은 사실 그럴듯하게 보이기도 합니다. 하지만 그것은 모두 오류입니다. 이곳에서 보는 것만으로도 알 수 있지요. 그는 자연이 영혼에게 육체를 지어줄 때 그 영혼을 별에서 부여하는 것으로 믿고서 육신이 죽게 되면 그 영혼은 다시 본래의 고향인 별로 돌아간다고 주장했으나 플라톤의 논리에는 다른 의미가 담겨져 있으니 그냥 비웃을 수만은 없어요. 만약 플라톤이 좋고 나쁜 선악의 영향을 그 별들의 탓으로 돌리려고 했다면 그는 과연 어느 진리의 과녁에 화살을 겨누고 있었는지 알 수가 없는 일이죠. 이렇게 별들이 주고 있는 영향의 원리가 잘못 이해되어 사람들은 별의 영향을 지나치게 크게 보게 된 것입니다."

그녀의 말은 일목요연하게 조리가 있었고 또한 일리도 있었다. 사람들이 별들에 대해 지나친 환상을 가지고 있던 것도 사실이기 때문이다. 별에게 신의 능력이 있다고 믿는 것이 바로 그것이었다. 즉 화성에는 무신武神 마르스가 있고, 금성에는 사랑의 여신 비너스가 있다는 등의 이야기, 제우스와 헤르메스 등의 이야기들도 모두 잘못 인식되고 있었다.

단테는 이제 한 가지 의문이 풀렸으나 아직 또 하나가 남아 있었다. 그녀는 이미 알고 있는 듯 다시 이야기를 시작했다.

"이제 당신을 의혹에 가득 차게 만들었던 그 나머지 질문에 답해 드릴 차례입니다. 어째서 천국의 정의가 때로는 사람들에게 불합리하게 보이느냐에 대한 의문을 풀어 드리지요."

사실 첫 번째 의문보다도 단테가 더욱 궁금해하는 것이 바로 두 번째 의문이었다. 그로서는 이곳 월광천에 있는 영혼들에 대한 심판이 불합리하게 생각될 수밖에 없었다.

"그 크신 하느님의 풍요와 판단을 어찌 헤아릴 수 있으며, 그분이 하시는 일을 어찌 다 이해할 수 있겠습니까? 하느님의 심판은 오묘해서 헤아릴 수 없다는 것을 아셔야 합니다."

이렇게 서두를 시작한 베아트리체는 단테가 알기 쉽게 설명하기 위해 애쓰는 기색이 역력했다.

"예를 들자면 폭행을 당한 어떤 피해자가 있다고 할 때, 책임이 가해자에게만 있는 것이 아닙니다. 피해자에게도 어느 정도의 책임이 있는 것이지요. 비록 피해자는 폭력을 당했지만, 가해자에 대해서 자신의 의지를 확실히 보여주지 못했다는 점에서 볼 때 분명 책임이 있습니다."

그녀는 얼핏 이해되지 않는 논리를 펼쳤다.

"의지란 천만 번 뒤흔들리는 상황에서도 꺼지지 않는 불길처럼 본성本性이 작용을 합니다. 그러므로 그 본성이 흔들리지 않는 한 의지는 꺾일 수 없는 것이랍니다. 결국 의지가 작든 크든 꺾이게 되면 불의가 등장할 수 있는 환경을 제공하는 것이 되지요."

단테는 조금 전 잠시 나타났다가 사라졌던 피카르다와 코스탄차를 떠올리고서 베아트리체에게 물었다.

"그렇다면 아까 그들이 말한 것처럼, 그들에게도 결국 의지를 잃고 불의를 뒤따랐던 책임이 있다는 것이오?"

"옳게 보셨습니다. 그녀들은 성소聖所인 수도원으로 되돌아 갈 수 있었음에도 불구하고 굴복해 버린 거예요. 그러므로 그녀들은 지옥에 떨어짐이 마땅하나 하느님의 자비와 은총으로 죄를 피할 수 있었던 것입니다. 사람의 죄는 어쩔 수 없는 상황에서 비롯된다는 것을 깨달아야 해요. 우리는 라오렌티우스나 무키우스 같은 사람들의 꺾이지 않는 강인

한 의지를 본받을 필요가 있습니다."

로마 황제 발렐리아누스의 박해로 258년에 순교한 라오렌티우스는 황제의 지독한 고문에도 불구하고 그 의지를 꺾지 않은 것으로 유명하다. 그는 하느님의 성총을 믿어 의심치 않았기에 그 뜨거운 철판 위에서조차 태연할 수 있었다.

또한 무키우스 일화 역시 유명하다. 기원전 82년에 사망한 그는 로마를 포위 공격하던 포르세나 왕을 암살하려다 실패한 후 포로가 되자 그 실패의 원인이 자신의 오른손에 있다며 그 왕이 지켜보는 앞에서 자신의 오른손을 불 속에 집어넣고 태웠다.

"그녀들도 자신의 의지가 온전했다면 몸이 자유로워졌을 때 마땅히 본래의 길로 돌아갔어야 옳았습니다. 하지만 그대로 의지를 꺾은 채 주저앉아 버린 것이죠. 사실 굳센 의지란 매우 드물지만 행동으로 옮기는 사람들도 많은 만큼 교훈으로 삼아야 할 것입니다. 그런 분들의 참된 의지를 당신이 지금이라도 가슴 깊이 새긴다면 지금까지 당신을 괴롭혀오던 의문이 사라질 것입니다."

과연 그녀의 말대로 단테의 의문은 온데간데없이 사라져 버렸다. 그러나 혼자 힘으로는 헤쳐 나가지 못할 난관이 당장 그의 눈앞을 가로막고 있었다. 그것은 다름 아니라 나약하기만 한 자신의 의지였다.

베아트리체는 단테의 속마음을 꿰뚫어보고서 위로해 주었다.

"하느님께서는 영혼을 위로하고 쓰다듬어 주시는 분이십니다. 버림받고 상처받은 영혼은 더욱 그분의 위로를 받게 되지요. 그분께 의지하십시오. 그분은 겸손하고 온유한 자에게 늘 가까이 오시어 영혼을 위로해 주신답니다. 그런 영혼들은 하느님의 위로를 진심으로 감사히 받아들이지요."

단테는 잘 알고 있었다. 베아트리체는 이미 축복받은 영혼이었으며 또한 완전한 진리이신 하느님 곁에 항상 머물러 있을 수 있는 은총을 받고 있었으므로 결코 거짓말을 할 수 없다는 것을…….

그녀는 계속 말을 이었다.

"당신은 아까 피카르다로부터 코스탄차가 아직도 거룩한 수도자의 베일을 갈망하고 있다는 말을 들었습니다. 바로 그 점이 좀 전에 제가 한 말과 서로 모순되는 것처럼 보일 거예요. 그러나 인간은 순간적인 위기를 벗어나기 위해 해서는 안 될 일까지도 본의 아니게 여러 번 저지를 때가 있죠. 그렇게 범하게 되는 죄악이 의외로 많다는 것은 당신도 이미 경험을 통해서 잘 알고 계실 겁니다. 알피아라오스의 일화를 한번 생각해보세요."

그리스의 일곱 왕 중 한 사람이었던 알피아라오스에게는 아내 에리필레가 있었다. 전쟁의 와중에도 에리필레는 황금 목걸이에 눈이 어두워서 남편이 숨어 있는 곳을 적에게 알려주어 결국 그를 죽게 만들었다. 훗날 알피아라오스의 아들 알크마이온은 그 사실을 알고 아버지의 복수를 하기 위해 어머니를 죽이는 불효를 저지르게 된다.

"그렇게 효도의 목적으로 불효를 저지르는 모순을 깊이 생각해 보세요. 폭력과 의지가 하나가 되어 버리는 결과에서는 변명의 여지가 없습니다. 이와 같이 절대적 의지가 폭력에 동의하는 것이 아니라 할지라도 더 큰 화를 입을까 두려워하여 의지를 지탱하지 못했다는 것은 결국 폭력에 동조한 것으로 밖에는 변명할 여지가 없는 것입니다. 그래서 아까 피카르다는 절대적인 의지를 말한 것이고, 저는 그것과는 다른 상대적인 의지를 말한 것이죠. 하지만 사실 둘 다 진리임에는 분명하다고 생각합니다."

하느님의 샘으로부터 솟아난 거룩한 진리의 물줄기가 마침내 답답하던 단테의 가슴을 시원하게 씻어주었다. 그는 감사의 마음이 가슴 저 밑바닥으로부터 솟아올라 그녀에게 존경을 표했다.

"하느님의 총애를 받고 있는 고귀한 베아트리체여, 사랑이 담긴 당신의 말이 내 몸 안에서 넘쳐흘러 마침내 나를 구해주었소. 아직은 나의 사랑이 당신에 비할 만큼 크고 거룩하지는 않지만, 전능하신 하느님께서 당신에게 반드시 더 큰 은총을 내려 주시리라 굳게 믿고 있소."

단테는 어떠한 진리일지라도 하느님의 진리 밖에서는 진리가 없음을 깨달았다. 그 하느님의 진리가 우리 인간의 지성에 빛을 비춰주지 않는다면 결코 만족할 수 없다는 사실 역시 분명하게 깨닫게 되었다.

"맹수가 굴 안에서 쉬는 것처럼 모든 진리도 하느님의 거룩한 빛 안에서만 완성된 진리에 도달할 수 있다는 것을 아셨죠?"

"그렇소, 하느님의 진리가 아니고서는 모든 것이 다 헛되다는 것을 이제 깨달았소. 그리고 우리를 저 높은 천국으로 인도하시는 것 역시 바로 하느님께서 섭리하신 본성이며 그분의 사랑이었다는 것까지 깨닫게 되었소."

베아트리체는 환한 웃음을 지어 보였다.

단테는 계속해서 그녀에게 이야기했다.

"거룩한 여인이여, 나의 본능이 또다시 나를 부르고 용기를 북돋워 또 하나의 안개 낀 진리에 대하여 묻게 하고 있소. 혹시 한 번 어긋나버린 서원일지라도 어떠한 선행을 통해서 하늘의 뜻을 채울 수는 없는지 그것이 알고 싶소."

베아트리체는 사랑의 불꽃이 가득 찬 성스러운 눈길로 단테를 바라보았다.

수성천 水星天

"제게는 하느님께서 주신 거룩한 빛이 충만하답니다. 그 사랑의 불길로 당신을 감싸드리지요. 그렇게 놀란 표정을 짓지 마세요."

단테는 베아트리체에게서 뿜어져 나오는 그 강렬한 빛에 시력을 잃게 될 것만 같았다. 그런 그의 걱정을 알아차린 베아트리체는 안심시키기 위해 말을 덧붙였다.

"저의 몸을 통해 반영反映되는 이 빛은 거룩한 빛이기에 결코 눈이 머는 일은 없습니다. 만약 당신이 하느님을 뵙게 된다면 제 몸에서 나오는 이 빛과는 비교조차 할 수 없을 만큼 눈이 부실 것입니다. 그러나 눈을 못 뜨기는커녕 그 신성한 빛 안으로 더욱더 깊이 빠져들지요. 이렇게 하느님을 깊이 알수록 하느님에 대한 사랑 또한 깊어져서 더욱 그분 앞으로 나아가게 된답니다."

어느 정도 정신을 차린 단테는 베아트리체를 똑바로 바라보았다.

"당신의 지고한 사랑 안에서 영원한 진리이자 최고의 선이신 하느님의 영원한 빛이 빛나는 것을 나는 이미 보았소. 그 빛만으로도 항상 사랑의 불을 지필 수 있을 것이라 믿소. 만약 그 밖의 다른 어떤 것이 그 사랑을 유혹한다면 그것은 분명 선을 가장한 사탄의 거짓 선일 것이오."

"그렇습니다. 영혼은 본래 선을 추구하기 마련이지만 진정한 선에서 벗어나 죄를 범하게 되는 것은 바로 선을 가장한 거짓 선에 속은 까닭이지요."

베아트리체는 조금 전에 그가 물었던 것에 대한 답변을 시작했다.

"이제 당신이 그렇게 알고 싶어 하던 것을 설명해 드리겠어요. 그 질문의 요지는 서원을 지키지 못한 자가 무언가 다른 어떤 것으로 대신 하느님께 기쁨을 드릴 수 없겠는가 하는 것이었죠? 어떻게 해야만 공의로 우신 하느님의 심판을 면할 수 있느냐 하는 것 말이에요."

베아트리체는 쉴 새 없이 거룩한 가르침을 쏟아냈다.

"하느님께서 세상을 창조하실 때 만물들에게 주신 가장 큰 선물이 두 가지가 있습니다. 하나는 그분 당신의 선을 닮도록 자비로움을 베풀어 주신 것이고, 또 다른 하나는 당신께서도 소중히 여기고 있는 자유의지를 주신 것입니다. 그러나 그 자유의지는 온갖 만물에 다 존재하는 것이 아닙니다. 오직 인간에게만 존재하는 것으로, 그것은 이성적인 판단을 할 수 있는 피조물만이 받을 수 있는 은총이지요. 그러므로 이러한 소중한 자유의지를 가진 인간은 함부로 하느님께 서원해선 안 됩니다. 서원이란 무릇 인간의 의지와 하느님의 의지가 결합하는 것이기에 어떤 상황에서건 서원은 반드시 지켜져야만 하는 것입니다."

그녀의 말을 듣고 보니 정말 서원은 함부로 할 수 있는 성질의 것이 아니였다. 서원이 가지고 있는 높은 가치만큼이나 그것은 반드시 지켜야만 될 하느님과의 맹세였던 것이다.

"무엇보다도 중요한 사실 한 가지는 하느님과 인간 사이에 계약이 맺어질 때는 인간의 자유의지가 자발적으로 선택하고 자발적으로 순종한다는 점입니다. 그런데도 지키지 못한다면 돌이킬 수 없는 죄를 짓게 되는 것이지요. 이것은 그 어떤 것으로도 보상받을 수 없는 죄가 됩니다. 서원을 깨뜨리는 것은 아무리 뉘우친다 해도 원상으로 회복되지 못합니다. 결국 아무리 선한 일을 한다 해도 한 번 서원을 어기게 되면 그 죄는 갚을 길이 없는 것이지요."

베아트리체는 하느님께 한 번 서원을 하게 되면 그것은 엄청난 구속력을 갖게 된다는 것을 일러주고 있었다. 아무리 여의치 않은 상황이 오더라도 서원을 번복하고 다시 세속으로 나아간다는 것은 목적이 방법을 정당화할 수 없다는 원칙에 해당된다는 것이었다. 그것은 마치 훔친 물건으로 착한 일을 하려는 것과 마찬가지라는 뜻이다.

단테가 궁금해하던 점이 이제 어느 정도 풀렸고 또한 확신을 갖게 되었다. 그런데 이제는 어째서 성스러운 교회들이 서원을 어긴 서원자의 죄를 용서해 주는지 그 까닭이 궁금해졌다.

"서원을 어긴 죄가 그렇게 큰 것이라면 이곳 월광천의 영혼들은 어떻게 용서를 받을 수 있었단 말이오?"

베아트리체는 그의 물음에 대답해 주었다.

"제가 밝힌 진리와 서원을 깨뜨린 사람에 대한 용서, 이 둘을 아마도 당신은 모순이라 느꼈을 것입니다. 서로 어긋나는 것처럼 보이겠지요. 그렇게 잘못 이해할 수 있기 때문에 당신께 좀 더 서원에 대한 설명을 해 드려야 할 것 같군요. 지금 당신은 마치 소화가 잘 안 되는 음식을 삼킨 것과 같은 경우예요. 제가 이제부터 소화를 시켜드리겠어요."

그녀는 잠시 생각하는 것 같더니 곧 입을 열었다.

"당신은 이제 마음의 문을 열고 제가 말씀드리는 것들을 받아들여야
만 합니다. 그리고 마음속 깊이 간직해 두셔야 해요. 지식이란 잘 간직
해두지 않으면 허공으로 날아가 버리는 법이니까요. 서원의 본질에는
두 가지가 있습니다. 그 하나는 하느님과 약속을 하고 기도나 단식 등으
로 지키는 것이요, 나머지 하나는 자신의 자유의지를 바치는 것입니다."

베아트리체의 목소리는 아주 단호했다.

단테는 그녀의 말에 모든 정신을 집중했다.

"교회가 서원을 어긴 허물을 용서해 주었다 하더라도 하느님과 한 번
맺은 약속 그 자체만은 결코 깨뜨릴 수가 없는 것입니다. 이 점은 앞서
분명히 설명해 드렸으니 아마 잘 아실 거예요. 쉬운 예로 서원의 중요함
은 히브리인들을 보면 알 수 있습니다."

그녀가 히브리인들에 대해 이야기한 것은 그들의 생활 관습 때문이
다. 히브리인들은 하느님께 바치는 제물을 간혹 바꾸기도 하지만 서원
에 대한 약속만은 철저히 지키고 절대 바꾸지 않는다고 한다.

성서의 레위기에 보면 사람들이 하느님께 번제燔祭(통째로 구워 제물로
바침)를 드리는 절차에 대해 아주 자세히 나와 있다.

어느 사람이라도 자기가 가진 것을 자유로이 하느님께 예물로 바칠
수 있으며 또 사람이든 짐승이든 상속받은 밭이든 결코 함부로 팔거나
무를 수 없다는 것이 바로 그것이었다.

"그러나 바치려는 제물보다 더 좋은 것이 생긴 경우에는 어쩔 수 없이
제물을 바꾼다 해도 탓할 바가 아니지요. 예수님의 제자 베드로님은 두
개의 열쇠를 갖고 있었습니다. 하나는 사람의 마음을 여닫을 수 있는 지
력智力을 상징하는 은 열쇠와 다른 하나는 교회의 권위를 나타내는 황금
열쇠였죠. 베드로님은 그 열쇠로 상처받은 많은 영혼들을 치유해 주었

습니다. 그러나 최고의 선이신 하느님께서 죄와 허물을 용서해 주시기 전에는 그 어느 누구도 결코 자신의 어깨에 놓여 있는 죄의 짐을 벗어버 릴 수 없는 것이랍니다."

베아트리체의 말을 들으면 들을수록 서원에 대한 엄청난 권위에 몸서 리가 쳐질 정도였다. 지켜야 할 서원은 무서울 정도로 대단한 것이어서 그것을 깨뜨린다는 것은 그야말로 파멸을 부르는 행위라고 여겨졌다.

"어떠한 경우에라도 서원을 어기는 것은 어리석은 짓입니다. 그러므로 아무리 많은 선행을 쌓는다 해도 그것은 보상받을 수 없는 것이지요. 그러므로 처음부터 서원에 대해서는 신중할 필요가 있습니다. 결코 가볍게 여겨서는 안 되며 어디까지나 성실해야 합니다. 입다의 경우를 한번 생각해 보세요."

입다('하느님께서 열어주신다'라는 뜻)는 길르앗 사람이었다. 그는 전쟁에 나가기에 앞서 암몬 군을 무찌를 수 있도록 허락해 주시기를 하느님께 기도했다. 그는 만약 전쟁에 승리하여 고국으로 돌아갈 수만 있다면 자신을 제일 먼저 맞으러 나오는 사람을 번제물로 바치겠노라고 서원했다. 이윽고 전쟁에 승리하여 고국으로 돌아오게 되었을 때 뜻밖에도 놀라운 일이 벌어지고 말았다. 눈에 넣어도 아프지 않을 만큼 사랑스런 외동딸이 춤을 추며 자신을 맨 처음으로 맞이하는 것이 아닌가. 결국 입다는 경솔하게 서원을 하는 바람에 그만 애지중지 아끼던 죄 없는 딸을 번제물로 바치며 통곡할 수밖에 없었다.

"서원이란 충분히 잘 생각해보고 결정해야 할 일이지 결코 가볍게 생각하고 해서는 안 되는 것입니다. 입다가 아무리 잘못했다고 용서를 빌어도 그것은 소용없는 일이었죠. 회한悔恨의 눈물을 흘릴 때는 이미 늦은 것입니다. 또 이와 같이 어리석었던 경우는 그리스의 장군 아가멤논의 경우에서도 찾아볼 수 있습니다."

아가멤논은 트로이 전쟁 때 역풍을 막아보려고 달과 수렵의 여신 디아나에게 도움을 청했다.

'저는 금년에 가장 아름다운 것을 당신께 바치겠습니다.'

그는 서원을 쉽게 했다가 결국 자신의 딸 이피게네이아를 바치게 되었다. 이피게네이아는 가장 아름다운 미소를 지닌 여인이었기 때문이다. 그녀는 자신의 아름다운 미소를 슬퍼하며 죽어갔다. 아가멤논은 물론, 그 불행한 소식을 들었던 많은 사람들까지도 함께 애석해했다.

"모든 그리스도교인들은 좀 더 신중하게 행동할 필요가 있습니다. 그저 바람 앞에 휘날리는 새의 깃털처럼 되어서는 안 됩니다. 물이라고 해서 다 같은 물일 수는 없지요. 모두 깨끗하리라 생각한다면 그건 오산입니다. 서원도 마찬가지입니다. 그리 쉽게 약속을 면제받을 수 있을 것이라고 생각해서는 안 됩니다."

단테는 다급한 듯 물었다.

"아직 내 질문에 대한 답변은 하지 않았소. 이곳 영혼들은 서원을 어긴 죄를 범했는데도 어떻게 용서받을 수 있었는지를……."

그녀는 잔잔한 미소를 띠며 이야기했다.

"인간의 영혼을 구원하기 위한 방법에는 두 가지가 있습니다. 그 하나는 바로 성서이고 또 다른 하나는 성서를 바르게 해석해주는 교회의 성직자, 즉 교회의 권위인 것입니다. 그리고 그것보다도 더 위에 존재하는 것이 바로 지고하신 하느님의 섭리지요. 결국 모든 것은 하느님의 정확한 판단이시라고 보아야 할 겁니다. 사탄의 어떤 유혹이 있을지라도 떨쳐 버리고 의義의 길로 걸어가려는 자세가 중요합니다. 그래야 히브리인들의 비웃음을 사지 않을 수 있습니다. 우리가 가장 얕보았던 그 히브리인들조차 하느님과의 서원만큼은 철저하게 지켰는데 하물며 그리스도교인들이 그것을 지키지 못한다면 말이나 되겠습니까?"

단테는 부끄러움에 얼굴이 약간 붉어져서 말을 꺼냈다.

"당신의 말을 가슴 깊이 새겨두겠소. 어미의 품을 떠나 제멋대로 철없이 뛰놀다가 저희들끼리 싸우고 상처 입는 새끼 양처럼, 교회의 권위와 성서를 저버리는 사람은 생명을 가진 것들 중에서 가장 불행한 사람이라고 생각되오. 그것은 자신을 스스로 해치는 결과와 같을 것이오."

단테의 말을 듣고 난 베아트리체는 멀리서 찬란하게 비춰오는 빛을 향해 몸을 돌렸다. 그녀의 얼굴은 더욱 성스러운 빛으로 물들어 있었다. 위쪽의 하늘로 오를수록 더욱 아름다워지고 있었다.

좀 더 알고자 하는 욕망에 또 다른 의문점들이 새록새록 떠올랐지만 단테의 마음과는 달리 침묵만을 지키게 될 뿐이었다. 그때 마치 활시위가 채 당겨지기도 전에 과녁을 맞히던 화살처럼 이들은 날개가 있는 천사도 아닌데 벌써 두 번째 천국 수성천水星天을 향해 올라가고 있었다.

하늘의 빛 속에 들어선 베아트리체는 매우 기뻐했다. 이들이 이제 막 도착한 수성천은 그녀가 발산하는 빛으로 인해 더욱 찬란하게 빛나고 있었다. 별이 아름답게 빛나자 단테의 마음도 따라서 무척이나 밝게 변하는 듯싶었다.

단테가 이렇게 기쁨에 충만해져 있을 무렵. 잔잔하고 맑은 연못에 먹이를 던지면 물고기들이 떼 지어 모여들 듯, 갑자기 수성천의 수많은 영혼들의 빛이 다가오고 있었다. 어느새 맑고 투명한 합창 소리가 이들 일행의 귀에 들려왔다.

"보라, 우리의 사랑을 키워 주실 분을!"

하나하나가 눈부신 빛을 뿜으며 이들 앞으로 다가왔다. 그들은 저마

다 모두 환희에 가득 찬 모습으로 서 있었다.

단테가 만약 천국 답사기를 여기까지만 하고 입을 다물어 버린다면 어떻게 될까? 강렬한 지적知的 호기심을 가진 사람들의 심정은 과연 어떨까? 하물며 천국을 보지 못한 사람들의 마음이 그러할진대, 바로 눈앞에 수성천의 영혼들이 모습을 드러냈으니 알고 싶어 하는 그의 열정이 얼마나 대단했는지를 짐작할 수 있으리라.

한 영혼이 입을 열었다.

"현세에서의 인생은 고역이오. 당신의 생애는 품꾼의 나날 같지 않았는가?"

이때 또 다른 영혼도 말을 건네 왔다.

"현세의 생명이 다하기도 전에 은총을 입어 이곳에 온 이여, 십자가를 지시고 하늘에 오르신 예수 그리스도의 영원한 옥좌를 보게 될 복된 그대여, 우리는 하늘 가득 온 누리에 퍼져 있는 하느님의 영광에 휩싸여 있습니다. 그대가 만일 그 빛을 원한다면 우리는 원하는 만큼 드리겠습니다."

그 경건한 영혼들이 그에게 자신들에 대해 알려주겠노라고 하자 베아트리체는 단테의 소망을 도와 일러주었다.

"하느님을 믿던 신앙으로 저분들을 믿고 따르세요."

단테는 그녀의 가르침을 받고 몸과 마음을 바르게 한 다음 말을 걸었던 영혼을 향해 물었다.

"저는 당신의 반짝이는 두 눈을 통해 당신이 빛 속에서 축복된 삶을 누리고 계신다는 것을 이미 잘 알고 있습니다. 그러나 축복받은 당신이 과연 누구이며 또 어찌하여 태양의 빛으로 가려져 현세의 사람들 눈에는 잘 보이지 않는 이곳 수성천에 계시는지 궁금합니다."

그 영혼은 시간이 지날수록 더욱더 빛을 내고 있었다. 마치 태양이 강력한 빛을 내뿜어 육안으로는 감히 쳐다볼 수 없듯 그 거룩한 영혼도 기쁨이 넘쳐흐르는 강력한 빛 속에 숨겨져 있었다.

독수리 깃발

그 영혼은 진지한 표정으로 이야기를 시작했다.

"일찍이 서쪽으로 날아온 독수리 한 마리가 있었다오. 그 독수리는 아이네이아스의 뒤를 따라온 것이었지요. 그러나 하늘은 어떤 뜻에서였는지 그 독수리의 비행을 방해했답니다. 황제 콘스탄티누스도 독수리를 다시 동쪽으로 내몰았지요. 그리고 백 년, 또 백 년이 더 지난 다음에야 그 독수리가 다시 서쪽으로 날아와 내 손에까지 이르게 되었다오."

여러 가지 상징을 섞어가며 심각한 이야기를 하는 듯했으나 단테는 그 영혼의 말이 무슨 뜻인지 알 수가 없었다. 단테는 그 영혼이 현세에서 무얼 하던 사람이었는지 궁금해졌다.

"현세에 계셨을 때는 어떤 일을 하셨는지요?"

"나 유스티니아누스는 성령의 이끄심에 따라 법률 중에서 쓸모없는 것들을 삭제해 버리는 일을 했었소. 새 법전을 만들기 전, 나는 그리스도 안에는 신성神性 하나만 있다고 믿고 있었고 그 신앙으로만 만족해하면서 인성人性 따위는 믿지 않았었지요. 그러나 하느님의 축복을 받은 최고의 목자 교황 아가페투스 1세의 바른 말씀은 나를 올바른 신앙으로 이끌어 주었지요.”

유스티니아누스라면 라비니아에서 태어난 로마 황제가 아니었던가! 단테는 이때서야 그가 처음 했던 말을 조금 이해할 수 있을 것 같았다.

라비니아에서는 로마의 많은 창업자들이 태어났고 로마 제국의 상징인 독수리가 내려앉은 곳으로 유명했다. 330년 콘스탄티누스는 수도를 로마에서 비잔틴으로 옮겼다. 그것은 트로이에서 이탈리아로 온 아이네이아스의 길을 거꾸로 거스른 것이었다. 그것은 또한 제국의 권위를 돌려놓은 일이기도 했다.

이렇게 수도를 옮긴 다음 새로운 수도의 이름을 콘스탄티노플이라고 불렀다. 그 후 2백 년이 지난 527년 바로 저 유스티니아누스가 황제로 등극했다. 그는 565년까지 살다가 죽었고 주요 업적으로는 아프리카의 반달족과 이탈리아의 동고트, 서고트족을 물리치고 로마 제국의 옛 영토를 회복한 것이다.

또 한 가지는 5년 여에 걸쳐 로마 법전을 완성시킨 것으로도 유명하다. 물론 베티 같은 학자는 그를 가리켜 ‘극악무도한 군주’라고 혹평하기도 했지만 그가 동로마를 중흥시킨 황제인 것만큼은 틀림없는 사실이었다.

“나는 교황을 믿었고, 그 믿음 속에 있던 것이 지금 이렇게 드러나고 있다오. 마치 그대가 모순 속에서 진실과 거짓을 구별하게 되는 것과 같다고 할 수 있지요. 내가 교회와 더불어 참된 길을 걷게 되었을 때 하느님께서는 나를 어여삐 여기셔서 은총을 베풀어 주셨고 그 힘든 법전 편찬의 일도 맡겨주셨던 것이라오. 오직 법전 편찬에만 전념할 수 있었던 것 또한 그분의 충만하신 사랑에서 비롯된 도움 때문이었지요. 내 부하는 가는 곳마다 혁혁한 공을 세웠으니, 그건 바로 하느님께서 내가 전쟁에 신경 쓰지 않고 오직 법전을 편찬하는 일에만 매달릴 수 있도록 안배해 주신 덕분이라오."

단테는 조금 전 그가 말했던 독수리에 대해 물었다.

"아까 말씀하신 독수리는 무엇을 뜻하는 것입니까?"

"하느님의 뜻을 상징하는 신성한 독수리가 수놓인 깃발을 두고 한 이야기였소. 사람들은 그 깃발이 서로 자기들 것이라고 우기면서 싸움을 벌였으며 그 싸움이 얼마나 치열했었는지 그대가 알아두기를 바라는 뜻에서 한 말이라오."

그는 지금 황제 편을 들고 있는 기벨린당과 교황 편을 들고 있는 겔프당의 대립에 대해서 말하고 있었다. 혁혁한 무공을 세웠다는 그의 부하는 벨리사리우스라는 사람으로 본래 미천한 가문 출신이었으나 동로마의 장군이 되었다.

그는 유스티니아누스의 근위병으로 있을 때 페르시아를 무찔렀고, 니카의 반란 때는 황제의 생명을 구해 두터운 신임을 받게 되었다. 그리고 반달 왕국을 쳤을 때는 그 왕을 사로잡기까지 한 용맹스러운 명장이었다. 또 이탈리아의 동고트 왕국을 쳐서 나폴리, 로마, 라벤나를 점령하는 등 혁혁한 공훈을 세우기도 했다. 그러나 그는 훗날 시기하는 자들의 모함에 빠져 벼슬과 재산을 몰수당하고 맹인까지 되는 비참한 종말을 맞이했다.

유스티니아누스의 영혼은 힘찬 목소리로 말했다.

"생각해 보시오, 숱한 로마 영웅들의 위대한 힘이 그 깃발을 통하여 얼마나 빛나고 있는지를……. 그 찬란한 독수리 깃발의 빛은 팔라스가 죽고 그 왕위가 아이네이아스에게로 돌아갔을 때부터 비롯됐었다는 것을 말이오."

투르루스는 팔라스 왕을 죽이고 승리의 전리품으로 얻은 팔라스 왕관을 자신의 머리에 썼다. 투르루스의 머리 위에 놓인 팔라스의 왕관을 본 아이네이아스는 팔라스의 원수를 갚기 위해 초인적인 힘을 발휘하여 결국 투르루스를 물리쳤다. 아이네이아스는 폭군 투르루스를 물리치고 동시에 팔라스의 복수까지 한 것이기에 국민들로부터 더욱 신망을 얻게 되었다.

"그의 아들 아스카니우스가 세운 라티누스 왕국의 고도古都 알바를 그대도 기억할 것이오. 또 그곳이 그 후손에 의해 300년 동안이나 다스려졌다는 사실까지……. 그리고 그 일로 인하여 로마의 명문 호라티우스 삼형제와 알바의 명문 쿠리아티우스 삼형제가 서로 패권을 다투어 왔던 사실 역시 그대는 잘 알고 있을 것이오. 그 후 그 깃발을 손에 넣은 일곱 왕들이 이웃 부족들을 정복한 사실까지도……."

물론 단테는 그때로부터 시작하여 이탈리아로 이어지는 역사에 대해서까지 너무나 잘 알고 있었다.

로물루스는 로마를 세웠으나 남자에 비해 여자의 수가 부족하게 되자 중앙 이탈리아에 살던 고대 종족 사비니족들을 초청했다. 잔치가 한창 무르익을 무렵 처녀들을 탈취하는 사건이 발생했다. 그 결과 사비니 여인들은 불행의 수렁에 빠지게 되었다.

선량한 여인이었던 루크레티아는 남편의 극형과 함께 능욕을 당한 치욕을 못 견딘 나머지 자살까지 하는 비극이 일어났다.

독수리를 앞세운 로마인들은 더욱더 승승장구하여 카밀루스는 골족 브렌누스를 무찔렀고 에피누스의 왕 피루스에게 로마가 침략 당했을 때는 한 연약한 여인이 기왓장을 던져 그를 죽였다. 그 밖의 제후들이나 왕국들을 무찌른 로마 제국은 천하무적의 위세를 떨치게 되었다.

"전쟁에서 군기軍紀를 세우기 위하여 아들까지 사형시킨 로마의 영웅 토르콰투스는 골족 및 라틴족을 쳐서 승리했고 그 뒤로는 청렴결백했던 로마의 영웅 퀸티우스와 기원전 340년부터 279년에 걸쳐 삼대가 같은 이름으로 조국을 위하여 목숨을 바친 명장 파비우스가 명성을 떨쳤지요. 나는 그들의 이름을 영원토록 잊지 않고 드높일 생각이오."

유스티니아누스의 영혼은 계속해서 로마 역사와 관계되는 인물들을 찬양하고 있었다.

"한니발의 뒤를 이어 알프스를 넘어온 아랍인들의 거만한 콧대를 꺾은 것도 그 독수리 깃발이었소. 그 깃발 아래에는 한니발을 무찌른 스키피오와 장군이며 정치가였던 폼페이우스의 얼도 서려 있다오. 또한 피렌체가 내려다보이는 그대의 고향 피에솔레 언덕 위에 근거지를 삼았던 유명한 카딜리나의 군대 역시 그 깃발의 무서운 위세를 한껏 떨쳐 보였었소. 그 후 하늘은 온 세상이 평화를 누리기를 원하여 그리스도를 보내주셨고 그 무렵 시저가 로마의 뜻을 이어받았소."

시저가 그 독수리 깃발을 차지하게 된 후 로마 제국은 가장 큰 맹위를 떨치게 되었다. 프랑스의 남쪽 바로 강으로부터 시작되어 알프스 산에서 발원發源하고 있는 라인 강과 프랑스의 이사라, 에라, 센 강 그리고 지중해에 이르는 론 강까지 그 깃발이 휘날리는 것을 볼 수 있었기 때문이었다.

이윽고 깃발은 라벤나를 떠나 루비콘 강을 건넌 다음 각지로 뻗어나가는 그 엄청난 속도는 감히 입과 붓으로는 쫓을 수 없는 것이었다. 그렇게 스페인을 향해 진격한 후 계속해서 디라키움 쪽으로 전진했고 레

살리아의 파르살리아를 무찔렀으며 나일 강까지 그 손을 뻗쳤다.

"그 깃발은 이집트에까지 휘날리게 되었다오. 이집트의 왕 프톨레마이우스에게 불행을 꽂아 준 셈이었지요. 그 당사자는 시저 율리우스였소. 결국 비극을 맞이한 이집트는 프톨레마이우스의 누이 클레오파트라가 여왕으로 등극하는 결과를 낳게 되었지요. 곧이어 깃발은 탑소에서 폼페이우스에게 가담했던 유바 왕을 무찔러 자결케 하더니 서쪽의 스페인으로 진격하기 위해 폼페이우스의 두 아들을 쳐서 내란을 평정시켰다오."

그 깃발이 다음 기수 옥타비아누스 아우구스투스 황제의 손에 들어가게 되자 그가 맨 처음 한 일은 종교와 세속의 최고 권위인 로마 제국을 배반했던 부르투스와 카시우스를 지옥으로 보낸 일이었다. 그로 인해 안토니우스를 무찌른 모데나와 안토니우스의 동생 루티오가 사로잡힌 도시 페루지아는 불행에 휩싸이게 되었다.

그때까지도 슬픔에 잠겨 있던 가엾은 클레오파트라는 그 깃발의 위력에 의하여 한때는 여왕의 자리에까지 오르는 영광이 있었지만 결혼한 남편 안토니우스의 죽음 소식을 듣고는 상심한 나머지 스스로 독사에게 가슴을 물려 자살하는 비참한 최후를 맞고 말았다. 그 모든 것이 바로 그 독수리 깃발 때문이었다.

"한껏 힘이 넘쳐 위력을 떨치던 독수리 깃발은 그 기수와 함께 홍해의 해변까지 치달았다오. 평화가 있을 때만 닫히는 로마의 야누스 신전은 그때까지도 활짝 열려 있었지요. 그러나 옥타비아누스 황제가 그 문을 닫게 했다오. 공화정치 시대에 그 문이 두 번 닫힌 적이 있었는데 그 황제 시절에는 무려 세 번씩이나 닫혔다오. 그중 한 번은 바로 성자 예수 그리스도께서 탄생하셨을 때였소. 그 기수는 이렇게 평화의 기틀을 마련했다오."

그러나 황제가 독수리 깃발 아래 식민지 곳곳에 행한 선행과 후일 그가 이룬 업적들은 빛이 바래게 되었다. 아무리 맑고 큰 눈과 깨끗한 마음으로 그 업적들을 이루었다 해도 티베리우스 황제의 생애 중 그리스도의 죽음이 있었기 때문이다. 그 업적들은 결국 영욕榮辱이 엇갈리며 아주 하찮은 것으로 전락하고 말았다.

"그것은 정의로우신 하느님께서 아담의 죄에 대한 진노를 티베리우스 황제의 손에 부여하셨기 때문이었소. 내가 되풀이하여 말하는 것이 그대에게는 이상하게 들릴 테지만 그리스도의 죽음은 아담의 원죄로부터 인류를 구원하기 위한 하느님의 섭리였다오. 그리스도를 죽였던 유다인의 행위는 크나큰 죄악이 아닐 수 없지. 로마의 독수리는 하느님의 사자使者요 도구로서, 살아 있는 그분의 진노를 풀기 위하여 속죄의 어린 양처럼 그리스도의 피 흘리심에 협력하는 영광을 차지했다오. 동시에 하느님께서는 그 큰 죄를 벌하시기 위하여 로마의 장군 티투스로 하여금 예루살렘을 불살라 파괴하게 하셨소."

그 영혼은 쉴 새 없이 이야기를 계속해 나갔다.

"그대는 내가 얘기했던 것 외에도 때론 영광으로 또 때론 오욕으로 점철된 로마 제국의 역사를 잘 알고 있다고 생각하오. 또한 내가 앞서 비난했던 사람들의 불행의 원인이 된 그 독수리 깃발의 행방에 대해서도 잘 알고 있으리라고 믿소."

그 후 독수리 깃발의 행방을 살펴보자면 이랬다.

테우톤의 장발족 론고바르도가 로마에 침입하여 거룩한 교회를 박해했을 때, 게르만 민족을 통합시키고 영토를 확장하던 샤를마뉴는 교황 하드리아누스 1세의 깃발 아래에서 그들을 물리쳤다. 샤를마뉴는 훗날 신성 로마 제국의 제관帝冠을 받았다. 그 뒤 사정은 크게 두 가지로 나뉘어 이 독수리 깃발을 배척한 겔프당의 수령 샤를 2세는 프랑스 왕가의 문장紋章인 황색 백합을 내세웠고 기벨린당(황제당)은 신성한 로마 제국의 독수리 깃발을 사사로이 자신들 것으로 만들어 사용했다.

"그들 중 어느 쪽이 더 큰 죄를 짓고 있는지 판단하기는 어려울 거요. 기벨린당은 다른 기치 아래에서 술책을 꾸밀 것이니 하느님의 정의를 등지는 자는 모두 불행을 면치 못할 것이오. 그리고 겔프당과 손잡은 샤를 2세 역시 기벨린당을 공격할 테니 오히려 자기보다 강한 사자의 가죽을 벗기는 독수리 발톱의 날카로움을 두려워해야 할 거요. 아비의 죄 때문에 울고 있는 자식들도 많다오. 하느님께서는 황색 백합을 위하여 독수리 문장을 함부로 바꾸실 분이 아니라는 것을 명심해야 한다오."

유스티니아누스의 영혼은 이제 이곳 수성천의 이야기를 꺼내기 시작했다.

"이 작은 별 수성은 자신의 영예와 이름을 남기기 위한 착한 영혼들의 아름다운 열정의 빛으로 꾸며진 곳이라오. 겉으로는 착한 일을 하면서 속으로는 자신의 명예욕이나 허영심을 충족시키려는 계산에서라면 그런 영혼은 하느님을 사랑하는 힘이 약해져 그분 앞에 나아갈 때 뒤뚱거리게 되지요."

그의 설명에 의하면 자신들의 공덕功德에 따라 하느님께서 베풀어 주시는 은총은 무한한 기쁨이기에 넘치거나 부족함이 없다는 것이었다.

"이렇게 살아 있는 하느님의 공의公義로우심이 우리 안에 있는 감정을 향기롭게 해 주셔서 몸과 마음이 깨끗해진답니다. 그렇기에 어떤 것도 우리를 걱정과 근심에 빠지게 할 수는 없지요. 갖가지 소리들이 화음을 이루어 아름다운 가락을 뽑아내듯 우리가 살고 있는 이 천국에도 여러 층에서 각자 아름다움을 빛내며 조화를 이루고 있다오. 이 수성천 안에는 행색이 초라했던 순례자 로메오의 영혼도 빛을 발하고 있지요."

로메오는 프로벤차에 갔다가 라이먼드 백작의 눈에 발견되어 재정을 맡는 등 백작의 총애를 받았던 사람이었다. 로메오는 그 가문의 가신家臣이 되었으나 그의 빛나는 업적은 현세에서 푸대접을 받고 말았다. 그를 시기하고 질투하던 남작들과 벼슬아치들이 마침내 로메오를 모함하는 데 성공한 것이다.

그 후 프로벤차 인들의 얼굴에서는 웃음이 사라지게 되었다. 그 이유는 타인의 선행을 악으로 갚으려고 했던 자신들이 저지른 죄 때문이었다.

라이먼드 백작에게는 딸이 넷 있었다. 훗날 모두 왕후가 되었다. 맏딸 마르게르타는 프랑스 왕 루이 9세에게 시집을 갔고, 둘째 딸 엘레노라는 영국 왕 헨리 3세에게 시집을 갔으며, 셋째 딸 산치아는 로마의 왕이 된 헨리의 동생 리차드에게 시집을 갔다. 그리고 막내딸 베아트리체 역시 훗날 시칠리아의 왕 샤를앙주에게 시집을 갔다. 결국 라이먼드 백작은 왕을 사위로 넷이나 얻게 되었고 그 모든 것은 주인에게 은혜를 갚으려는 로메오의 노력 때문이었다.

그러나 그를 모함하는 소리에 귀가 솔깃해진 라이먼드 백작은 충직하고 의로운 로메오를 내쫓아 버렸다. 평생 자신만을 섬기며 일했던 늙은 로메오에게 내린 처사치고는 지나친 것이었다.

"결국 가난하고 늙은 로메오는 그곳을 떠나 한 조각의 빵을 구걸하면서 목숨을 연명했지요. 그가 지니고 있던 충직한 마음을 조금이나마 짐작했더라면 세상 사람들은 그를 더욱 기억하고 더욱더 공경했을 것입니다."

소우주 小宇宙

그때 유스티니아누스의 영혼으로부터 두 줄기의 빛이 흘러나왔다. 베아트리체로부터 들어서 알게 된 것이지만 그것은 축복된 황제의 직위와 법전의 편찬을 상징하는 빛이었다.

"구원하소서(호산나)! 만군의 주님이시여! 찬미와 영광을 받으소서. 높은 곳에서 천국의 복된 빛을 내리시는 주님. 당신께서는 천사와 성인들에게 거룩한 빛을 밝혀주시나이다."

하느님 찬미의 노래가 아름답게 귀에 앉아 평화를 주는 가운데 영혼들은 빛과 어우러져 춤추다가 갑자기 섬광閃光처럼 사라져 버렸다. 의혹에 싸인 단테는 속으로 질문을 할까 말까 망설였지만 차마 입을 떼지 못했다. 베아트리체는 빛나는 미소를 짓고 있었다. 그 미소는 누구든 자연스레 행복감을 느끼게 하는 신비로운 것이었다. 아무리 불가마 속에 있는 사람일지라도 그녀의 미소를 본다면 분명 넋을 잃고 말리라.

베아트리체는 목마름을 풀어주는 감로수와 같은 존재였다. 그러나 용기가 없는 단테는 그녀의 이름을 되뇌는 것만으로 자신을 위로하는 수밖에 없었다. 그는 그녀에게서 풍겨 나오는 경외심에 사로잡혀 고개를 숙이고 있었다. 그녀는 온몸으로 성스러운 빛을 내면서 입을 열었다.

"단테, 이곳은 천국 중에서도 판단이 전혀 흐려지지 않는 곳입니다. 당신은 지금 머리가 복잡하고 모든 것이 의문투성이일 거예요. 정의의 보복이 왜 정의에 의하여 또 보복을 받고 있는가 하는 것이 바로 당신을 지배하고 있는 의문이지요! 이제 곧 당신의 의문을 풀어드리고자 합니다. 제 말은 거룩한 것이고, 또 그것은 당신에게 줄 수 있는 최대의 선물이니 잘 들으세요."

성서 요한복음의 첫 장에는 창조주의 말씀이 언급되어 있다.

'한 처음 천지가 창조되기 전부터 말씀이 계셨다. 말씀은 하느님과 함께 계셨고 하느님과 똑같은 분이셨다. 말씀은 한 처음 천지가 창조되기 전부터 하느님과 함께 계셨다. 모든 것이 말씀을 통하여 생겨났고 이 말씀 없이 생겨난 것은 하나도 없다. 생겨난 모든 것이 그에게서 생명을 얻었으며 그 생명은 사람들의 빛이었다. 그 빛은 어둠 속에서 비치고 있다. 그러나 어둠이 빛을 이겨본 적이 없다(요한 1:1~5).'

베아트리체는 하나의 사건으로부터 여러 가지 결과가 파생된다는 것을 설명하기 시작했다.

"이제부터 제가 하는 말을 하나도 놓치지 말고 귀담아 들으세요. 인성人性이 창조주이신 하느님과 하나가 되자 하느님께서 처음 내셨던 아담처럼 순수하고 착한 자가 되었습니다. 아담께서 낙원에서 쫓겨나게 된 것은 '나는 길이요, 진리요, 생명이다'라는 성서의 말씀에서 벗어났기 때문입니다."

그 예로 그리스도께서 받으신 십자가의 형벌을 생각해 볼 수 있다. 예수님의 죽음은 인성의 입장에서 볼 때 매우 의로운 일이었지만 인간들이 신성神性의 위격位格에 함부로 덤벼들었다는 점에서 볼 때는 그보다더 불경스러운 일이 없다. 그러나 예수님께서 돌아가심으로 인해 인류는 원죄로부터 벗어날 수 있었고, 유대인들은 자신들의 원한이 풀렸다고 기뻐했다. 그 죽음으로 인해 인간들을 위한 하늘의 길이 열리게 된것이다. 이렇듯 하나의 사건에서 여러 가지의 결과가 파생됨을 알 수 있는 것이다.

"티투스가 하느님의 뜻에 따라 예루살렘에 불을 질러 파괴시켰듯이의로운 일은 그 뒤에도 많이 일어났지요. 그러나 상당수가 정의의 이름을 빌린 법정에 의해 보복을 당했답니다. 비록 순간적으로 불합리하고이치에 맞지 않는 결과가 초래된다 하더라도 그 속에는 모두 하느님께서 안배하신 깊은 뜻이 있음을 깨달을 수 있을 거예요."

그러나 단테는 아직까지 머릿속에 온갖 생각들이 서로 얽혀 그 매듭을 풀지 못하고 있었다.

"당신이 한 말은 잘 알아듣겠소. 그러나 어찌하여 하느님께서는 하나밖에 없는 당신의 아들에게 그렇듯 비참한 최후를 맞게 하셔야만 했는지, 예수님께서 우리를 구원하기 위해 꼭 십자가에서 돌아가셔야만 했는지, 다른 방법은 전혀 없었는지 그것을 알고 싶소."

"하느님께서 정하신 오묘한 섭리는 천국에 대해 정통한 사람이 아니면 바로 눈앞에 있다 해도 그 이치를 깨닫기 힘듭니다. 의로움을 쌓는사람은 누구나 하느님의 사랑과 은총을, 그리고 일반 사람들은 슬기, 통달, 의견 등의 지식과 용기, 효경, 경외심敬畏心 등의 의지를 선물 받게 됩니다."

비록 그녀의 말이 아니더라도 사랑을 많이 가진 영혼일수록 하느님으로부터 성령을 통해 더 많은 은총을 받게 된다는 것을 단테는 그동안의 경험으로 이미 잘 알고 있었다.

"성령께서 하시는 일은 잘 알고 있소. 하느님을 사랑하는 영혼은 생각하는 것이 모두 그분과 일치하기 때문에 하느님께서는 그런 영혼을 더욱 사랑하신다는 것을. 그러나 아담의 원죄로부터 인류를 구원하시기 위해 예수님을 보내셔서 왜 그토록 고난을 받게 하셨는지에 대한 그 이유를 깨닫는 사람은 많지 않은 것 같소. 나 역시 하느님께서 왜 굳이 그런 방법을 택하셔야만 했는지 그 신비에 대해선 잘 모르겠소."

베아트리체는 다시 설명하기 시작했다.

"선하신 하느님께서는 어떤 것에 대해서도 증오를 느끼시는 일이 없으십니다. 그 아름다운 선이 하느님의 은총을 입은 사람들 마음 안에서 타오르며 영원토록 아름다운 꽃을 피운답니다. 아까도 말씀드렸듯이 영원하신 하느님께서 한 번 새긴 도장은 그분이 아니면 어느 누구도 지울 수가 없는 것입니다. 그래서 인간의 자유의지는 하느님으로부터 직접 오는 것인 만큼 어떤 결정을 하게 될 때 하느님 외에는 다른 어떤 것에도 종속되지 않고 자유로운 것입니다. 하느님으로부터 직접 받은 아름다운 그 사랑의 빛은 하느님께 가깝게 다가갈수록 더욱 거룩해지며 활활 타올라 그분을 매우 기쁘게 하는 것이지요."

그녀의 설명은 영원불멸과 자유의지 그리고 하느님을 닮은 그 모든 것은 피조물 중에서 인간만이 누리는 특권이라는 것이다. 그중 어느 것 하나만 모자라도 인간으로서의 존엄성과 품위를 잃게 된다는 것이다.

이 은총의 선물을 빼앗아 가는 것이 바로 죄악이며 그러한 죄악은 사랑의 빛을 덮어 하느님과 멀어지도록 방해한다고 그녀는 말하고 있었다. 그러므로 인간이 죄악으로 흠집을 낸 자리는 사악한 쾌락에 대립할 만큼 마땅한 선행으로 대신하지 않는 한 인간의 타고난 존엄성을 회복할 수 없다는 것이었다.

창세기 앞부분에 나오는 잘 알려진 이야기가 있다. 낙원에서 살고 있던 아담과 하와는 선과 악을 알게 하는 과일만은 따먹지 말라는 하느님의 충고를 들었다. 하지만 사탄은 달콤한 말로 하와를 꾀기 시작했다. 그 나무 열매를 따먹게 되면 눈이 밝아져서 하느님만이 알고 있는 선과 악의 분별력을 알 수 있게 된다는 것이었다. 그녀는 결국 유혹을 이겨내지 못하고 하느님의 말씀을 어기고 말았다.

"죄를 짓는 사람은 누구나 다 죄의 노예가 되지요. 사람들의 인성은 인류의 조상 아담이 죄를 범했을 때부터 그 후에 이어질 후손들에게까지 낙원을 잃게 한 것이랍니다. 그리고 인간으로서의 존엄성도 잃어버린 것이었죠. 당신이 차분하게 잘 생각해 보신다면, 죄의 길에서 하느님의 은혜로운 길로 다시 회복되기 위해서는 두 가지 중 하나를 선택하지 않으면 안 된다는 것을 깨달을 수 있게 될 거예요."

"그 두 가지라는 것이 대체 어떤 것이오?"

"그것은 하느님의 자애로운 은총으로 용서를 받거나 사람 스스로 자신의 어리석음을 속죄로써 기워 갚는 길뿐이죠. 그 외의 다른 방법은 없습니다. 당신은 이제 정신을 가다듬고 영원한 섭리의 심연深淵 안을 잘 살펴보셔야만 합니다."

베아트리체는 인간의 교만함에 대해 이야기를 꺼냈다.

"인간들이 하느님처럼 되려고 명령을 어기고 하늘까지 올라가려 했던 것은 모두 교만 때문이었습니다. 하느님의 은총을 회복하기 위한 길은 겸손뿐입니다. 그러나 사람은 유한有限하고 불안전하기 때문에 겸손이나 순종만으로는 모자라지요. 인간 스스로는 결코 죄를 씻어낼 수가 없는 까닭입니다. 그래서 하느님께서는 오직 한 가지, 대속代贖의 길을 통해서 인간의 완전한 삶을 회복시켜 주시려고 했던 것입니다."

그녀가 말한 인간의 교만함에 얽힌 일화는 바벨탑 이야기였다. 마음이 극도로 교만해져서 하느님을 우러러보지 않게 된 인간들은 하느님처럼 되려고 하늘을 꿰뚫을 만큼의 높은 탑을 쌓기로 하고 작업을 진행시켜 나갔다. 그것을 보고 노하신 하느님께서는 벼락을 내려 그들이 쌓은 탑을 무너뜨리셨다. 또 그들의 언어를 모두 제각각 다르게 만들어 그들을 사방으로 흩어지게 만드셨다.

"하느님의 계약과 계명을 지키는 자에게는 모든 길이 사랑이며 진리입니다. 이렇게 무한한 사랑은 사람의 가슴 안에서 커질수록 자신은 물론 다른 사람에게도 기쁨을 줍니다. 세상천지 모든 곳에 뿌려져 있는 하느님의 크신 사랑은 정의와 자비로움으로 흘러넘칩니다. 사랑으로 넘쳐 있는 세상은 하느님께서 보시기에도 좋았습니다. 이 세상이 창조된 첫날 아침부터 최후의 심판이 있을 마지막 날에 이르기까지 이보다 더 위대한 성업聖業은 없으며 앞으로도 있지 않을 것입니다."

그녀의 말을 듣고 보니 하느님께서는 사람으로 하여금 죄를 떨치고 벗어날 수 있도록 그냥 죄를 사赦해 주시는 것이 아니었다. 사랑하는 아들을 인간이라는 질그릇 속에 담아 무한한 고통 속에서 희생을 감수하는 제물로 내어주셨고 또한 스스로 생명의 빵이 되어 먹혀 주셨던 것이다.

"예수님께서는 자신의 모든 것을 다 내어놓으셨습니다. 그분은 종의 신분을 취하셔서 우리와 똑같은 모습으로 나타나 당신 자신을 낮추셨고 돌아가실 때까지도 십자가에 달려서 순종하셨습니다. 그분께서 이렇게 사람의 육신을 입고 당신 자신을 낮추시지 않으셨다면 어찌 사람들이 살고 있는 지상에 다른 어떤 방법으로 하느님의 완전한 정의를 채워놓을 수 있었겠습니까?"

비장한 어조로 얘기하고 있는 베아트리체의 말은 어느 것 하나 틀림이 없었다. 그렇다. 사람들에게는 하느님의 아들 예수 그리스도를 사랑하는 것보다 하느님을 더 사랑할 수 있는 다른 방법이 없었다. 왜냐하면 하느님께서 예수 그리스도를 통해 하느님 당신을 사람들에게 나타내셨기 때문이다. 모든 사람의 육신이 하느님의 신성에 참여토록 하기 위해 당신의 아들 예수 그리스도에게 인간의 육신을 취하도록 하셨던 것이다.

"하느님의 아들이 사람이 되심으로 인하여 사람이 비로소 하느님의 신성에 참여할 수 있게 된 것입니다. 그러므로 예수 그리스도를 사랑하는 것은 곧 성부^{聖父}이신 하느님을 사랑하는 것이 되지요."

그 결과 사람들은 비로소 하느님을 아버지라고 부를 수 있는 은총을 부여받게 된 것임을 알 수 있었다.

"이제 당신도 저처럼 하느님의 공의로우심을 충분히 납득할 수 있게 됐을 거예요."

"잘 알아들었소. 그런데 이곳 천국은 언제까지나 영원한 것인지 궁금하오. 물과 불과 공기와 땅이 같이 섞여 혼합된 물질이라면 모두 오래가지 못하고 썩어 버리는 게 당연할 것이오. 이 천국 또한 하느님께서 지으신 피조물이라면 썩어 없어져 버리는 것이 당연하지 않소?"

"지금부터 제가 하는 말을 잘 들으세요. 지금 당신이 서 계시는 이곳 천국은 그 존재가 완전하게 창조된 곳입니다. 그렇기에 영원불멸한 곳이지요. 다른 것들은 모두 하느님의 힘에 의하여 여러 가지 원소가 결합되어 형상을 부여받은 것에 지나지 않아요. 하늘의 별들 안에서 형상을 만들어주는 힘도 하느님에 의하여 창조된 것으로서 그렇게 창조된 것들은 원소의 질료와 원소를 싸고도는 별의 형성력으로 구성되어 있지요."

"그렇다면 인간은 어떻소? 성서에 야훼 하느님께서 진흙으로 사람을 빚어 만드시고 코에 입김을 불어넣어 숨을 쉴 수 있게 만드셨다고 적고 있는데 말이오."

"온갖 짐승과 온갖 식물들의 혼도 생명력을 띤 복합체여서 거룩한 별들의 빛과 다를 바가 없습니다. 그러나 사람들에게만은 영혼을 선물해 주셨으며 주실 때 다른 것과는 달리 무한한 사랑으로 하느님께서 직접 코에 입김을 불어넣어 주셨고 또 당신을 사랑할 수 있는 사고력思考力까지 주셨습니다. 그 결과 사람들에게는 자신이 의식하지 못할 때도 항상 하느님을 그리워하는 본능이 존재하지요."

순간 단테는 성 아우구스티누스가 한 말이 떠올랐다.

'당신께서 저희를 위하여 저희를 내셨으니 저희 마음이 당신 안에 쉬기까지는 허전하나이다.'

"아담과 하와가 맨 처음 창조되었을 때 사람의 육체가 어떻게 만들어졌는가를 살펴보면 당신은 사람의 부활에 대해서 확실하게 알게 될 것입니다. 하느님께서 직접 내신 것은 모두 불멸의 존재이지요. 더욱이 사람은 그 육체와 함께 영혼까지도 하느님의 창조물이기에 사람의 육체도 당연히 영원불멸인 것입니다."

비록 죽음으로 인해 영혼과 육체가 분리되지만 그것은 소멸되는 것이 아니고 최후 심판의 날에 부활을 통하여 다시 살아나는 것이다. 그러니 결코 인간은 영원히 죽지 않는다는 것이다.

"인간은 하느님의 무한한 사랑으로 이루어진 소우주小宇宙로서 신비로움을 지녔지요. 인간의 몸이 소우주라는 것은 돌아가는 이치가 자연과 같기 때문입니다."

일반적으로 여성은 음陰을 가리키고 남성은 양陽을 가리킨다. 또한 인간의 오장五臟과 같다고 볼 수 있는 것은 오행五行을 말함이고 인간의 사지四肢라고 할 수 있는 것은 4계절을 말하며 인간의 몸이 12마디로 되어 있는 것은 12달을 가리키는 것이다. 인간의 혈穴이 365혈로 이루어져 있음은 바로 1년이 365일로 되어 있음을 알 수 있다.

이렇듯 전능하신 하느님께서는 우주를 인간의 몸에 담아 주신 것이다.

하늘에는 한 권의 책이 펼쳐져 있다. 그것은 생명의 책이다. 죽은 자들은 그 책에 기록된 대로 자기들의 행적에 따라 심판을 받는다. 바다는 자기 안에 있는 죽은 자들을 토해 내고 죽음과 지옥도 자기들 속에 있는 죽은 자들을 토해 놓는다. 그들은 각각 자기 행적대로 하느님의 말씀에 따라 심판을 받는다.

"사람의 언어에는 한계가 있습니다. 그 한계를 뛰어넘지 않고는 어떠한 사실이든지 확정지어 나타낼 수가 없죠. 기껏 암시만 줄 수 있을 뿐, 하느님의 신성은 믿음으로써만 나타낼 수 있고, 어떠한 언어적 표현으로도 부족한 것입니다. 오직 음악만이 겨우 언어를 초월하는데, 음악은 지친 자의 휴식이기도 하지요. 그러나 음악에도 그 한계가 있습니다."

카롤로 마르텔로

십계명에도 기록되었듯이 인간은 하느님 외에 다른 신을 섬겨서는 안 된다. 인간은 하늘에 있는 것을 우러러볼 뿐, 하늘 아래 있는 것에 유혹을 받아서는 안 되는 것이다. 그것이 땅에 있는 것이든 땅 아래 물속에 있는 것이든 마찬가지이다. 우상을 섬겨서도 또 그 앞에 절을 해서도 절대 안 되는 것이다.

하느님 이외에 다른 어떤 신도 섬길 수 없음에도 불구하고 옛날에는 이교異教시대가 있었다. 당시 사람들은 미신과 주술적 행위에 물들어 있었고 무당이 있어 우상을 섬기던 시절이었다. 그로 인해 인간들은 영원한 지옥 형벌에 처해질 위험한 운명에 놓이게 되었다.

그 무렵 사랑과 미의 여신 비너스가 금성을 돌고 있다는 소문이 세상에 퍼지고 있었다. 비너스('아름다운 치프리냐'라고도 함)가 별 주위를 돌면서 미친 듯이 애욕의 빛을 퍼부어 유혹한다고 사람들은 믿고 있었다.

미신에 빠진 옛사람들은 비너스에게 제사를 올리고 기원하며 제물을 바쳤을 뿐만 아니라 그녀의 어머니 디오네와 아들 큐피트까지도 섬겼다. 사람들은 큐피트가 페니키아의 티로스 왕 시카이오스와 아내 벨로스 사이에서 낳은 딸 디도의 무릎 위에 앉았다고들 수군거렸다.

금성은 초저녁에 떠서 새벽녘까지 아름다운 빛을 뿜어내는 별이다. 사람들은 그 반짝이는 샛별을 두고 태양에게 온갖 교태를 다 부리는 듯하여 비너스라는 이름을 붙였다.

단테는 어느덧 금성천으로 올라왔다는 사실도 모르고 있었다. 단지 더욱 아름다움을 더해가고 있는 베아트리체의 변화를 지켜보는 데만 정신이 팔려 있었다. 그러다가 문득 그녀의 주위를 감싸고 있는 빛이 더욱 강렬해진 것을 깨닫고서야 비로소 자신이 금성천 안에 와 있다는 사실을 알게 되었다.

자세히 보면 불길 속의 불꽃도 구별되어 보이듯 또 여러 목소리 중 한 목소리가 구별되어 들리듯, 베아트리체의 빛은 이곳 금성천에서 뿜어져 나오는 그것들과는 확실히 구별되는 독특한 아름다움이 깃들어 있었다.

금성천을 자세히 살펴보니 빛이 흘러나오는 저쪽 편에서 많은 영혼들의 모습이 보였다. 그들은 기쁨에 넘친 표정으로 밝은 빛을 내면서 빙글빙글 동그라미를 그리며 돌고 있었다. 그들은 제각기 원을 그리는 속도가 달랐다. 그것은 하느님을 향한 갈망의 차이인 듯했다.

차가운 구름으로부터 내려오는 빠른 번개, 눈에 보이지 않는 빠른 바람일지라도 이들에게 비춰지는 그 거룩한 빛보다 빠를 수는 없을 것 같았다. 단테는 지금 이 순간에도 저 높은 곳 어딘가에서 자신들에게 천국의 기운을 불어넣어 주고 있을 세라핌 천사가 생각났다. 그의 기운을 받고 있을 이곳 영혼의 무리들 속에서 '호산나'를 부르는 찬미가가 들려오고 있었다. 그 노래가 얼마나 맑게 가슴을 적셔주는지 앞으로도 영원히 지워지지 않을 것 같았다.

그때 한 영혼이 앞으로 나서더니 혼잣말을 했다.

"그대가 이 기쁨을 함께 누릴 수 있도록 도와주고 싶네. 우리는 지금 천상의 천사들과 같은 주기週期로 돌면서 하느님의 자애로우심에 찬미와 영광을 드리고 있다네. 지금 지혜의 힘을 빌려 이곳 금성천을 움직이는 어느 한 천사에 대해 자네가 생각하고 있다는 것을 잘 알고 있지. 우리는 지금 사랑이 충만하게 넘쳐흘러 있어서 자네를 기쁘게 해줄 수가 있다네. 자네가 이곳에 잠시 머무르는 일이 우리에겐 춤과 노래하는 기쁨 못지않게 기쁘다네."

단테는 저절로 갖춰진 본능적 겸손함으로 눈을 들어 베아트리체의 빛나는 눈망울을 바라보았다. 그녀는 이미 그에게 무언無言의 허락을 표시하고 있었다. 그 마음을 읽은 단테는 그 빛의 영혼에게 온갖 정성과 사랑을 담아 물었다.

"은총을 받아 거룩하게 빛을 내는 이여! 당신은 누구신지요?"

그가 묻자 그 영혼은 더욱 환한 빛을 뿜어냈다. 지금까지 간직하고 있던 빛 위에 단테에게 은총을 내려주려는 새로운 기쁨의 빛이 더해졌던 것이다. 그는 한껏 더 빛을 내뿜으며 말했다.

"나는 카롤로 2세의 아들 카롤로 마르텔로. 스물다섯 살의 젊은 나이로 세상을 하직했지. 그러나 그 짧은 생이 오히려 내게 많은 재앙을 피할 수 있게 해주었다네. 만약 조금만 더 현세에 머물렀더라면 내 아우 로베르토가 겪었던 불행을 내가 당해야 했을 거네. 이 모든 것은 하늘의 은총이고 또 그 은총의 기쁨이 마치 고치에 싸인 누에처럼 나를 감쌌던 것이지."

카롤로 마르텔로의 영혼은 너무나 강한 빛에 둘러싸여 그 모습이 잘 보이지 않았다. 단테는 눈이 너무 부신 나머지 제대로 뜰 수가 없었다.

그는 단테가 현세에 있었을 때부터 매우 동경했던 인물이었다. 만약 그가 현세에 조금만 더 머물렀다면 그가 사랑했던 일들에 대한 많은 결실을 보게 되었을지도 모른다.

"론 강이 소르그 강과 합쳐져 씻겨내리는 저 왼쪽 기슭 프로방스는 나를 군주로 맞이하고자 기다리고 있었다네. 또한 트론토와 베르데가 바다를 때리는 그곳에서 바리, 가에타, 카도나 이 세 도시가 이르는 이탈리아 역시 나를 기다리고 있었지. 도나우 강이 도이칠란트의 기슭을 떠났을 때 헝가리의 왕관은 벌써 내 머리 위에서 빛나고 있었다네."

그는 시칠리아 섬에 애정이 많은 듯 그곳 이야기를 꺼냈다.

"시칠리아 섬 남쪽, 파키노와 펠로로에 샛바람이 몹시 불어오던 어느 날 그만 화산이 터지고 말았지. 그곳이 화산재와 연기로 뒤덮였을 때 사람들은 죽은 티폰이 다시 살아났다고 아우성을 쳤다네."

티폰은 제우스의 번개 칼에 맞아 죽은 거인으로 그 시체가 시칠리아 섬에 묻혀 있다고 전해지고 있다.

"그러나 그건 전설일 뿐이었지. 단지 유황 화산이었어. 그 유황 화산 때문에 시칠리아는 늘 안개에 휩싸이곤 했네. 그런 아름다운 모습을 보고 반한 많은 시인들이 그곳을 트리나크리아라고 부르곤 했지. 아마 그곳 사람들은 아직도 나를 거쳐 카를로와 루돌프의 핏줄을 이어받은 내 후손이 왕이 되기를 고대하고 있을 걸세."

그러나 불행은 이미 싹이 튼 후였다. 샤를앙주 1세가 악정惡政으로 백성들을 도탄에 빠뜨린 일이 바로 그것이었다. 결국 몹쓸 권력에 견디다 못한 시칠리아의 수도 팔레르모 사람들이 만종 소리를 신호로 봉기 (1282년 3월 30일 저녁)를 일으켰다. 도처에서 무장 봉기가 일어나 결국 권력은 무너지고 말았다.

그 뒤 마르텔로의 아우 로베르토가 나폴리의 왕으로 즉위(1309년)했다. 그러나 그 역시 백성들에게 선정善政을 베풀지 못하고 카탈로니아 출신의 탐욕스런 관리들을 측근에 앉힌 것이다. 예전의 그 백성 봉기를 타산지석他山之石으로 삼지 않은 결과는 불을 보듯 뻔했다. 백성들은 학정虐政을 견디다 못해 다시 일어났다. 겪지 않을 수도 있었던 일을 또다시 겪게 된 것이다.

"아우 로베르토는 그 자신뿐만 아니라 백성들을 위해서도 미래를 내다보았어야 했네. 그럼에도 불구하고 그는 학정을 저지르고 말았지. 적어도 무거운 세금으로 백성들을 도탄에 빠지게 하지는 말았어야 했는데……. 그러나 이미 무거운 짐을 잔뜩 실은 배에 또 한 번 무거운 짐을 싣는 잘못을 범했으니 어찌 배가 뒤집히지 않을 수 있었겠나? 그 본연의 임무대로 물 위에 평화롭게 떠 있어야 했을 것을……."

그의 말이 옳았다. 그의 동생 로베르토는 재물을 모으는 데 관심이 없는 청렴결백한 관리와 군대를 만들었어야 했다.

"아, 축복받은 영혼이시여! 당신의 고귀한 말씀은 저에게 큰 교훈이 되었습니다. 또한 온갖 선이 시작되고 끝나는 하느님이 계신 이곳 천국에서 제가 평소 흠모했던 당신을 뵙게 되다니 제 마음이 참으로 기쁩니다. 더욱이 이 모든 것을 하느님 안에서 보며 인식할 수 있으실 테니 제가 보는 것 못지않게 환희가 넘칩니다. 그러나 당신은 저에게 기쁨을 주시면서 한 가지 의혹 또한 심어 주셨으니 가르침을 베풀어 주십시오. 어떤 연유로 그렇게 달콤한 씨앗에서 쓰디쓴 열매가 열리게 되었는지요?"

단테는 비유를 섞어가며 물었다. 마르텔로는 즉시 대답해 주었다.

"내가 그대에게 진리를 알려 준다면, 지금 묻고 있는 그것을 볼 수 있을 것이네. 천국을 뒤덮고 채워주시는 하느님의 섭리가 커다란 물체 안에 작용하고 있고 그곳을 지금 그대가 오르고 있는 거라네. 또 모든 자연이 하느님 당신의 완전하신 뜻 가운데 조화롭게 어우러져 있을 뿐만 아니라, 천체의 움직임도 활이 목표물을 향해 날아가듯 정확하게 움직이고 있지. 만약 하느님의 뜻대로 움직이지 않는다면 얼마나 엄청난 일이 벌어질 것인가를 상상해 보게나. 질서가 무너진 우주의 혼란과 파괴, 얼마나 큰 비극이겠는가? 그뿐 아니라 조화로운 아름다움 역시 없어질 것이고 오직 혼돈만이 남게 되겠지."

그는 조금씩 어조를 높여가며 설득력 있게 설명해 나갔다.

"그러나 다행스러운 것은, 아니 당연한 것은 자비로우신 하느님께서 별을 움직이는 천국의 지성과 완전한 것으로 만드셨던 첫 번째 지성이 결코 결합될 수 없게 하셨다는 점일세. 그런 순리 파괴가 일어날 가능성이 전혀 없다는 것이지. 그대는 이 진리를 더 듣고자 하는가?"

"아닙니다, 더 이상 설명 안 하셔도 잘 알겠습니다. 자연의 순리는 이미 하느님의 전능하신 섭리 안에서 이루어져 있으니, 우리 인간이 필요로 하는 뜻은 없어도 된다는 사실을 이제 깨달았습니다."

단테의 대답을 듣고 난 그가 다시 물었다.

"그렇다면 현세의 사람들이 질서와 공동체를 위하여 서로 돕지 않고 자신의 이익만을 취하기 위해 행동한다는 사실은 더욱더 큰 불행이 아니겠는가?"

"물론 그렇습니다. 물을 필요조차 없겠지요."

"그렇다면 사람들이 제각기 맡은 바 직무가 달라 각자 다르게 살아가지 않고서도 지상에서 만물의 영장이라고 할 수 있겠는가? 아닐 것이네. 그대들의 스승 아리스토텔레스가 쓴 정치학과 윤리학에도 분명히 그렇지 않다고 기록되어 있네."

그 빛나는 영혼은 많은 가르침을 주고 결론을 지었다.

"그러므로 그대들의 결과에 대한 뿌리도 각각 달라야 한다고 생각하네. 그래서 어떤 이는 그리스의 일곱 현인 중에 한 사람인 아테네의 입법자 솔론으로, 또 어떤 이는 페르시아의 왕 크세륵세스로, 또 하느님을 섬기는 사제요, 아브람에게 빵과 포도주를 바친 살렘 왕 멜기세덱으로 태어났는가 하면, 하늘을 날다가 죽은 이카로스의 아버지 다이달로스의 운명으로 태어났다네. 흙으로 돌아갈 인간에게 인印을 새기는 자연은 돌고 돌면서 조화 있게 변화무쌍하지만 종족이나 가문 등에 구별을 두지 않아 아버지와 아들이 서로 같지 않은 경우가 있는 것일세. 이건 모두 하느님의 섭리에서 비롯되는 삼라만상의 차이인 것이지."

이사악의 쌍둥이 아들 에사오와 야곱은 이미 태중에서부터 성격이 달랐다. 그들은 쌍둥이였지만 형인 에사오는 사냥을 좋아했고 동생 야곱은 평화를 사랑하여 천막 안에서만 살았으니, 서로 정반대의 성격이라고 할 수 있었다. 또 천한 마르스에게서 로마의 건국자인 로물루스(쿠이리누스)대제가 태어나지 않았던가.

만일 이러한 하느님의 섭리가 없었다면 자식은 반드시 아버지를 닮아 태어나야 하고 항상 똑같은 길을 걸어야만 했을 것이 분명하다. 만약 그렇다면 인간 각자에게 주어진 하느님의 가장 큰 선물인 자유의지는 지금 어떻게 되었겠는가.

"그대 뒤에서 빛나던 영광이 이제는 그대 앞에서 보이고 있다네. 빛이 지금 그대에게 비춰지니 나 또한 얼마나 기쁜지 모르겠네. 그래서 한마디 덧붙이고자 하는 것은, 사람이 외투를 입으면 외출할 때의 마지막 준비가 끝나듯 그대도 내 말로 겉옷을 삼게나. 인간이란 자신의 의지와는 무관하게 운명에 부딪히게 된다네. 그것은 땅에 뿌려진 씨앗과도 같지. 길바닥에 떨어진 씨앗은 새가 쪼아 먹어버리게 되고 흙이 많지 않은 돌밭에 떨어진 씨앗은 싹이 곧 나오되 흙이 깊지 않아 뿌리가 채 뻗지 못해 해가 뜨면 말라버리게 되며 가시덤불에 떨어진 씨앗은 가시덤불이 자라 숨이 막혀 죽어버리게 된다지 않나. 하지만 좋은 땅에 떨어진 씨앗은 백 배가 넘는 열매를 맺게 되는 법일세. 그러니 만약 현세에서 자연의 순리에 따른 삶을 살아가고자 했다면 사람들 모두가 다 착한 이가 되었겠지."

그가 방금 한 말은 성서에 나오는 비유의 한 구절이었다.

"인생이란 참 알다가도 모를 이치 투성이라네. 원래 칼을 휘두를 인생으로 태어난 루도비코가 성 프란치스코 수도회의 사제가 된 사건 같은 것 말일세. 툴루즈의 주교로까지 오른 그는 사실 바로 나의 아우라네. 또한 설교를 하기 위해서 태어났던 로베르토는 나폴리의 왕이 됐으니 어찌 재미있지 않겠는가? 한 뿌리에서 나온 형제가 실제 운명과는 엉뚱하게 다른 길을 걷게 된 것이지. 결국 사람들이 잘못된 길로 접어들어 그 얼마나 많은 오점을 남기게 되는가에 대해서는 우리 가문의 일만 보고도 잘 알 수 있을 걸세."

두 번째 삶

거룩한 빛과 영원한 생명을 지닌 마르텔로는 어느덧 멀리 사라져 가고 있었다. 만물을 주관하시고 빛과 생명으로 채워 주시는 하느님을 향해 돌아가고 있는 것이다.

"아름다운 왕비 클레멘차여, 샤를 마르텔로의 딸이시여! 프랑스의 왕 루이 10세의 아름다운 왕비여! 당신의 자손들이 겪을 불행을 통해 나의 의혹이 풀렸습니다. 그분은 '세월이 흐르는 대로 잠자코 내버려두라'고 말씀하셨습니다. 내게는 그분을 위로해드릴 지혜가 없군요. 다만 그들이 입은 재앙 후에는 반드시 정의의 통곡이 올 것이란 말밖에……."

사탄의 유혹으로부터 벗어나지 못하고 방황하고 있는 영혼들이여! 믿음이 없는 자들이여! 이렇게 환희가 넘치는 지고한 사랑이 존재함에도 불구하고 계속 헛되고 헛된 해로운 것에만 눈길 쏠리는 대로 허송세월할 것인가!

그때 뜻밖에도 빛나는 광채 속에서 누군가 다가오고 있는 것이 보였다. 그 영혼 역시 아주 찬란한 빛을 내며 단테를 지켜보고 있던 베아트리체의 무한한 사랑의 눈길과도 같은 미소를 짓고 있었다. 그 미소는 아직도 샘솟고 있는 단테의 의문에 답해 주겠노라고 말하는 듯했다.

단테는 더 이상 참지 못하고 그 영혼을 향해 입을 열었다.

"오, 복되신 영혼이여! 어서 저의 부족한 곳을 채우셔서 당신 안에 저의 생각이 비춰져 있다는 증거를 보여주십시오."

눈앞에 나타났던 새로운 빛은 먼저 노래했던 깊은 곳에서 하느님의 은총을 받은 이답게 기쁨이 넘치는 소리로 말했다.

"베네치아와 이탈리아의 위, 브렌타 강과 북쪽 피아베 강의 원천 사이에 자리 잡고 있는 퇴폐한 땅 트레비소를 알고 있을 테죠? 그곳의 저 한편에는 노마노 언덕이라고 불리는 곳이 있습니다. 또한 그 위쪽에는 그리 높지 않은 에첼리노 성이 우뚝 솟아 있지요. 일찍이 폭군 에첼리노 3세가 내려와서 그 일대를 짓밟고 큰 피해를 준 곳입니다. 저도 그와 한 뿌리에서 나온 삶입니다. 모두들 나를 쿠니차라고 불렀지요."

쿠니차는 비너스(금성)의 영향을 받아 젊었을 때는 노래와 사치와 놀이를 즐긴 여인이었다. 그리고 세 명의 남편으로도 모자라 수많은 정부情夫를 두었을 만큼 음탕한 여인이었다. 그러나 만년에 성령의 도우심으로 모든 잘못을 뉘우치고, 막달레나처럼 세속에 바쳤던 열정 이상으로 하느님을 뜨겁게 섬겼던 인물이다.

"저는 뒤늦게 눈을 떠 하느님을 사랑할 수 있게 되었습니다. 그리하여 구원을 받아 지금 이렇게 찬란하게 빛나고 있는 은총을 받게 된 것입니다. 제게서 나오는 빛은 이 금성의 별빛이 저를 감싸고 있기 때문입니다. 저는 과거의 죄악을 기억하고 있지만 그 운명의 인과因果를 기꺼이 받아들이며 괴로워하지 않습니다. 오히려 그런 죄악 가운데서 은총이 가득 찬 이곳으로 올 수 있었던 영광을 더 기뻐합니다. 이곳에서는 폴코 주교님의 빛도 보실 수 있습니다."

마르실리아의 폴코는 원래 시인이었으나 개심하여 수도원에 들어간 사람이었다. 수도자가 된 그는 그 수도원에서 원장까지 오르게 되었고 훗날 마르세이유의 주교로 선출되기도 했다. 그는 이단자에 대해서 단호한 조치들을 세웠다. 그는 현세에서 훌륭한 명성을 남겼고, 그 명성은 백 년을 다섯 번이나 곱할 정도로 오랜 세월 동안 지속되었다. 그런 그가 이 천국에서 빛나는 보석으로 박혀 있다는 것은 당연한 일이었다.

"육체적 삶을 첫 번째 삶이라고 한다면, 사후에 남아 있을 영혼의 삶은 두 번째 삶이라고 할 수 있지요. 바로 그 두 번째의 삶을 위해서 사람은 부단히 많은 노력을 해야 합니다. 당신도 이미 잘 알고 계시리라 믿습니다. 그러나 이탈리아의 북쪽 탈리아메토 강과 아티체 강이 둘러싸고 있는 그 땅의 사람들은 요즘 그 생각을 잊고 있는 듯합니다. 그들은 에첼리노나 그 밖의 폭군들에게 혼이 나고도 여전히 뉘우치지 않고 있어요. 그러나 파도바는 머잖아 칸그란데의 공격을 받을 것입니다. 그렇게 제국에 복종할 것을 고집스럽고 완강하게 거부하더니, 스스로 제 무덤을 판 격이지요. 아마도 트레비소에서 흘려질 피는 연못과 늪을 만들며 흘러넘치게 될 것입니다."

트레비소는 실레 강과 카냐노 강이 서로 벗하며 합류하는 곳이었다. 그곳을 지배하던 리카르도는 거만하게 권세를 누렸지만 이미 자신을 잡기 위해 그물이 쳐져 있다는 사실을 모르고 있었다. 결국 그는 가신家臣의 음모에 의해 암살당하고 말았다.

"펠트로 또한 비참한 최후를 맞게 될 것입니다. 그 악한 주교 알렉산드로 노벨로의 배신이 뒤따를 테니까요. 또 기벨린당원이 허울뿐인 사

86

제로 인하여 30여 명이나 목이 잘리는 비극을 맛보게 될 것입니다. 볼세나 호수 근처의 잔악하다는 그 말타 감옥에 들어간 자라 할지라도, 그 사제처럼 더러운 죄악을 저지르지는 않았을 겁니다. 그 페라라의 기벨린당원이 흘린 피는 아무리 큰 그릇이라도 한 번에 다 채우지 못할 정도로 처참할 것입니다. 그 사제 스스로가 자신의 당을 선물로 삼아 충성을 보이고자 했던 것이 바로 피였으니, 그건 그에게 아주 어울리는 것이 되겠지요."

쿠니차가 그렇듯 정확히 미래를 예측할 수 있었던 힘은 바로 천사의 거울 때문이었다.

"이 천국의 맨 위 지고천 좌품천사 제 삼위 천사에게는 거울이 있지요. 하느님의 심판은 모두 이 천사의 거울을 통해 우리를 훤히 비추고 있기 때문입니다. 모든 것이 하느님의 정의에 맞기 때문에 말할 수 있었던 것이지요."

설명을 마친 그녀는 입을 다물고 춤추던 무리 속으로 다시 들어가 버렸다. 그러자 이번에는 다른 영혼이 태양의 빛을 발산하며 나타났다. 단테의 눈앞에 나타난 그는 방금 전 쿠니차가 보석이라고 말해 주었던 폴코의 영혼이었다. 단테는 용기 내어 그 영혼에게 존경을 가득 담아 말했다.

"복되신 영혼이여! 천국에서는 기쁨이 강할수록 빛도 더욱 밝게 빛나고, 지옥에서는 비통함이 클수록 어둠도 짙어지는 까닭을 저는 잘 알고 있는 사람입니다. 제가 이러한데 하물며 당신은 어떻겠습니까. 하느님의 모든 것을 보시고 당신의 생각 또한 그 은총 안에 머물러 있으리니 무엇이든 모를 것이 없을 테지요. 세상의 여섯 날개로 사제복을 삼는 그 경건한 세라핌 천사의 노랫소리에 맞춰 천상의 영광을 노래하는 당신이 어찌 저의 소원을 풀어주시지 못하겠습니까? 제 안에 당신이 계시듯,

당신 안에 제가 있다면 저는 한없는 감사를 느낄 것입니다."

그 영혼이 말했다.

"세계의 땅을 목걸이처럼 감싸고 있는 바다가 있었네. 그 바닷물이 가장 크게 파도치고 있는 기슭 사이로 유럽과 아프리카 해안이 서로 마주 보고 있었지. 지금은 태양이 지평선 멀리 뻗어 자오선 위에 이르고 있는 것이 보이는군. 나는 그 골짜기의 에브로 강과 마그라 강 사이 토스카나와 제노바가 국경을 이루는 강기슭에서 살았지. 일찍이 시저가 피로 물들여 놓았던 나의 고향 마르세유는 아프리카 북쪽 해안의 부지아와 경도가 같아 해가 뜨고 지는 시각도 거의 같았다네."

그를 알고 있는 현세 사람들은 모두 폴코라고 불렀다. 그는 현세에서 살 때 이 금성의 빛을 받아 이성과의 사랑에 빠졌던 적이 있었음을 얘기했다.

"청춘 시절, 이곳의 별빛 영향으로 사랑에 빠졌었고 지금은 나의 빛으로 이곳이 더욱 빛나고 있지. 그것은 내가 생활의 전부를 겸손하게 이 별의 영향으로 돌리고 있기 때문이라네. 아이네이아스를 연모한 시카이오스나 아이네이아스의 아내 크레우사를 괴롭혔던 디도의 열정, 그리고 데모폰에게 속았던 로도페가 절망하고 목매 자살했던 것이나 이올레를 마음속 깊이 사랑했던 헤라클레스의 사랑까지…… 모두 나의 어리석은 시절 불타오르던 사랑에 비한다면 아무것도 아니지."

그는 누구 못지않게 열렬한 사랑을 했으나 끝내 이루지 못하고 말았다. 그러나 천국에 오른 다음부터는 후회란 조금도 없었으며 모든 걸 잊고 천국의 기쁨만을 누리고 있다고 그는 일러주었다.

"그건 우리의 죄를 가볍게 여겨서가 아니라 하느님의 은총과 인자하신 성모님의 도우심으로 연옥을 거쳐 나올 때 망각의 레테 강에서 모든 기억을 씻어버렸기 때문이라네. 오직 하느님의 사랑에 찬미와 감사를 드릴 따름이지. 이 천국에서 전능하신 하느님의 사랑으로 지상에서 있었던 우리의 사랑이 정화되고 있다는 것을 깨닫게 되었다네. 지금 내 곁에서 마치 맑은 물속에 있는 태양 광선처럼 빛 속에 있는 사람이 누구인지 그대는 궁금할 걸세. 비록 창부娼婦의 몸이었지만 하느님을 향한 참다운 믿음으로 하느님의 완전한 평화를 누리며 나보다도 더 높은 품격을 갖고 있는 여리고 여인 라합이라네."

예수님께서 십자가에 못 박히심으로 얻으신 고귀한 승리의 표시로써 그녀가 천국에 오른 것은 지극히 당연한 일이었다. 지상에서 만들어진 그림자는 금성천까지 뻗쳤다가 사라지는데 그녀의 영혼은 예수님께서 구원하신 영혼 중 가장 빠르게 구원을 받았다고 한다. 라합은 여호수아를 도와 여리고 성을 점령하는 영광을 이룬 여인이다. 그리스도교 형제들과 싸우는 데만 정신이 팔려 있는 교황 보니파티우스 8세와는 대조적인 인물이었다.

지금 교황은 거룩한 땅 팔레스티나를 사라센인들의 수중에 내맡겨둔 채 탈환에는 마음도 없었다. 성지를 그렇게 내팽개쳐 두고 있는 꼴이란 정말 가관이었다.

"자신의 주인이신 창조주를 맨 먼저 거역한 마왕 루치펠로 또한 그의 유혹을 이겨내지 못하고 질투의 화신이 되어 지상에 수많은 비탄의 씨를 뿌린 많은 사람들. 그렇게 악의 씨를 뿌린 자들에 의해 그대의 고향 피렌체가 탐욕과 질투로 얼룩지게 된 것이라네. 그렇듯 악덕으로 가득 찬 저주의 꽃을 피워 양떼들로 하여금 길을 잃게 만든 것은 바로 이리를 목자牧者로 삼았기 때문이라네. 그 결과 복음과 성스런 교회의 교부들이 버림을 받게 되었고 교회가 법령만 연구하는 곳으로 전락하고 만 것 아닌가?"

교황과 추기경들은 그런 것에만 집착하고 있어서 그들의 생각 속에는 대천사 가브리엘이 날개를 펴고 동정녀 마리아님께 나타나 성령에 의한 예수님 잉태를 예고했던 나자렛에는 조금도 마음을 쓰지 않는다는 것이 그의 설명이었다.

"그대도 잘 알고 있으리라 생각하네. 바티칸이나 성 베드로님의 신앙을 계승할 교회의 순교자들과 성인들의 무덤이 되어 준 로마의 선택된 자리들은 머잖아 하느님의 뜻으로 되돌아오리라는 것을. 또한 음란으로부터 벗어나 자유로운 몸으로 되돌아오리라는 것도……."

토마스 아퀴나스

눈을 들어 저 드높은 하늘을 바라보라. 그리고 모래알처럼 작게 빛나는 수많은 별들의 운행을 지켜보라. 아마도 그곳에서 하느님의 전능하심을 미루어 짐작할 수 있으리라. 몇만 년이 흘렀음에도 우주가 계속 유지되고 있는 것은 하느님께서 그것들을 사랑하시어 잠시도 그곳에서 눈을 떼지 않고 계시기 때문이다.

하느님께서는 거룩한 성령의 힘으로 우주에 떠 있는 것들과 인간의 머릿속에 도는 것들에게 질서를 부여하셨다. 그 오묘하고 신비로운 조화에 바라보는 이들은 감탄하지 않을 수 없을 것이다. 만물을 창조하시고 그것들에 질서를 부여하신 하느님의 능력은 경이로움의 극치가 아닐 수 없다.

별들은 언제나 비스듬히 기울어진 채 띠를 이루어 지구의 주위를 돈다. 별들은 그들을 부르는 지구의 소망을 채우기 위해 때론 흩어지고 때론 모여서 빛을 내고 있는 것이다. 만약 별들의 궤도가 기울어져 있지 않았다면 우주의 조화를 잃고 무기력해졌을 것이다. 또한 지구 위의 생명체들도 활기를 잃거나 거의 죽었을 게 분명하다. 그리고 황도와 적도가 같았다면 계절의 구분이 불가능했을 것이며 그들의 경사가 조금이라도 넘치거나 처졌다면 우주의 질서는 매우 불안정해져서 도저히 미래를 예측할 수 없었을 것이다.

오랜 여행 끝에 지친 몸이 피로를 느끼기 전에 기쁨을 만끽하고 싶거든 이렇게 하느님의 능력을 다시 한 번 음미하고 감사의 마음을 품어보라!

단테는 고개를 들어 하늘을 바라보았다. 별이 흐르고 서로 합쳐지더니 서서히 빛을 잃고 희미해졌다. 멀리서부터 해가 밝아오고 있었던 것이다.

한순간 봄 아지랑이 같은 현기증이 났다. 마치 온몸이 나선의 궤도를 따라 끌려가는 느낌이었다.

단테는 그때 벌써 넷째 하늘 태양천에 올라와 있었지만, 처음으로 착상이 떠올라 시를 쓸 때 그 시작을 느끼지 못하는 것과 같이 그는 이곳에 당도한 사실을 깨닫지 못하고 있었다.

단테를 금성천에서 이곳 태양천으로 데려다 준 이는 베아트리체였다. 그녀의 동작은 번개보다 더 민첩해서 시간으로 잴 수 없었으며 솜털처럼 부드러웠다.

단테는 빛을 따라 태양 속으로 들어갔다. 그곳에는 많은 영혼들이 한가롭게 산책하거나 이야기를 나누고 있었다. 그들은 형체가 선명하지 않고 하나의 눈부신 빛처럼 보였다.

그 빛이 어찌나 눈부시고 강렬한 것인지는 아무도 짐작하지 못할 것이다. 만약 그들의 빛이 미미했다면 단테는 그들의 모습을 쉽게 알아보았을 것이다. 그러나 태양보다 눈부시고 밝았기 때문에 그는 한동안 장님이 되었다. 단테가 알고 있는 표현기법을 최대한 발휘하고 기교를 부린다 해도 그 밝기를 온전히 표현하지는 못하리라. 하지만 이런 그의 표현력을 탓하거나 다른 사람들의 상상력을 무시할 수는 없다. 왜냐하면 세상에 사는 그 누구도 태양 속에 들어가거나 그보다 더 위로 올라가 본 적이 없기 때문이다.

단테는 눈이 휘둥그레져서 주위를 둘러보았다.

"베아트리체, 이곳은 어디요? 좀 전보다 더 밝고 평화로워 보이는데……."

베아트리체는 얼굴 가득 미소를 머금은 채 입을 열었다.

"감사하세요, 태양천 천사들에게 감사하세요. 하느님께서 당신에게 은총을 베푸시어 저로 하여금 당신을 이 태양천으로 안내하게 하셨습니다."

"이곳이 태양천이란 말이오?"

단테는 기쁨에 넘쳐 자신도 모르는 사이에 무릎을 꿇었다. 그리고 진실 어린 마음으로 하느님께 감사의 기도를 올렸다. 아마 사람의 마음 중에 그때의 그 마음에 따를 만한 진심은 없었으리라.

단테는 자신의 모든 사랑을 바쳐 하느님께 기도를 올렸기 때문에 잠시 베아트리체의 존재마저 잊어버렸다. 그러다 문득 정신을 차리고 그녀를 물끄러미 보니 그녀는 그때까지도 미소를 머금은 채 바라보고 있었다. 반짝반짝 빛나는 그녀의 눈과 마주치자 하나로 집중되었던 그의 정신은 다시 흐트러지고 말았다.

단테는 기도를 마치고 자리에서 일어났다. 그리고 다시 앞을 바라보았다. 불빛에 감싸인 사람들이 왕관처럼 퍼져서 눈부시게 빛나고 있었다. 단테는 그 불빛에 넋을 잃고 한동안 입을 다물지 못했다.

그때 어디선가 오묘한 노랫소리가 들려왔다. 공기가 대지의 습기를 머금었을 때 하늘에 띠 같은 실이 모여 달무리를 이루는 것처럼 노랫소리는 달무리와 같이 퍼져 나갔다. 단테는 지금껏 천상의 궁전을 여러 곳 지나왔다. 그곳에는 귀중하고 아름다운 보석들이 수를 헤아릴 수 없을 정도로 많았다. 하지만 그것을 왕궁 밖으로 가지고 나올 수는 없다. 이 빛의 노랫소리도 그런 보석과 마찬가지로 죽어서 하늘에 오르기 전까지는 아무도 듣지 못할 것이다.

이 눈부신 빛의 무리들은 노랫소리에 맞추어 단테 일행의 주위를 세 번 돌았다. 그것은 마치 춤을 추다 잠시 음악이 멈춘 사이에도 원을 풀지 않고 다음 음악이 나올 때까지 발을 멈춘 채 말없이 귀를 기울이고 있는 여인들과 흡사했다.

이윽고 그 빛들 중 하나로부터 말소리가 들려왔다.

"은총의 빛에 불이 일어나면 사랑함으로 인해 더더욱 불꽃이 거세지는 것이 진실한 사랑이니라. 그런데 그 은총의 빛이 그대 속에서 힘을 더하여 환히 빛나고 있구나. 그 빛은 그대를 저 층계 위로 인도할지니 그곳은 한 번 오르면 내려온 뒤에도 다시금 오르려는 열망을 쉽게 버릴 수 없는 곳이지. 그대는 원하는 모든 것을 알게 될 것이니라. 만약 누군가가 그대의 질문에 대한 대답을 거절한다면 그의 마음은 둑을 넘지 못하는 바닷물처럼 답답할 것이다."

단테는 경외심 가득한 목소리로 빛을 향해 물었다.

"빛나는 영혼이시여, 제게 친절하게 말을 건네는 당신은 누구십니까?"

"그대가 알고자 하는 것은, 그대를 태양천까지 이끈 아름다운 여인을 에워싼 이 화환이 무슨 꽃으로 엮어졌나 하는 것이다."

"무슨 말씀이신지요?"

단테는 그의 말을 이해하지 못하고 되물으며 베아트리체의 주위를 둘러보았다. 그러자 그 빛은 호탕하게 웃더니 자신의 이야기를 시작했다.

"나는 도미니쿠스를 따라 길을 간 거룩한 무리의 어린양 중 한 마리였다네. 거기서는 헛되이 길을 잃지 않는 한 평화롭고 행복한 삶을 누릴수 있었지. 내 오른쪽 맨 앞에 계신 분은 나에게 있어 형제이자 스승이던 스콜라 학파의 거두 쾰른의 알베르투스이고, 나는 토마스 아퀴나스라네."

순간 깜짝 놀란 단테는 마른침을 삼켰다. 그는 단테에게 학문의 길을 열어 주었으며 또 가장 존경하는 인물이었던 것이다.

"정말 당신이 철학자이며 신학자인 토마스 아퀴나스란 말씀입니까?"

토마스 아퀴나스는 고개를 끄덕이더니 계속 말을 이었다.

"만약 그대가 이곳에 있는 다른 이들에 대해서도 확실히 알고 싶다면 내가 말하는 순서대로 축복받은 이 화환에 따라 차례차례 시선을 돌리도록 하게."

단테는 그가 가리킨 첫 번째 빛을 바라보았다.

"저 빛은 그라치아의 웃음에서 생겨난 것으로 그는 율법에 관하여 속세의 법과 교회의 법을 조화시키려고 노력한 공로로 정의의 심판에 따라 천국으로 온 것이며……."

토마스 아퀴나스는 두 번째 불꽃을 가리켰다.

"가난은 자칫 사람의 마음을 각박하고 추하게 만들 위험이 있는 것이네. 그래서 가난한 자가 더욱 재물에 집착하고 욕심을 부리기 마련이지. 하지만 자기의 전 재산을 성스러운 교회에 바친 사람도 있네. 바로 피에트로처럼……."

단테는 고개를 끄덕이며 세 번째 빛에게로 시선을 옮겼다.

"가장 아름답게 빛나고 있는 저분은 누구십니까?"

"그는 다윗의 아들이며 이스라엘의 왕인 솔로몬이라네. 그분의 사랑은 크고 깊어 아직도 지상의 많은 사람들이 그분의 이름을 칭송하고 있잖은가. 아마도 지상의 사람들이 이 소식을 듣는다면 모두 기뻐할 걸세. 그 빛 속에는 고매하고 지혜로운 두뇌가 있는데 거기에는 깊은 예지가 숨겨져 있지. 진리가 영원히 진리로 남는다면, 아마도 그에 버금가는 현자는 두 번 다시 세상에 태어날 수 없을 것이네."

단테는 어릴 때 어머니의 무릎에 앉아 솔로몬 왕의 지혜로운 행동에 대한 이야기를 들으며 자랐다. 단테는 이 사실이 믿기지 않았다.

'그 솔로몬 왕을 실제로 눈앞에서 보게될 줄이야. 꿈에서나마 상상했을까! 만약 그가 지혜의 샘물을 마셨다면 그에게 애원하여 한 방울의 샘물로 무지와 궁금증을 해결할 수 있을 텐데……'

단테는 다음 빛을 바라보았다. 토마스 아퀴나스는 그 빛에 대해 설명했다.

"저 빛은 아레오파고 법정의 판사였던 디오니시오라네. 사도 바울로에 의해 개종하고 그분의 제자로서 아테네의 주교가 되었지. 저분은 육체를 빌려 태어났던 이들 가운데 천사의 성질과 그 소임에 대한 것을 가장 잘 아는 사람으로서 마치 천사 같았고 언제나 아름다운 마음씨를 간직한 채 평생을 보냈지."

단테가 이곳을 순례하기 전까지 천사란 존재는 그 얼마나 피상적이었던가. 단지 머릿속에서만 그 모습을 그려 보았을 뿐 마치 뜬구름과 같았다. 그런데 디오니시오는 살아서 천사의 성질과 그 소임을 알았다고 하니 얼마나 대단한 사람인가? 잠시 단테의 마음은 숙연해졌다.

토마스 아퀴나스는 빛 중에 가장 작은 것을 가리켰다.

"저 빛 속에서 미소 짓고 있는 이는 초기 그리스도교 시대의 변론가인 파울루스 오로시우스이네. 저분의 저서는 아우구스티누스가 쓴 '신국 론'에 많은 도움을 주었지."

토마스 아퀴나스는 잠시 말을 멈추었다가 다시 이었다.

"만약 그대가 마음의 눈을 뜨고 내 말을 따라 빛에서 빛으로 거쳐 왔다면 이제 저 여덟 번째 빛에 대해 알기를 간절히 소망할 것이네."

"여덟 번째 빛은 유달리 밝고 따뜻해 보이는군요."

"그 거룩한 영혼은 냉철한 이성의 소유자였다네. 선을 실천하는 일을 유일한 기쁨으로 삼았으므로 저분의 말에 귀를 기울이는 자는 세상의 허위를 볼 수가 있었다네. 대쪽같이 곧고 정직한 성격이 되레 화근이 되어 결국 죽게 되었지만 저분의 영혼만큼은 유랑과 순교 끝에 우리와 같이 평화에 이르게 되었지."

"혹시 동東고트 왕 테오도릭의 중신이었던 보에티우스가 아니신지요?"

"오, 역시 이곳을 순례할 만한 자격이 있군. 맞네. 저분의 육체는 지금 파비아 성 베드로 성당에 누워 있지."

토마스 아퀴나스는 계속 다음, 그 다음 빛을 가리켰다.

"보게나, 스페인 세빌랴의 주교였던 학자 이시도루스, 영국의 교부로서 '영국교회사'를 썼던 사제 베다, 그리고 인간의 한계를 초월하여 깊은 사색에 잠긴 파리의 빅토르 수도원의 원장 리카르도를! 그들의 열렬한 숨결이 불꽃을 뿜어내고 있잖은가!"

단테는 아주 천천히 시선을 옮기다가 문득 어느 한 빛에 시선을 두었다.

"토마스 아퀴나스님, 푸른빛을 띤 채 깊은 사색에 잠긴 저 빛은 누구십니까?"

"저 빛은 파리 소르본느 대학의 철학 교수 시지에리의 영원한 빛이라네. 파리 거리에서 강의를 하면서 삼단논법으로 진리를 밝혔지. 그러나 진리를 두려워하는 자들에게 미움을 사는 바람에 비참하게 죽을 수밖에 없었다네."

하느님의 신부인 교회가 신랑인 그리스도를 사랑하기 위하여 또 새벽 성가를 봉헌하기 위하여 교회의 높은 탑에 드리워진 줄을 잡아당겨 종소리를 울려 퍼지게 하듯, 천국의 영혼들은 손에 손을 잡고 원을 이룬 채 목소리를 가다듬어 다시 노래를 불렀다. 그들의 아름다운 목소리는 감미로웠고 밝은 빛은 황홀하기 그지없었다. 그것은 영원한 환희가 있는 곳이 아니고서는 도저히 알 수 없는 신비로운 체험이었다.

성 프란치스코의 카리스마

인간들이 만들어낸 논리라는 것이 얼마나 허점투성이인가! 무분별하고 어리석은 인간들이여, 지고지순한 하늘을 닮으려 하지 않고 하찮은 지상의 일에만 온 정신을 팔고 있구나. 어떤 자는 하느님의 종이 되고자 사제의 길을 걷고 어떤 자들은 민법과 교회법을 공부한다. 또 어떤 자는 히포크라테스의 가르침에 따라 의사가 지녀야 할 소명과 지켜야 할 수칙을 배운다.

그러나 그들 중 사명감을 지닌 자는 아무도 없다. 오로지 명예와 이익에만 눈이 먼 자들이다. 자신의 이득을 위하여 예지叡智와 손잡은 자들을 진정한 철학자라고 할 수 있을까?

어떤 자들은 폭력과 사기로 백성들을 농락하며 나라를 다스린다. 군주, 병사, 도둑, 강도 할 것 없이 약탈을 일삼고 속된 일에만 전념하고, 어떤 자는 육욕의 쾌락에 빠져 짐승처럼 본능을 억제하지 못하고 또 어떤 자는 안일한 생활에 일생을 낭비하며 산다.

세상 사람들이 그런 헛된 일들에 정신을 빼앗기고 있을 때, 단테는 모든 속박에서 풀려나 빛으로 가득 찬 영접을 받으며 베아트리체와 함께 천상에 있었다.

영혼의 무리는 제각기 춤을 추며 한 바퀴 돌아 원래 있던 곳으로 다시 춤추면서 되돌아갔다. 그러더니 마치 촛대 위의 초와 같이 그 자리에 우뚝 멈춰섰다.

단테에게 친절히 말을 건넸던 토마스 아퀴나스는 한층 더 밝게 빛을 내며 웃고 있었다. 그는 다시 말했다.

"나는 지금 영원한 빛을 받아 물이나 바람에도 꺼지지 않은 채 타오르고 있다네. 그 빛을 통하여 보면 그대가 품은 의혹의 원인이 어디서 비롯되었는지도 알 수 있지."

공경 받아 마땅한 그 영혼은 벌써 단테의 생각을 꿰뚫어 보고 있었던 것이다.

단테는 용기를 내어 그에게 직접 물어보기로 했다.

"위대한 성 토마스 아퀴나스님! 조금 전 당신이 '거기서는 헛되이 길을 잃지 않는 한 행복한 삶을 누릴 수 있다'고 하신 말씀과 '진리가 영원한 진리로 남는다면 그에 버금가는 현자는 두 번 다시 세상에 태어날 수 없을 것이다'라고 하신 말씀을 보다 쉽게 이해할 수 있게 다시 한 번 설명해 주십시오."

그는 웃으면서 고개를 끄덕였다.

"알겠네, 내 말뜻을 명확히 밝혀두겠네. 아무리 눈과 머리가 좋은 사람일지라도 세상을 다스리는 섭리의 밑바닥까지 보기는 어려운 법. 이때 인간들을 깨우치고 참사랑을 실천하신 분이 바로 스승이신 예수 그리스도이시라네. 그분은 축복받은 당신의 피를 십자가 위에 뿌리심으로 어리석은 인간들에게 구원을 외치셨지. 그것으로 예수님께서는 교회와 인연을 맺고 사람들이 교회를 통하여 더욱 순결한 영혼을 간직할 수 있도록 허락하셨네. 교회의 양옆으로는 두 일꾼을 딸려서 길잡이로 삼으셨지.”

“두 일꾼이라면 성 프란치스코와 성 도미니쿠스를 말씀하시는 건지요?”

“그렇다네. 성 프란치스코는 지혜에 빛나는 천사 케루빔을 연상케 할 만큼 깊은 진리를 깨달았다네.”

단테는 토마스 아퀴나스의 자세한 설명에 비로소 고개를 끄덕일 수 있었다.

“지금은 그 두 분 중 한 분에 대해 말하고자 하네. 하지만 그 두 분 다 교회를 본래의 올바른 모습대로 보존하는 것을 목적으로 삼고 일했으므로 두 분 중 어느 한 분을 들어 예찬禮讚해도 결국 두 분을 찬양하는 것이나 마찬가지라네.”

토마스 아퀴나스는 본격적으로 이야기를 하기에 앞서 잠시 생각에 잠겼다.

단테가 먼저 질문을 해볼까도 생각했지만 잠자코 있는 것이 더 나을 것이라는 판단으로 그가 입을 열 때까지 기다렸다. 곧이어 그가 질문했다.

“축복받은 우발도가 살았던 언덕에서 흘러내리는 물과 투피노 강 사이에 위치한 비옥한 산줄기가 있는 곳을 알고 있는가?”

우발도는 처음에 은둔생활을 했으나 후에 주교가 된 성인이었고, 투피노 강은 아시시 근처에 흐르는 작은 강을 일컫는다.

단테는 조심스럽게 고개를 끄덕이며 말했다.

"페루지아 마을은 그 산의 영향으로 포르나 솔레 동쪽에 있는 문으로부터 추위와 더위를 느끼고 있지요. 또한 산의 북동쪽에는 노체라와 구알도라는 작은 마을이 있습니다."

"그래, 자세히 알고 있군. 그 정도 알고 있다면 내가 하는 이야기들을 쉽게 이해할 수 있을 걸세."

토마스 아퀴나스는 앞으로 자신이 할 이야기를 생각하며 단테를 칭찬했다. 태양의 문은 스파치오 산과 마주보고 있다. 페루지아의 마을은 이 산에 반사되어 여름에는 찌를 듯이 덥고 겨울에는 모든 것이 꽁꽁 얼어붙었다.

토마스 아퀴나스는 그 지역에서부터 이야기를 풀어나갔다.

"성 프란치스코와 프란치스코 수도회가 갠지스 강 유역에서 생겨나고 파급되었던 것처럼 그는 이 비탈의 가장 완만한 곳에서 세상에 태어났다네. 떠오르는 태양처럼 눈부시고 화려하게……."

단테는 성급하게 다그쳐 물었다.

"성 프란치스코님께서는 태어날 때부터 훌륭한 가문에서 존경받는 인물이었군요?"

토마스 아퀴나스는 한숨을 내쉬더니 잠시 미간을 찌푸렸다.

"자네의 생각은 정반대네. 성급하고 경솔한 행동은 결코 진리와 가까울 수 없는 법. 아무리 마음이 급해도 아쉔더ascen-der('오른다'는 뜻)라고 해야 할 것을 아 쉔더a scender('내려가기 위해서'라는 뜻)라고 해서야 되겠는가?"

단테는 그 말에 부끄러운 생각이 들어 고개를 숙였다. 그리고 그가 자세히 설명해 주기만을 기다렸다.

"프란치스코는 부유한 가정에서 태어났지만 방탕한 생활을 일삼았다네. 그런 그가 중병을 앓고 난 다음 완전히 딴사람으로 변해 버렸지. 그분은 스뽈레또에서 그리스도의 환상을 보고 '내 교회를 고치라'는 말씀도 들었다네. 위대한 덕행을 갖춘 그의 나이는 24세 때, 대지는 이미 따사로운 위안을 느낄 수 있었지. 교회에서는 지금 그를 제2의 그리스도라고까지 부르고 있지 않은가. 하지만 그분은 가난 때문에 아버지의 노여움을 사고 말았다네. 가난은 죽음만큼이나 두려운 것으로서 사람들은 가난을 받아들이느니 차라리 죽음을 선택할 정도였지."

"눈부신 빛, 토마스 아퀴나스님! 그분이 가난 때문에 아버지의 노여움을 산 이야기를 듣고 싶습니다."

"1207년 봄. 프란치스코는 쓰러져 가는 성 다미안 성당을 수리하기 위해 아버지의 말과 옷감을 내다팔았다네. 이에 격분한 아버지는 당장 그를 끌고 아시시의 주교 구이도에게 갔었지. 프란치스코는 주교와 여러 사람이 있는 앞에서 입고 있던 옷을 훌훌 벗어 아버지에게 돌려주며 말했다네. '지금까진 아버지라고 불렀으나 이제부터는 하늘에 계신 아버지를 아버지라고 마음 놓고 부를 수 있습니다'라고. 그때부터 프란치스코는 기꺼이 청빈과 결혼을 한 것이지."

'가난'은 그 말이 생긴 이래 누구에게나 모멸 받고 따돌림 당하는 존재가 되어 버렸다. '하나의 마구간, 진짜 마구간'에서 태어나신 가난한 예수 그리스도께서 하늘에 오르신 이후 가난을 받아들여줄 이는 세상에 없었다. 그런 가난에게 먼저 손을 내밀고 기꺼이 맞잡은 프란치스코야말로 얼마나 위대한 존재인가!

토마스 아퀴나스는 루카누스의 '파르살리아'에 등장하는 가난한 어부에 대한 이야기도 했다.

"시저가 폼페이우스와 싸울 때, 어느 날 밤 그는 아드리아 바다를 건

너기 위해 어부의 오두막으로 갔다네. 그러나 그곳에 살던 가난한 어부 아미클라스는 그를 두려워하기는커녕 오히려 태연했다네. 그것은 가난한 자만이 가질 수 있는 겸허함이지. 가난은 또한 지조가 굳어서 모두가 그리스도를 떠나던 골고다(해골산) 언덕에서도 오직 가난 혼자만 남아 그리스도와 함께 십자가 위에 올라가 울었다네. 그럼에도 불구하고 가난은 끝내 사람들에게 사랑받지 못했지."

단테는 마음 한구석에 소중한 교훈을 되새겼다. 인류의 역사와 함께 시작된 가난은 질긴 삼 줄처럼 오늘날까지 끈질기게 이어져 왔다. 그러나 인간들의 가슴속에 뿌리 깊게 박혀있는 나태함과 교만은 그 가난을 외면하도록 부추겼다.

토마스 아퀴나스는 결론지어 말했다.

"성 프란치스코의 청빈한 생활은 다른 사람들에게까지 감동을 주어 거룩한 마음을 불러일으켰다네."

단테 또한 벌써 그의 행동과 생활에 감동을 받았었다. 그래서 영혼에게 물었다.

"그분의 뒤를 이어 청빈 생활을 감수하며 사제가 된 사람은 과연 없었나요?"

영혼은 고개를 끄덕였다.

"물론 있었지. 훌륭한 사람을 본받고자 하는 것은 인간의 당연한 마음 아니겠나? 프란치스코의 첫 번째 제자 베르나르도는 부잣집 아들이었으나 프란치스코가 밤마다 눈물 흘리며 기도하는 모습을 보고 깨달은 바가 있어 제자(1209년)가 되었다네."

"그 또한 사람들에게 존경받는 인물이 되었겠군요?"

토마스 아퀴나스는 쓸쓸한 미소를 지었다.

"처음 결심했던 대로 가난을 온전히 받아들이기는 쉬운 일이 아니었지. 그는 청빈함에 가까이 다가가기 위해 신을 벗고 줄달음질을 쳤지만, 달리면서도 줄곧 답답하고 더디게만 느껴졌다네. 흔히 널린 부귀공명보다 세상에는 알려지지 않은 보배들이 더 많다는 사실을 모르고 있었기에……."

토마스 아퀴나스의 말을 들은 단테는 맥이 풀리는 느낌이었다. 그는 잠자코 있으려다 한 가닥 희망으로 다시 질문했다.

"베르나르도 말고 다른 제자는 없었나요?"

"그밖에도 많이 있었네. 베르나르도 이후 에지디오가 뒤를 따랐고 실베스트로도 프란치스코처럼 맨발로 예수 그리스도의 뒤를 따랐지."

단테는 고개를 갸우뚱했다.

"실베스트로라면 아시시의 첫 번째 주교를 말씀하시는 것 아닙니까? 제가 알기로 그자는 돼지처럼 탐욕스런 인간이라고……."

"모든 것이 하느님의 뜻이라네. 자네 말대로 실베스트로는 탐욕스런 인간이었지. 그러나 어느 날 밤 꿈에 성 프란치스코의 입에서 금 십자가가 나와 그 끝이 하늘로 향하고 있음을 보고 제자가 되었다네."

"예……?"

단테는 마치 실베스트로와 같은 꿈이라도 꾼 사람처럼 경이감에 가득 찼다. 그 모든 것이 하느님께서 세상 사람들을 깨우치시기 위해 보여 주신 계시라는 생각이 들었다.

"프란치스코는 겸양의 끈으로 자신과 청빈의 허리를 동여맨 채 제자들을 거느리고 로마로 길을 떠났다네. 허술한 옷차림을 한 채 귀족도 아닌 자가 무리를 이끌고 다녔지만 아무도 그들을 비웃지는 못했지. 왜냐하면 프란치스코에게서는 화려한 옷과 혈통의 고귀함 대신 하느님께서 베푸신 왕자 같은 기품과 꿋꿋한 지조가 있었기 때문이라네."

단테는 토마스 아퀴나스에게 묻지 않을 수 없었다.

"성 프란치스코님이 로마로 가신 이유가 무엇입니까?"

"당시 인노첸시오 3세로부터 프란치스코회를 정식 수도회로 승인받기 위해서였네."

"그때 승인을 얻을 수 있었나요?"

"프란치스코와 그 제자들은 풍채가 초라하고 규칙이 너무 엄격하여 교황은 처음부터 마음에 내켜하지 않았다네. 그러나 그들을 존경하는 사람들이 많음을 알고 할 수 없이 구두로 허가(1210년)를 했지."

단테는 혀를 차면서 혼잣말을 중얼거렸다.

'쯧쯧, 육체는 죽으면 썩어 없어지게 마련이고, 후세에까지 남는 것은 정신적 고귀함이라는 사실을 모르는 어리석은 인간들……. 그의 빛나는 생애는 차라리 천상의 영광 속에서 찬양받는 편이 더 어울릴 거야.'

영혼은 그의 말을 들었는지 혼자서 가볍게 미소 지었다.

"그러나 그의 뒤를 따르는 가난한 사람들의 수가 늘자 이 위대한 목자의 성스러운 의지는 영원의 숨결을 받은 황제 호노리오 3세에 의해 다시 한 번 정식으로 인가를 받게 되었다네. 그 뒤 5차 십자군 전쟁이 일어나자 그분은 순교를 무릅쓰고 제자들 몇 명과 이집트로 떠났지. 그 후 술탄 황제에게 복음을 전하기도 했다네."

순교에 대해 구체적으로 생각해 보지 않은 사람은 프란치스코의 위대함을 짐작할 수 없을 것이다. 그러나 한순간에 목숨이 좌우되는 상황에서 자신의 생각을 당당하게 펴기란 전쟁터에 나가 직접 결전을 벌이는 일보다 더 두려운 것이리라.

"그래서 술탄 황제가 그리스도를 영접하게 되었나요?"

단테는 조바심이 나서 두 주먹에 땀이 흥건할 정도였다. 하지만 토마스 아퀴나스의 대답은 그의 기대에 어긋났다.

"개종시키기에는 지나치게 속된 무리였지. 돼지에게는 진주를 던져 주지 말라는 말에 따라 프란치스코는 더 이상 시간을 낭비하지 않고 고국 이탈리아로 돌아왔네. 그곳에는 진정으로 하느님을 필요로 하는 사람들이 기다리고 있었기 때문이었지."

"하느님께서 성 프란치스코님에게 특별한 사랑을 베푸셨군요?"

"아펜니노 산맥의 한 봉우리인 몬테 델라 베르나에는 그의 제자들이 세운 은둔처가 있었어. 프란치스코는 거기서 40일 동안 금식하며 기도한 결과 양 손과 양 발 그리고 옆구리, 이렇게 다섯 군데에 그리스도와 똑같은 상처 자국(1224년, 오상五傷)이 나타났다네."

"그때부터 이미 그분은 성인으로 추앙받게 된 것입니까?"

"아니, 그렇지 않아! 그분이 성인으로 선포된 것은 죽은 지 2년 후(1228년) 황제 그레고리우스 9세에 의해서였지. 전해지는 말에 의하면 프란치스코는 임종에 즈음하여 제자들에게 부탁하기를 자신이 죽은 뒤엔 입고 있던 옷을 벗겨 벌거숭이가 되게 하고 그대로 들에 버려 재를 씌우라고 했다더군. 끝까지 철저하게 청빈을 지키려 했던 것이지."

"프란치스코님께서 천상에 오르기 전에 남긴 유언은 없었습니까?"

"그때까지 개인적으로 소유했던 재물이 없었으니 누군가에게 남겨줄 것 또한 없었지. 하지만 형제인 수도사들에게 유업을 부탁하기를 죽더라도 청빈함을 결코 버리지 말라고…… 이제 생각해 보게나, 깊은 바다에서 성 베드로의 배(교회)를 올바른 목적지로 이끈 사람이 누구였는지를…… 그분이야말로 우리 성 도미니쿠스 수도회의 성조聖祖 도미니쿠스 성인! 그분이 명하는 대로 따르는 자만이 좋은 짐을 싣는 자라는 걸 그대는 알 수 있을 걸세."

단테는 성 도미니쿠스가 죽은 뒤 제자들의 활동에 대해서 알고 싶었다.

"그 후 제자들은 성 도미니쿠스의 뒤를 따라 하느님의 사랑과 사람들의 존경을 얻게 되었습니까?"

토마스 아퀴나스는 고개를 돌려 먼 하늘을 바라보았다.

"그분이 돌아가시자 제자들은 주체를 잃고 방황하다가 결국 욕심에 눈이 어두워 뿔뿔이 흩어지고 말았지. 그리하여 그 수도회의 사람들은 길을 잃고 불행이란 함정에 빠졌다네. 하지만 길을 잃고 멀리 가면 갈수록 더욱 배고프고 두렵기 마련이지."

이 말은 남을 먹일 영혼의 양식으로 종교와 진리를 말하는 것이었다. 단테는 그제야 품었던 의문에 대한 대답을 얻었다. 그러나 대답을 얻었음에도 불구하고 그의 마음은 바위에 짓눌린 것처럼 답답했다.

"성 토마스 아퀴나스님, 성 도미니쿠스님의 그 무수한 제자들 중 과연 스승의 뒤를 이은 자가 한 명도 없었단 말씀입니까?"

"스승의 뜻을 받들기 위해 노력한 자들이 더러는 있었지만 그 수가 아주 적고 결과 또한 만족스러운 것이 아니었네. 만일 내 목소리가 끊이지 않고 계속 전해지고 그대가 귀 기울여 내 말을 마음에 새겨 둔다면 그대의 소망은 채워질 걸세."

토마스 아퀴나스는 잠시 말을 멈추었다가 곧이어 다시 이었다.

"그 훌륭했던 성 도미니쿠스 수도회가 어떻게 꺾였는가를 볼 수 있을 테고 길을 잃지 않고 바른 길만 걷는다면 영혼이 풍요로워진다는 사실도 깨닫게 될 걸세."

단테는 깊은 한숨을 내쉬며 맥없이 말했다.

"조금 전에 하신 말씀 중에 '거기서는 헛되이 길을 잃지 않는 한 행복한 삶을 누릴 수 있다'는 말씀에 대해선 완전히 이해할 수 있게 되었습니다. 그러나 앎에 대한 기쁨보다는 눈앞에서 사위어 가는 초목들을 보는 것 같아 가슴이 아플 뿐입니다."

보나벤투라

토마스 아퀴나스의 이야기가 끝나자 교회의 종소리가 저녁 아홉 시를 알렸다. 거룩한 영혼들은 다시 원을 그리며 돌기 시작했다. 그 원이 채 한 바퀴 돌기도 전에 벌써 둘째 원이 그들을 에워싸고 있었다. 그들은 다 함께 손과 발을 맞추고 입을 모아 아름다운 율동으로 감미로운 노래를 불렀다. 영혼들의 노래와 춤은 시성詩聖의 시나 무희舞姬의 춤보다 월등히 황홀했다.

신들의 여왕 헤라가 무지개의 신 이리스에게 명령하면 안쪽 활 위로 바깥쪽 활이 생겨나 나란히 빛깔을 맞춘 두 줄기 활은 엷게 흐르는 구름 사이로 시위가 당겨진다. 마치 사랑 때문에 아침 햇살에 소멸되어 가는 이슬처럼 죽어간 애처로운 여인의 화답 같았다.

사람들은 하느님께서 노아와 맺으신 언약을 기억하며 무지개가 나올 때마다 이제 두 번 다시 대홍수가 없으리라는 믿음을 갖는다. 하느님께서 노아와 그의 아들들에게 '나는 너희와 계약을 세워 다시는 홍수로 모든 동물을 없애지 않을 것이요, 다시는 홍수로 땅을 멸하지 않으리라. 너뿐 아니라 너와 함께 지내며 숨 쉬는 모든 짐승과 나 사이에 대대로 세우는 언약의 표는 이것이다. 내가 구름 사이에 무지개를 둘 터이니 이 것이 나와 땅 사이에 세워진 계약의 표가 될 것이다. 내가 구름으로 땅을 덮을 때 구름 사이로 무지개가 나타나면 나는 너뿐 아니라 숨 쉬는 모든 짐승과 나 사이에 세워진 내 계약을 기억하고 다시는 물이 홍수가 되어 모든 동물을 쓸어버리지 못하게 하리라. 무지개가 구름 사이에 나 타나면 나는 그것을 보고 땅에 살고 있는 모든 동물들 사이에 세운 영원 한 계약을 기억할 것이다'라고 약속하셨기 때문이다.

그 무지개처럼 영원히 시들지 않는 두 줄기 장미꽃 화환이 단테 일행 의 주위를 빙빙 돌면서 바깥 원이 안쪽 원에게 화답하고 있었다.

환희의 빛과 자애의 빛이 서로 빛을 내고 노래하며 흥겹게 춤추는 성 대한 축제였지만 마치 사람이 자기도 모르게 두 눈을 깜박거리는 것처 럼 두 줄기의 원도 한순간에 움직임을 멈추었다.

그때 새로운 빛 하나가 가슴 깊숙한 데서 울리는 소리를 냈다. 그 소리 에 깜짝 놀란 단테는 소리가 나는 쪽으로 고개를 돌렸다.

그 소리는 근엄한 목소리로 말을 걸어왔다.

"나를 아름답고 따사롭게 빛나게 해주는 사랑이 나로 하여금 한 사람 의 영혼에 대해 말하게 하노니 지금 그분 때문에 내 스승이 매우 칭찬을 받았도다."

단테는 놀란 마음을 진정시키며 그에게 물었다.

"당신은 누구십니까? 그리고 당신이 말씀하시는 '한 사람의 영혼'이 란 누구시며 또 귀하의 스승은 누구십니까?"

쉴 새 없는 그의 질문에 영혼은 흔쾌히 대답해 주었다.

"나의 이름은 보나벤투라!(프란치스코 수도회의 회원이었으며 나중에는 그 회의 총장과 추기경으로도 서품) 당연히 성 프란치스코님은 나의 스승이시고 한 사람의 영혼이란 성 도미니쿠스님을 말하는 것이지. 한 분이 계시던 곳에 다른 한 분을 모셔 들이는 것은 가치 있는 일인 만큼 싸움터에서 목숨을 걸고 싸웠듯이 그분들은 영광도 함께 누리셔야 옳은 일이라네."

"빛나는 영혼이시여, 당신의 친절에 감사드립니다. 저는 당신의 말씀을 기꺼이 듣기를 원합니다. 말씀해 주십시오."

단테가 고개를 숙이고 공손하게 예의를 갖추자 영혼은 차분하고 세심하게 말을 꺼냈다.

"아담의 원죄 때문에 무기력해진 성도들을 위해 예수 그리스도께서는 십자가 위에서 피를 흘려 그들에게 소망을 주셨네. 그러나 그런 고귀한 희생에도 불구하고 성도들은 여전히 불안하고 더디게 십자가의 뒤를 따랐지. 하느님께서는 의심과 위험 속에 있던 그들에게 한결같은 은총을 내려 힘을 주셨던 것은 그들에게 그만한 가치가 있어서라기보다는 무한 사랑에 의한 것이었네."

보나벤투라는 도미니쿠스에 대해 이야기하기에 앞서 하느님의 무한 사랑을 찬양했다.

단테는 자신도 모르는 사이 '알렐루야!'를 혼잣말로 되뇌었다.

눈치를 챈 보나벤투라가 흐뭇한 표정으로 계속 말을 이었다.

"앞에서도 이야기했듯이 하느님께서는 교회에 두 일꾼을 보내 돕게 하셨으므로 빗나간 길을 걷던 백성들은 그들의 말과 행동에 감복되어 다시 제 길을 찾아 모였다네."

"그 두 분의 행적은 당연히 칭송받아야 마땅하지요."

단테는 보나벤투라의 말에 간간이 맞장구를 치며 열심히 귀를 기울였다.

"상쾌한 서풍이 불어 새 잎이 움트면 유럽은 다시 신록에 감싸일 테지. 저녁이 되면, 그 서풍이 불어오는 대지의 바다 저편에서 태양은 길게 줄달음질 쳐 사람들의 눈에서 모습을 감추고 말지. 하지만 그 파도치는 곳에서 그리 멀지 않은 곳에 사자가 밑에 깔렸다 위로 올라갔다 하는 모습이 새겨진 위대한 방패의 보호 아래 행복에 겨운 칼라로가라는 마을이 자리 잡고 있다네. 그 마을 안에 그리스도의 신앙을 사랑하는 사람이 태어났는데 그의 이름이 바로 도미니쿠스. 그는 자기편에는 너그러웠고 이단을 쳐 없애는 데는 매섭기 그지없는 성스러운 용사였지."

"토마스 아퀴나스께서 말씀하시길 '성 도미니쿠스는 지혜에 빛나는 천사 케루빔을 연상할 만큼 깊은 진리를 깨달았다'라고 하셨는데 그분의 지혜로움에 대해 듣고 싶습니다."

단테의 간절한 소망에 보나벤투라는 기꺼이 대답해 주었다.

"하느님에 의해 창조되자마자 명석한 힘에 넘친 그의 두뇌는 일찌감치 태내에서부터 어머니를 예언자로 만들었다네."

단테는 그의 말을 이해할 수 없어서 다시 한 번 물었다.

"어머니를 예언자로 만들었다고요? 혹시 하느님께서 태중 아기에 대한 어떤 예시를 보여주시기라도 한 겁니까?"

보나벤투라는 고개를 끄덕이며 도미니쿠스의 어머니가 꾼 꿈에 대한 이야기를 해줬다.

"그의 어머니는 잉태 중 검은 털과 흰 털이 얼룩덜룩한 개를 낳는 꿈을 꾸었는데 그 개는 태어날 때부터 입에 활활 타오르는 횃불을 물고 있었다네. 그런데 후에 그가 세운 도미니쿠스 수도회의 옷 색깔이 검은색과 흰색으로 된 것이었고 타오르는 횃불은 정열을 의미하는 것이었지. 또한 성 도미니쿠스의 대모代母는 꿈에서 대자代子의 이마에 별이 있는 것을 보았다고 하네."

단테는 또 다른 질문을 던졌다.

"성 프란치스코께서 평생을 청빈으로 사셨다면 성 도미니쿠스께서는 무엇을 신앙의 기초로 삼으셨습니까?"

"아주 좋은 질문!"

보나벤투라는 기다리고 있었다는 듯 술술 대답해 나갔다.

"성 도미니쿠스께서는 평생을 믿음 속에서 살았다네. 그분은 최선을 다해 복음을 전파하면 구원받을 수 있다는 굳건한 신념을 갖고 계셨지. 사람들은 도미니쿠스가 어렸을 때부터 이미 훌륭한 사람이 될 거라는 예감을 갖고 있었다네."

"보나벤투라님, 그의 이름 '도미니쿠스'는 누가 지어준 것입니까? 도미니쿠스Dominicus(주님의)는 도미니스Dominus(주님)의 소유격이 아닙니까?"

"그대의 말이 옳다고 할 수 있지. 그 이름을 누가 지었는지 알 순 없으나 그분의 사람됨과 일치되는 이름임에는 틀림없는 사실이지. 성 도미니쿠스님은 태어날 때부터 이미 하느님의 훌륭한 사제가 될 운명이었으니까."

숨겨진 비밀을 한 가지 알아낸 사람처럼 우쭐해진 단테가 적극적으로 질문을 했다.

"그분의 행적을 자세히 듣고 싶습니다."

보나벤투라는 그의 적극적인 태도에 몹시 흡족한 듯했다.

"예수님께서 과수원을 일구시기 위해 농부를 선택하셨으니 성 도미니쿠스님을 그 농부에 비유해 설명해 주겠네. 이미 앞서 말했듯이 원래부터 도미니쿠스님은 그리스도의 심부름꾼이요, 종으로 태어났기 때문이지. 도미니쿠스님은 젊었을 때 가난한 사람을 돕기 위해 자신이 가진 책을 모두 팔았다네. 사람을 굶겨 죽이면서까지 죽은 가죽(양피지)을 연구하고 싶지 않다는 생각에서였지."

단테는 보나벤투라의 말에 덧붙여 자신의 지식을 피력했다.

"그 일은 하느님의 첫 번째 권유에 합당한 것이로군요. 하느님께서는 계명과는 구분되는 복음적 권유 가운데 첫 번째 것으로 신빈神貧을, 그리고 나머지 권유로는 정결과 순명順命이 있습니다."

보나벤투라는 웃으면서 고개를 끄덕였다.

"도미니쿠스님의 유모는 눈을 뜬 채 말없이 땅 위에 앉아 있는 아이의 모습을 주시하곤 했지. 그 아이의 모습은 마치 '나는 일하기 위해 태어났다'고 말하는 듯했다고 하네. 그의 아버지는 진정 행복한 펠리체, 그의 어머니는 진실로 하느님의 사랑을 받던 조반나라네!"

보나벤투라는 잠시 말을 쉬었다가 다시 이었다.

"요즘 사람들은 엔리코 디 수사와 타데오의 뒤를 따라 세속적인 부를 추구하기에 급급하지만 성 도미니쿠스님께서는 그런 것이 아닌 참된 마음의 양식을 추구하여 위대한 학자가 되었다네."

엔리코 디 수사는 탁월한 율법 주석가로서 추기경 겸 오스티아의 대주교가 되었다(1261년). 그리고 타데오는 피렌체의 유명한 의사로서 의학교과서를 많이 썼으며 아리스토텔레스의 윤리학을 번역했다. 두 사람은 세속적인 부와 명예를 얻는 데 모두 성공한 사람들이었다.

"하느님으로부터 부름을 받은 뒤 성 도미니쿠스님께서 가장 먼저 하신 일은 무엇입니까?"

단테의 물음에 오히려 보나벤투라가 되물었다.

"그대라면 가장 먼저 무엇을 했겠나?"

단테는 자신이 하느님으로부터 부름 받은 농부라고 가정해 보았다. 그러자 답이 쉽게 나왔다.

"제가 하느님으로부터 선택받은 농부라면 가장 먼저 과수원으로 나갔을 것입니다. 그리고 포도를 살펴보았겠죠. 농부가 성실했다면 싱그럽고 알이 굵은 포도송이가 달렸을 것이고, 농부가 게으르고 무관심했다면 그 포도는 시들어 버리고 말테니까요."

만족한 미소와 아울러 고개를 끄덕이던 보나벤투라는 그 역시 황폐한 포도밭을 주제로 이야기하며 곧 교황의 행실을 비난했다.

"교황의 자리는 그 자리 때문이 아니라 거기에 앉아 있는 황제의 죄 때문에 비난받아 마땅하다네. 특히 보니파티우스 8세는 가난한 의인을 위로하기는커녕 향락에만 온 정신을 기울였지. 그러나 성 도미니쿠스님께서는 교황에게 아부하여 높은 관직에 오르길 바라지도 않았고 수입이 많은 주교의 자리를 탐하지도 않으셨지. 가난한 사람들을 위해 쓰이는 십일조 일부를 빼돌리는 일 역시 없으셨고…… 그분이 교황에게 원했던 것은 단지 혼미한 세상과 싸워 씨앗을 지킬 수 있게 해달라는 허락뿐이었네."

"그 씨앗이란 신앙을 일컫는 말씀입니까?"

"그렇다네. 사제에게 있어 신앙보다 더 중요한 게 무엇이 있겠는가. 결국 성 도미니쿠스께서 보살핀 씨앗에서 그대를 에워싸는 스물네 그루의 초목이 생겨난 것이라네."

단테는 고개를 들어 베아트리체와 자신을 두 겹으로 감싸고 있는 지복자의 영혼들을 둘러보았다. 그들은 탄생하고 활약한 시대는 다르지만 뿌리는 오직 하느님께로 향해 있던 사람들이었다.

보나벤투라는 계속 말했다.

"성 도미니쿠스께서는 교리와 의지, 아울러 교황으로부터 위임받은 권한까지 갖게 되자 높은 산의 수맥에서 일어난 물줄기처럼 이단의 덤불 속을 용맹하게 헤치며 돌아다니셨다네."

"그때 가장 세력을 펼치고 있던 이단은 무슨 파였습니까?"

"성 도미니쿠스님이 주력했던 것은 이단 알비 파와의 싸움이었지. 특히 저항이 집요하고 끈질겼던 프랑스의 툴루스 지방에서의 그분의 공격은 격렬하고 과감했다네. 이단을 쳐 없앰과 동시에 전도 활동에도 힘을 기울여 잇따라 그로부터 온갖 유파가 생겨났을 만큼 그 물을 흠뻑 머금은 과수원의 나무들은 싱싱하게 숨을 쉬게 되었다네."

이단이 극성을 부리던 그 시기에 성스러운 교회를 지키기 위해 나선 성 프란치스코와 성 도미니쿠스! 스스로를 지켜내기 위한 한 사람의 노력이 이 정도였다면 다른 한 사람의 노력은 어느 정도였는지 쉽게 짐작할 수 있을 것이다. 성 프란치스코에 대한 얘기는 이미 토마스 아퀴나스에게 들어 알고 있었으므로 단테는 그저 감탄사를 터뜨릴 수밖에 없었다.

그러나 보나벤투라는 난데없이 한숨을 내쉬었다.

단테는 영문을 몰라 물었다.

"성 보나벤투라님! 무슨 근심이 있어 땅이 꺼질 듯 한숨을 내쉬는 것입니까?"

"그대 또한 토마스 아퀴나스님에게서 들어 익히 알고 있겠지? 성 프란치스코님께서 하느님의 품에 안기자 그 수도회가 어떻게 되었는지를……. 그들은 처음에는 스승의 뒤를 따라 똑바로 걸어 나갔지만 나중에는 엉뚱한 곳으로 방향이 바뀌고 말았다네. 이렇게 잘못된 경작법이 어떤 수확을 가져올지는 곡창에도 못 들어가고 불태워질 가라지만 수북하게 쌓일 때쯤이면 알게 되겠지. 하지만 성 프란치스코님의 제자들 중 그 누구도 자신이 가라지라는 사실을 인정하지 않을 게 분명하니…… 지금까지도 서로 '나는 예전의 그대로다. 변한 것은 다른 사람일 뿐'이라고 책임을 전가하고 있다네."

프란치스 코수도회는 뿔뿔이 흩어졌는데 그중 남은 몇몇조차 강경파(정신파)와 온건파(인습파)로 나뉘었다. 강경파의 총수는 카살레였고 온건파의 총수는 아콰스파르타였다. 전자는 계율을 죄어 딱딱하게 만들었고 후자는 계율을 피해 느슨하게 했다. 그러니 그 누구도 만족할 만한 결과를 이룩하지 못한 것이다.

단테는 고개를 끄덕이며 화제를 돌렸다.

"지상에서의 덕행으로 천국에 오른 분들은 누구누구이십니까?"

보나벤투라는 주위를 둘러싸고 있는 바깥쪽의 원을 하나하나 가리키면서 말했다.

"나의 오른쪽에 있는 분이 성 프란치스코님의 제자 일루미나토님과 아우구스티누스님이라네. 그분들은 허리에 새끼줄을 동여매고 주님의 벗이 된 초기의 가난한 맨발의 동료들이지. 그리고 그 옆이 철학, 신학, 신비신학에 관한 저서를 남긴 비레토의 수도원장 우고와 '스콜라 학사'를 남긴 프랑스의 신학자 피에트로 망지아도레, 열두 권의 책을 남겨 이름을 빛낸 스페인의 신학자 피에트로 이스파노, 헤브라이의 선지자 나단, 아르카디오 황제의 궁에 창궐하던 부패를 신랄히 공박한 크리소스토모, 켄터베리의 대주교였던 안셀무스, 로마의 위대한 문법학자 도나투스가 시계 반대 방향으로 늘어서 있네. 또 그 옆으로 계속 마인츠의 주교였으며 신학에 관해 조예가 깊었던 라바누스가 있으며 내 왼쪽으로는 칼라브리아의 수도원장이었던 지오바키아네."

지오바키아는 '묵시록'에 주석을 달고 '10현絃의 시편' 등 저서를 남겼다. 그가 남긴 많은 글들은 프란치스코수도회의 강경파들에 의해 탐독되었다. 그러나 그것들은 교회에서 이단으로 취급받게 되었다. 결국 그도 역시 이단으로 몰려 교회로부터 처벌당한 뒤 크게 뉘우쳤다.

단테는 환하게 빛을 내고 있는 열두 개의 불꽃들을 둘러보며 그들에게 공손히 예禮를 표했다. 마지막으로는 보나벤투라에게 고맙다는 인사를 했다.

"당신의 친절한 말씀에 제 마음이 한결 평화로워졌습니다. 이로 인해 당신의 공덕이 더욱 높아지길 기도합니다."

그러자 보나벤투라는 손을 내저었다.

"특별히 나에게 고마워할 필요는 없네. 성 토마스 아퀴나스님의 스승이셨던 성 도미니쿠스님의 뜨거운 열정과 사려 깊은 말씀이 나를 움직여 위대한 두 일꾼들에 대해 찬사를 보내게 한 것뿐일세. 비단 나뿐만 아니라 여기에 있는 동료들 모두가 감동했다네."

솔로몬

고개를 들어 하늘을 보라, 당신의 머리 위에서 유난히 빛나는 스물네 개의 별을 찾을 수 있을 것이다. 그들은 빽빽한 공기를 거치고도 여전히 선명한 빛을 띠고 있다. 더구나 큰곰자리의 별들은 지구가 돌 때에도 지평선 아래로 꺼질 줄 모르는 별이다. 작은곰자리의 두 별은 삐죽 내민 축의 한 끝에 튀어나와 있다. 그 축을 중심으로 첫 번째 영혼의 무리들이 돌고 있었다.

지금 단테가 본 것들을 알고 싶은 사람은 조용히 상상해 보라. 그리고 그가 말하는 동안 바위에 매달리듯 그 상상에 매달려 보라. 그런 호기심이 있는 사람은 단테와 베아트리체의 주위를 에워싸고 도는 두 개의 빛나는 굴레를 볼 수 있을 것이다.

하늘에서 가장 빛나는 별은 열다섯 개인데 거기에다 큰곰자리의 별 일곱 개, 작은곰자리의 별 두 개를 합하면 스물네 개의 별이 된다. 저 스물넷의 영혼들은 미노스의 딸이 죽음의 한기를 느꼈을 때 그랬던 것처럼 하늘에다 두 성좌를 만들었다.

미노스의 딸 아리아드네! 그녀는 테세우스로부터 버림받고 술의 신 바쿠스의 아내가 되었다. 아리아드네는 죽음이 가까워오자 신께 청하여 죽은 뒤 하늘에 올라가 별이 되었다.

하나의 성좌가 원을 지어 다른 성좌를 에워싸고, 바깥을 도는 성좌와 안쪽을 도는 성좌가 서로 반대 방향으로 돌아가고 있었다. 그것은 열둘씩 나뉘어 있는 영혼들이 스물네 명의 그림자로 단테가 있던 지점을 두 겹으로 에워싼 채 불완전한 영상을 드리웠다. 그 모양은 세상의 시각을 초월한 것으로서 모든 천체를 제쳐놓고 빠르게 움직이는 하늘이 키아나 강의 흐름을 훨씬 능가할 정도의 차이였다.

키아나 강은 아레초 지방의 늪지대를 지나 테베레 강을 향해 흐르는 시냇물이다. 지금 이 지역은 정지되어 하나의 운하처럼 만들어져 있다. 키아나 강은 너무나 광활하여 물줄기가 더디게 흐르는 것으로 유명하다.

거기에는 페아나를 부르는 사람이 없었다. 원래 페아나는 신을 칭송하는 노래였다. 이교도들은 그 노래를 바쿠스를 찬양하는 데 썼던 것이다. 그곳 사람들은 인간적인 본성과 하느님이 어떻게 어우러졌는지 본질을 보고자 하는 욕망으로 불타올라 신성과 인성을 지니신 예수님께 영광과 찬미의 노래를 불렀다.

그 빛들은 노래하고 춤추며 한 바퀴 돌고 나자 그때에야 단테의 일행 쪽으로 마음을 기울여 찬찬히 바라보았다. 앞서 성 프란치스코의 훌륭한 일생을 들려준 토마스 아퀴나스가 축복받은 영혼들의 정적을 깨뜨리며 말문을 열었다.

"한 다발의 볏단을 타작하여 알곡을 거둬들이고 나면 다시 한 다발의 보리를 타작해야 하듯, 내 마음이 또다시 사랑으로 동요하는구나."

단테는 그의 말을 이어 재빨리 청했다.

"토마스 아퀴나스님! 사랑을 베푸시어 소망을 들어주소서."

그는 고개를 끄덕이더니 인자한 눈길을 보냈다.

"그대의 소망이 무엇인지 말해보라. 내 기꺼이 의문을 풀어 주겠노라."

단테는 그가 맨 처음 했던 말 중 지금까지 풀리지 않는 의문을 끄집어 냈다.

"당신이 말씀하신 것 중 한 가지의 의문은 풀렸으나 다른 한 가지 의문은 그대로 남았습니다. 솔로몬 왕에 대해 말씀하시며 '진리가 영원히 진리로 남는다면, 아마도 그에 버금가는 현자는 두 번 다시 세상에 나타날 수 없을 것이다'라고 하셨는데 그 뜻이 무엇입니까?"

"하느님께서는 손수 흙을 빚어 아담을 창조하셨고 인간의 죄를 대신하여 십자가에 못 박혀 죽으신 예수 그리스도를 부활케 하셨네. 이 위대한 힘은 하느님의 사랑이 그 둘의 가슴속에 환한 빛으로 넘쳐흘렀기 때문이지. 그렇지 않은가?"

"그렇습니다. 그렇기에 더욱 제 의문이 풀리지 않습니다."

토마스 아퀴나스는 이미 다 알고 있는 듯 빙그레 웃었다.

"자, 이제부터 내가 하는 말에 귀 기울이게. 그러면 그대가 믿고 있는 바와 내가 말하고 있는 것이 진리 속에서 원의 중심처럼 겹쳐짐을 알 수 있을 걸세."

토마스 아퀴나스는 단테가 믿고 있는 것들을 실제로 입증해 보이겠다고 했다. 단테는 신경을 바짝 곤두세우고 그의 말에 귀를 기울였다. 그는 잠시 생각하더니 단테가 이해할 수 있는 쉬운 말들을 골라 설명하기 시작했다.

"천사, 하늘, 영혼 등 죽지 않는 것과 죽을 수 있는 모든 물질적인 것은 모두 하느님의 사랑에 의해 생기는 빛의 결과들이지. 살아 움직이는 하느님의 빛은 그 빛을 발하는 본체를 떠나도 그것과 완전히 갈라지지 않고 언제나 하나처럼 존재하기 마련이라네. 스스로의 은총에 의해 영원히 하나인 그 빛은 거울에 반사되듯 그 빛을 아홉 계급의 천사의 존재 속에 모으고 있지."

"그 아홉 계급의 천사에 대해 알고 싶습니다."

"천국이 열 개의 하늘로 나뉘어져 있다는 것을 자네는 이미 알고 있겠지?"

단테는 고개를 끄덕이며 그를 뚫어지게 바라보았다. 알고자 하는 욕망이 조바심을 불러일으킨 것이다.

"그중 아홉 개의 하늘을 계급이 다른 아홉 명의 천사가 지키고 있다네. 첫째 하늘의 천사는 안젤리! 하늘의 여느 천사와 다름이 없지. 그리고 둘째 하늘의 천사는 아르칸젤리! 대천사라네. 셋째 하늘의 천사는 권품천사인 프린치파티, 넷째 하늘의 천사는 능품천사 포테스타디, 다섯째 하늘의 천사는 역품천사 비루투디, 여섯째 하늘의 천사는 주품천사 도미나치오니, 일곱째 하늘의 천사는 좌품천사 트로니, 여덟째 하늘의 천사는 지품천사 케루빔, 아홉째 하늘의 천사는 치품천사 세라핌이라네."

단테는 고개를 갸우뚱하면서 다시 물었다.

"그 천사의 존재 속에 모인 빛은 어떻게 되는 것입니까?"

"그들로부터 빛은 천구를 뚫고 차례차례 내려온다네. 맨 아래까지 내려왔을 때는 빛의 힘이 약해지기 때문에 마침내는 약간의 수명을 갖는 것밖에 만들지 못하게 되지."

"약간의 수명을 갖는 것이라니요? 그것들은 무엇을 가리키는 것입니까?"

"수명이 짧은 것이란 회전하는 천구가 씨앗으로 혹은 씨앗 없이 만들어내는 것을 말하지. 즉 씨앗으로 만들어 내는 것은 동물과 식물을 말하는 것이고, 씨앗 없이 만들어내는 것은 땅 속에 묻힌 광물 등을 가리키는 것이라네."

"그럼 동물과 식물, 광물 등은 하느님의 무한한 빛을 받은 천사들이 만들어낸단 말씀입니까?"

"그렇다네. 천사들이 하느님의 힘을 빌려 밀랍을 사용하여 지상에 피조물을 만드는 것이지. 하지만 밀랍에 형태를 부여하는 천구는 모양이 각기 다르다네. 그렇기 때문에 그 빛을 띠는 관념의 각인에도 짙고 연함이 생기는 것이지."

"아, 그래서 다 같은 사람인데도 각기 재능과 인품에 차이가 있는 거로군요?"

"그렇다네. 종류가 같은 나무라고 해도 열매에 좋고 나쁜 것이 생기는 것과 같은 이치라네. 만약 밀랍이 잘 녹아 본틀에 흘러 들어가서 하늘이 그 최상의 힘을 낼 수 있는 상태에 있다면 그 각인의 빛은 완전한 것이 될 것이야. 그러나 요령은 알고 있으면서도 손이 떨리는 예술가가 일을 할 때처럼 자연은 그 빛을 항상 충분히 발휘해주지는 않는다네. 그러므로 만일 뜨거운 사랑이 처음의 힘처럼 선명한 능력을 써서 새겨준다면 거기서는 완전한 창조가 행해지는 것이라네."

"그렇다면 예수 그리스도의 탄생 또한 완전한 창조에 의한 것입니까?"

"완전한 창조에 의해 대지는 온갖 완전한 동물과 식물을 만들어내기에 알맞은 땅이 되었고 아담은 불완전한 사람으로, 그리스도는 완전한 인간으로 탄생하신 것이라네."

단테는 이맛살을 찌푸리며 토마스 아퀴나스에게 질문했다.

"그렇다면 지금 하신 말씀은 '진리가 영원한 진리로 남는다면, 아마도 그에 버금가는 현자는 두 번 다시 세상에 나타날 수 없을 것이다'라고 하신 말씀과 서로 모순되는 게 아닙니까? 오히려 최고의 인간 본성을 지닌 아담과 예수님이 가장 완벽했다는 제 생각이 옳은 것이지요?"

토마스 아퀴나스는 부드럽게 미소 지었다.

"그렇다네. 자네의 생각도 옳아. 그러나 이제부터 분명하지 못한 점을 명백하게 밝혀 보이려고 하네."

토마스 아퀴나스는 목소리를 가다듬고 보다 분명한 어조로 이야기를 시작했다.

"자네는 솔로몬이 꿈속에서 하느님을 뵙고 소원을 청하던 것을 알고 있는가?"

"물론입니다. 다윗의 아들 솔로몬이 어느 날 밤 꿈속에서 하느님을 뵈었는데 하느님께서 말씀하시길 '내가 너에게 무엇을 주었으면 좋겠느냐?'고 하시며 청을 들어주겠다고 하시자 솔로몬은 '어린아이 같은 저에게 지혜를 주시어 당신의 백성을 잘 다스릴 수 있도록 옳고 그름을 분별할 수 있게 해 주십시오'라고 청했습니다."

토마스 아퀴나스는 그의 말이 맞았다고 고개를 끄덕였다.

"그는 왕으로서 합당한 예지를 구한 것일세. 그분은 '천상에 하늘을 움직이는 천사가 몇 명 있는지, 필연이란 필연과 우연의 전제에서 유래하는가, 원인 없는 운동이 가능한 것인가, 혹은 반원에서 직각을 가지지 못한 삼각형을 만들 수 있느냐' 하는 것들을 문제 삼지 않았지."

"지금 하신 말씀과 이전에 하신 말씀이 무슨 연관이 있는지 이해할 수 없습니다."

"나는 지금 솔로몬 왕의 유래 없는 지혜를 설명하려고 한 것이네. 만일 그대가 '백성을 다스릴 수 있고'라는 말에 정신을 집중한다면 그의 말은 오로지 국왕과 관련되는 것이라는 사실을 알 수 있을 걸세. 국왕의 수는 많으나 좋은 왕은 드물지. 그러니 솔로몬 왕이 지혜로웠다는 것은 왕에 한정된 것으로서 인간 전체에 관한 것은 아닐세. 이제 아담이나 그리스도에 대한 자네의 생각과 내 말이 조화가 됨을 알 수 있을 걸세."

"아!"

그때서야 단테는 자신이 경솔했음을 깨달았다. 납득이 가지 않는 일에 대해 급하게 결론을 내려 버린 자신이 부끄럽게 생각되었다. 차라리 그럴 때는 지친 사람처럼 발걸음을 더디게 하는 편이 나았을 것을……

선과 악을 말하든 시비를 논하든 세밀한 판단도 하지 않고 긍정이나 부정을 행하는 자는 어리석은 자 중에서도 가장 어리석은 자이리라. 그러므로 거듭해서 성급한 의견을 내는 것은 자칫 그릇된 방향으로 기울어지게 마련이요, 끝내는 감정이 이성을 묶어 버리게 되는 것이다. 진리를 구하면서도 그것을 소유할 능력을 가지지 못한 자는 계속되는 혼미 속에서 오류를 진리로 그릇되게 생각할 수도 있는 것이다.

세상에는 그런 예의 증거가 수없이 많다.

'태양의 그 뜨겁고 차가움에서 만물이 생성되고 인간 또한 태양에서 발생했다'고 믿었던 파르메니데스, 그의 제자 멜리오스, 원을 사각형으로 봤던 브리슨 등이 대표적인 인물이다. 또한 삼위일체를 부인하고 '성부와 성자와 성령은 유일신의 각기 다른 이름에 불과하다'고 주장했던 사벨리우스, 영원성과 성부와의 동일 실체성을 부정했던 아리우스 등도 있다. 그들은 모두 울퉁불퉁한 칼날 위에 뒤틀리게 비치는 영상을 그대로 믿고 성서를 그릇되게 해석했던 것이다.

겨울에는 억세고 가시투성이로만 보였던 나무가 봄이 되자 가지 끝에서 아름다운 장미꽃을 피운 것을 본 일이 있다. 그리고 기나긴 항해를 마치고 항구를 향해 쏜살같이 달려온 배가 항구 어귀에 접어들어 어이없이 침몰해 버리는 것을 본 적도 있었다.

단테는 그런 일화들을 떠올리며 부끄러움에 얼굴을 들 수가 없었다. 토마스 아퀴나스의 가르침을 듣기도 전에 속단하고 자신의 생각만을 주장하며 진리에 대해 모순이라고 지적했으니 그 얼마나 부끄러운 일인가!

그때 토마스 아퀴나스가 날카롭게 한마디 던졌다.

"누구는 지옥에 떨어지고 누구는 구원을 받을지 하느님을 대신하여 미리 단정 짓지 말게나. 그것이 어떻게 뒤바뀔지는 아무도 모르는 일이라네."

다섯 번째 하늘

눈부시게 빛을 발하는 토마스 아퀴나스의 영혼이 말을 마치자 베아트리체는 단테를 가리키며 즐겁게 말문을 열었다. 그 모습은 방금 말한 바와 같은 모양이 갑자기 단테의 머릿속에 떠올랐다. 둥근 물그릇을 안에서 치느냐 밖에서 치느냐에 따라 중심에서 가장자리로, 혹은 가장자리에서 중심으로 물의 파장이 일어나는 법이다. 안에서 말하는 그녀와 밖에서 말하는 그 모습이란 그런 물결의 움직임과 매우 흡사하게 보였다.

"아직 또 하나 진리의 근원까지 규명하지 않으면 안 됩니다. 빛이 당신들의 몸을 꽃처럼 감싸고 있는데 그 빛은 지금 있는 그대로 영원히 당신들과 함께 남는 것인지요? 만약 그대로 남는 것이라면 최후의 심판이 끝나고 영혼들이 다시 육신의 옷을 입게 될 때 그 빛이 그대들의 시력을 상하게 하지는 않을지에 대해서도 이분에게 가르쳐 주십시오."

베아트리체의 말을 듣던 단테는 아차 싶은 생각이 들었다. 그가 미처 생각지도 못했던 것을 그녀가 족집게처럼 집어냈기 때문이다. 단테는 그녀에게 눈길을 돌려 고마움의 미소를 보냈다.

축제 때 원무를 추는 사람들이 기쁨이 고조됨에 따라 때때로 환호성을 지르며 흥겨운 몸짓을 하듯, 베아트리체가 틈을 주지 않고 열심히 질문하자 단테의 일행 주위를 맴돌며 춤추던 영혼들은 그들의 노랫가락에 새로운 기쁨을 실어 보냈다.

천국에서의 영원한 삶을 누리기 위해서는 지상의 삶과 이별해야 한다. 하지만 천국에서는 하느님께서 내리시는 은총과 환희의 비가 끊임없이 그들을 적시고 있었다. 그러니 현세에서 죽고 천상에서 사는 것을 그 누가 싫어할 것인가! 아마도 그런 사람이 있다면 그는 천상의 참 모습을 본 적이 없어 믿음이 부족하기 때문일 것이다.

성부와, 둘이신 성부와 성자, 그리고 셋이신 성부와 성자와 성령은 영원히 살며 영원히 성부와 성자와 성령 안에서 통치하시나니 한계를 짓지 않고도 모든 것을 한정하는 것이다.

영혼들은 목청을 높여 성부, 성자, 성령을 세 번씩 부르며 훌륭한 선율로 노래 불렀다. 그것을 듣는 사람이라면 누구나 감동할 만한 음악이었다.

그때 작은 원 중에서 가장 거룩한 빛, 가브리엘 대천사가 처녀 마리아님에게 예수 그리스도의 성령에 의한 잉태를 알릴 때와 같이 다듬어진 음성으로 대답했다.

"천국의 축제가 길어지면 길어질수록 우리의 사랑은 주위에 빛을 발하고 이렇게 빛나는 옷이 되어 있느니라. 이처럼 사랑의 열렬함에 호응하고, 열렬함은 하느님이 보시는 힘에 호응하며, 그 힘은 또한 각자의 공덕을 초월하는 은총의 크기에 호응하느니라. 그리고 최후의 심판을 통해 영혼이 다시금 육신의 옷을 입게 될 때, 우리의 몸은 완전히 회복되어 더욱 눈부신 것이 되리라."

단테는 목소리를 낮춰 베아트리체에게 물었다.

"우리에게 친절하게 대답해 주고 있는 저분은 누구요?"

"당신이 어릴 때 어머니의 무릎 위에서 옛날이야기로 전해 듣던 바로 그분이십니다. 하느님으로부터 지혜로움을 선물 받았던 다윗의 아들, 솔로몬 왕입니다. 특별히 당신을 위해 자진해서 대답해 주고 계시는 것입니다."

단테는 깜짝 놀라 한 걸음 뒤로 물러섰다. 그리고 존경심에 가득 찬 눈빛으로 그를 바라보았다.

베아트리체가 단테를 대신하여 다시 한 번 질문했다.

"최후의 심판 이후 몸이 완전히 회복되는 것에 대하여 자세히 말씀해 주소서."

솔로몬의 영혼은 그녀의 말에 친절하게 대답해 주었다.

"천국에서는 영혼 상태로 하느님의 축복을 가득 입고 있느니라. 하지만 후에 육신의 옷을 입게 되면 축복은 한층 더해지는 거지. 앞서 토마스 아퀴나스가 말했던 것처럼, 무엇이든 완벽도가 높으면 높을수록 하느님과 가까워지는 것이니라. 그때가 되면 하느님께서 우리에게 주시는 영광의 빛은 더욱더 눈부시게 타오를 것이며 그 빛으로 인하여 우리는 하느님을 볼 수가 있고 또한 거기서 발하는 빛의 힘도 더 강렬해질 것이니라."

단테는 입이 떡 벌어져 솔로몬에게 되물었다.

"그럼 최후의 심판 이후 육체를 다시 갖게 된 영혼은 지금보다 더 밝은 빛을 낸다는 말씀입니까?"

솔로몬은 고개를 끄덕이더니 말을 이었다.

"빨갛게 타오르는 숯은 불길을 이기고 나면 그 모습이 또렷해지기 마련이며 그와 마찬가지로 육체가 땅 속에 파묻히면 겉보기에는 육체가 한 인간의 존재를 짓눌러 버린 것처럼 보이는 법이니라. 그러나 사실 우리를 감싸고 있는 이 빛은 지금 타오르는 불길 속에 놓인 것이니 최후 심판의 그날이 바로 불길을 이기는 날이리라. 우리들 육체의 모든 기관은 기쁨을 얻는 모든 일에 강화되어 있으니 사소한 유혹에 이끌리는 일은 있을 수 없느니라."

바깥 원과 안쪽 원이 갑자기 목소리를 합하여 "아멘!" 하고 외쳤다. 그 말은 그렇게 될 것을 기다리는 간절한 믿음이 담긴 것이었다. 그리고 한편으로는 죽은 자신의 육체를 다시 한 번 보고 싶다는 소망이 담긴 것이기도 했다.

그것은 결코 육신의 부활 이후 자신들에게 있을 유익을 위해서만은 아닐 것이다. 부모, 형제, 자매, 일가친척, 친구 등 그들이 영원한 불꽃이 되기 전에 가까웠던 사람들을 위한 것이리라.

그때 순식간에 밝아져 오는 지평선처럼, 이곳에 있던 빛의 무리 저쪽에서도 똑같이 밝은 다른 광명의 무리가 주위에 가득 빛나기 시작했다. 해가 질 무렵 별들이 하늘 여기저기에서 희미하게 빛을 드러내는 것처럼 분명치 않은 빛이 서서히 모습을 드러냈다. 그리고 이들을 둘러싸고 있던 두 원의 바깥을 에워싸고 벌써 원을 그리고 있었다. 그들은 춤을 추면서 단테 일행의 주위를 맴돌았다.

아, 축복받은 영혼들의 성스러운 숨결, 그 진실 어린 반짝임! 갑자기 그것이 불타오르자 단테는 두 눈이 아찔하여 그 빛을 바라볼 수가 없었다. 그러나 그와는 달리 베아트리체는 충만한 기쁨에 젖어 더욱 아름답게 보였다. 그것은 단테가 평생토록 상상해보지 못했던 천상의 한 광경이었다.

시간이 조금 지나자 차츰 눈앞이 보이기 시작했다. 주위를 둘러본 단테는 다시 한 번 놀라지 않을 수 없었다. 왜냐하면 자신이 벌써 베아트리체와 함께 천계의 중심 화성천으로 나아가고 있었기 때문이다. 불덩이처럼 빨갛게 타오르는 별을 본 단테는 제5천에 와 있다는 것을 확실히 알 수 있었다.

단테는 마음속 깊숙한 곳에서 우러나는 감사의 마음으로 가슴이 울렁거렸다. 감히 말로는 표현할 수 없는 가장 진실 어린 영혼의 언어로, 이 새로운 은총에 어울리는 마음을 하느님께 바쳤다.

아직 감사의 빛이 자신의 가슴 속에서 온전히 타기도 전에 그 마음을 하느님께서 반갑게 받아들이셨다는 것을 알 수 있었다. 두 줄기 빛 속에서 광명의 무리가 붉게 빛나는 것이 보였기 때문이다.

단테는 무의식중에 큰 소리로 외쳤다.

"오, 주님! 이렇게 아름다움을 꾸며 주시는 주님!"

북극 하늘에서 남극 하늘에 거쳐 크고 작은 온갖 별을 하얗게 늘어놓고

있는 하늘의 강에 대해서는 학자들 사이에서도 말이 많은 듯했다. 하지만 광명의 무리가 그 은하의 별들처럼 줄지어 모이더니 이 화성천의 원 안에서 직각으로 교차되는 두 직경에 십자가 모양을 만들었다.

그러나 눈앞에 펼쳐진 그 광경을 언어로 표현하기에는 너무나 벅찼다. 그 십자의 빛이 그리스도의 모습을 그렸던 것이었다.

단테로서는 감히 그것을 표현할 만한 말이 떠오르지 않았다.

'아, 나의 천박한 재주가 이보다 더 원망스러울 수 있을까? 십자가의 가르침과 예수 그리스도를 따르는 이들, 그 광명 속에서 예수 그리스도의 빛나는 모양을 보았을 때 단테가 할 말을 잊었음을 부디 용서하기를……'

십자가 오른쪽 끝에서 왼쪽 끝까지, 그리고 위쪽에서 아래쪽 끝까지 광명의 무리는 서로 만나고 스칠 때마다 강하게 빛을 내며 움직였다. 축복받은 영혼들이 이루고 있는 십자가가 마치 햇빛을 가리려고 발을 쳤을 때 빛이 새어드는 틈 사이로 비집고 들어와 부딪치는 작은 빛들처럼 보였다.

바이올린이나 하프의 음색은 음악에 대해 전혀 알지 못하는 사람들의 귀에도 기분 좋은 소리로 들리게 마련이다. 이렇듯 가사는 알 수 없으나 몸과 마음을 황홀하게 하는 선율이 단테의 앞에 나타난 광명의 무리로부터 흘렀다. 하지만 그것이 숭고한 찬가라는 것만큼은 확실했다. 말뜻을 알 수 없으나 '일어나시오'와 '이기시오'라는 말이 거듭거듭 들렸기 때문이다.

그것은 사랑의 열기, 빛의 열기, 음악의 열기 등 환희를 주는 정신적인 요소들로 가득 차 있었다. 단테는 이 노래에 어찌나 푹 빠졌던지, 지금까지 그토록 달콤한 쇠사슬에 얽매어 보기는 처음인 듯싶었다.

단테의 말이 너무 과장된 것으로 들릴지도 모르겠으나 볼 때마다 마음에 평화를 주는 저 베아트리체의 아름다운 두 눈을 바라보는 기쁨은 제쳐놓고 하는 말이다. 마치 살아 있는 듯 움직이는 하늘은 높이 올라갈수록 더욱 아름다웠다.

단테는 일부러 베아트리체에게 눈길을 돌리지 않았다. 눈치 빠른 사람은 그가 자책하는 죄도, 또 앞서 했던 말도 용서하고 진심을 이해해주리라.

천계에 높이 오를수록 하느님과 가까워지면서 베아트리체의 눈은 더욱 영롱해졌으니 이 기쁨이 여기서 제외될 이유는 없다.

카치아구이다

영원할 수 없는 현세에 대한 애착 때문에 하늘나라의 완전하고 무구한 사랑을 버리는 사람들에게는 마땅히 끝없는 후회와 탄식이 따라오리라. 불의不義에서 작용하는 탐욕은 죄를 잉태한다. 그러나 참된 사랑 가운데 하느님의 의지이신 선善을 실행한다면 당연히 행복을 낳기 마련이다.

하느님의 지휘에 맞춰 성스럽게 연주되던 교향곡이 일순간에 뚝 그쳤다. 하느님의 의지이신 선함이 화성천의 영혼들에게 침묵을 명한 것이다. 이 축복받은 영혼들이 한 인간의 정당한 소망을 외면할 수 있겠는가. 그들은 단테가 기도할 수 있도록 일제히 소리를 멈춘 것이었다.

단테는 십자가 모양으로 빛나고 있는 영혼들의 움직임을 자세히 관찰해 보았다. 맑게 갠 밤하늘에서 평화로운 별의 바다가 잔잔하게 흐르고 있을 때, 십자가 오른쪽에서 그 아래를 향해 빛나고 있던 성좌의 별 하나가 흐름을 멈추고 땅을 향해 곤두박질하는 유성처럼 떨어져 내려왔다. 그 빛나는 영혼이 지나간 자리는 마치 리본처럼 하늘에 그대로 남아 한동안 빛을 냈다. 위대한 시인 베르길리우스의 표현을 빌리자면, 연옥에서 아들을 알아본 안키세스의 영혼이 이처럼 달려갔을 것이다.

그 빛이 입을 열어 감격스런 어조로 말했다.

"O sanguis meus, O superintusa gratia Dei, sicut tibi cui bis unquam coeli ianua reclusa?(오, 나의 피를 이은 자! 오, 주님의 은총이 넘치는 자! 너 외에 다른 누구에게 하늘 문이 두 번씩 열린 적이 있었으랴?)"

그 영혼이 라틴어로 말했기 때문에 단테는 그 뜻을 이해할 수 없었다. 단테는 눈을 휘둥그렇게 뜨고 그 빛과 베아트리체를 번갈아 바라보았다.

베아트리체는 더할 수 없이 흐뭇하고 만족스런 미소를 띤 채 수정처럼 맑은 눈을 반짝이고 있었다. 단테는 그때 하느님의 은총이 다시금 자신에게 전해졌다는 사실을 직감했다.

베아트리체는 상냥한 목소리로 라틴어를 해석해 주었다. 그러나 여전히 그의 의문은 풀리지 않았다. 새로운 영혼은 분명 '오, 내 피를 이은 자……'라고 말하지 않았던가.

영혼은 계속 아름다운 목소리로 기쁜 듯이 단테에게 말을 걸었으나 그는 여전히 그 말뜻을 이해하지 못하고 눈을 동그랗게 뜨고 있었다. 그 영혼이 일부러 자신을 놀리려고 어렵게 말한 것은 아닐 것이다. 다만 그의 생각이 현세 사람들과 동떨어져 있었기 때문이리라.

그 영혼은 단테가 자신의 말을 이해하지 못함을 눈치챘는지 곧 말을 바꾸어 쉽게 이야기했다. 타오르는 그의 자애로운 활이 늦추어져 그 말이 이들이 지닌 사고의 범주 안에 들어왔을 때 단테가 알아들을 수 있는 첫마디는 이러했다.

"저의 가지에게 이토록 너그러우신 삼위일체의 하느님! 찬미와 영광을 영원히 받으시옵소서!"

그의 말은 계속 이어졌다.

"흑백의 변함이 없는 위대한 책을 읽고 난 후 지금까지 나는 오랫동안 기분 좋은 허기를 느껴왔느니라!"

단테는 베아트리체에게 눈길을 보내 그의 말뜻을 풀이해달라고 요청했다. 그의 눈짓을 본 베아트리체는 수줍은 듯이 미소 짓더니 작은 목소리로 설명해 주었다.

"위대한 책이란 하느님의 예정과 미래 상황이 기록되어 있는 책을 말하는 것입니다. 거기에는 모든 사례가 적혀 있어서 인간들은 그 책 속에서 미래를 점쳐 읽기도 하죠. 아마 이 영혼은 그 책을 통해 오늘 당신이 이곳에 오리라는 사실을 미리 알고 계셨던 듯합니다. 그리고 당신을 간절하게 기다리며 허기를 느껴 왔겠지요."

영혼은 단테를 향해 계속 말했다.

"아들아, 지금 너는 이 빛 속에서 말하고 있는 내게 그 허기를 채워주었느니라. 그것은 이렇게 높이날 수 있도록 네게 깃을 달아주신 분의 은총이다."

그 빛은 베아트리체를 향해 공손하게 인사했다. 그리고 단테에게로 시선을 옮겼다.

"하나를 알게 되면 그로부터 다섯과 여섯을 알 수 있게 되는 것처럼 네 생각이 으뜸이신 그분을 통해 내게 전달될 것이라고 믿고 있구나. 그러기에 내가 누구이며, 왜 이 기쁨의 무리 속에서 다른 누구보다도 더욱 즐거워하고 있는지 너는 묻지 않는 것이다. 그렇지 않느냐?"

단테는 그가 너무나 자신의 생각을 훤하게 꿰뚫어보고 있음을 알고 놀라지 않을 수 없었다. 한참 머뭇거리다가 간신히 고개를 끄덕였다. 영혼은 기분 좋게 웃더니 다시 이야기를 했다.

"네 생각은 조금도 틀리지 않다. 이 천상에 살고 있는 영혼들은 은총이 많고 적음을 막론하고 모두 거울을 보고 있다. 너의 생각 역시 거울에 비춰졌기에 내가 알고 있는 것이다. 그러니 나를 두렵게 생각할 필요 없다. 나에게 감미로운 동경의 목마름을 채워주는 그 거룩한 사랑이 보다 잘 채워지기 위하여 목소리에 자신과 용기와 명랑함을 담아 네 의지와 소망을 소리 내어 말해보아라. 난 이미 그에 대한 대답을 준비하고 있느니라."

단테는 베아트리체를 돌아보았다. 그가 말하기 전부터 그녀는 그 뜻을 알고서 동의의 눈짓을 보냈다. 그 눈빛이 단테의 의지를 부추겨 입을 열게 했다.

"하느님께서는 각각에게 똑같은 무게의 애정과 지식을 주셨을 것입니다. 또한 열과 빛으로 따뜻하게 비추는 태양은 아주 균등하게 만들어져 있으므로 무엇과 비교한다는 것이 불가능할 정도입니다. 그 이유를 이곳 영혼들은 잘 알고 있으리라 믿습니다. 그러나 현세 사람들에게 있어서 그 애정과 지식은 논리적으로 설명할 수 없는 차원의 것입니다. 저도 현세의 인간으로서 이 불평등을 느끼기에 아버지 같은 당신의 환대에도 마음으로 감사할 수밖에는 없습니다. 귀중한 보석으로 치장한 살아 있는 황옥黃玉, Topazo인 당신께 부탁드리오니 부디 당신의 이름을 밝혀주십시오."

황옥은 욕망을 가라앉히고 열정을 식혀주며 적의 침투를 막아 준다는 전설을 가졌다. 또 이 보석을 끓는 물에 넣으면 물이 곧 식는다고 한다.

단테는 그래서 저 영혼을 황옥에 비유했던 것이다.

영혼은 두 손으로 하늘을 우러러 근엄한 목소리로 대답했다.

"오, 나의 잎이여! 그 잎이 돋기를 기다리는 것만으로도 내게는 즐거운 일이노라. 왜냐하면 나는 너의 뿌리이기에!"

"네?"

단테가 말뜻을 이해하지 못하고 되묻자 영혼은 친절하게 설명을 덧붙였다.

"너의 성을 부르기 시작한 알리기에리가 교만의 죄를 짓고 벌써 백 년 이상이나 정죄 산 첫째 벼랑을 돌고 있다."

"아니, 그분을 어떻게 아십니까? 그분은 제 증조부이신데……."

단테는 더욱 큰 의문에 휩싸였다. 천상에 올라 있는 영혼이 저 아래의 정죄 산을 돌고 있는 자신의 증조부를 어떻게 알고 있단 말인가?

단테의 당황한 모습을 본 영혼은 환하게 미소 지었다.

"그는 네 증조부이기에 앞서 동시에 내 아들이니라. 나의 이름은 카치아구이다, 너의 고조부이니라. 너는 깊은 신앙심으로 기도를 올려 지금도 돌을 들어 옮기는 네 증조부의 노고를 덜어줘야만 한다."

단테는 얼른 바닥에 엎드리며 머리를 조아렸다.

"할아버지, 어리석은 자손을 용서하소서. 감히 뿌리를 알아보지 못하고 먼저 인사조차 드리지 못했습니다."

"원래 잎사귀는 땅 속의 뿌리를 알아보지 못하는 법이니라. 자, 일어나라. 그리고 네가 알고자 했던 것들을 묻도록 하렴."

단테는 자리에서 일어나 고조부에게 물었다.

"할아버지, 제가 살아온 날들이 짧아 할아버지가 사시던 당대의 상황을 알지 못합니다. 하지만 옛것을 앎으로써 새것을 배우듯, 평화와 절도가 넘치던 당대 피렌체의 이야기를 듣고 싶습니다. 부디 할아버지께서

사시던 시대의 이야기를 제게 들려주십시오."

영혼은 마치 꿈을 꾸는 듯 눈을 희미하게 뜨고 이야기를 시작했다.

"피렌체는 성 베네딕트 성당이 있는 옛 성벽 안에서 평화롭고 소박하고 정결하게 살았다. 그 성벽 위에서는 언제나 오후 3시와 9시에 종을 울렸지. 팔찌와 머리 장식이 유행하기 전의 일이었으니 가죽구두도 물론 없었고 의상을 돋보이게 하는 그런 띠를 매는 여인들도 없었느니라. 딸이 태어났다고 해서 당황하는 아버지들이 없었던 것은 그 당시에는 결혼 연령이나 지참금의 액수가 정도를 넘기는 일이 없었기 때문이지. 한 가족이 살기에는 지나치게 큰 집도 없었고 규방에서 하는 짓을 구경거리로 삼는 호색의 풍조도 없었느니라."

단테는 아랫입술을 깨물며 심각하게 물었다.

"그렇다면 그 당시 피렌체는 지금처럼 피폐하고 타락하지 않았단 말씀이군요?"

"그렇지. 피렌체의 무사 벨리치온 베르티는 가죽 띠와 뼈로 깎은 검소한 단추만으로 치장을 했다. 그것만으로도 그는 훌륭한 영웅으로 대접받았단다. 또한 그의 부인은 영웅의 아내임에도 화장을 하지 않았다. 특히 검소한 생활을 실천하며 살았던 네를리와 베키오 가문의 사람들은 거친 가죽으로 지은 옷에 만족해했고 그 집 아낙들은 흥겹게 물레질을 했었느니라. 아, 행복했던 여인들이여!"

그는 다시 고조부에게 물었다.

"그 당시의 여인들이 사치하지 않고 부지런했음을 충분히 짐작할 수 있습니다. 지금 피렌체의 남자들은 프랑스와의 무역 때문에 많은 수가 배를 타거나 종종 프랑스를 왕래합니다. 그러다 보니 여인들은 남편을 떠나보내고 홀로 쓸쓸하게 밤을 지새우곤 하죠. 그렇다면 할아버지가 사시던 당시 여인들의 생활은 어떠했고 주로 하던 일들은 무엇이었습니까?"

"그때는 모두 열심히 교회를 다녔으니 죽음에 대한 걱정도 없었고 유랑생활을 할 필요도 없었느니라. 여인들은 아기가 잘 자도록 요람을 보살피느라 골몰했고 아이가 처음 말을 하면 부모는 무척 기뻐했지. 그래서 그 아이의 말을 흉내 내어 아기를 어르고 달래기도 했느니라. 어떤 여인들은 물레로 실을 짜면서 제 식구들에게 트로이의 병사 이야기며 피에솔레와 로마 이야기를 들려주었단다."

"할아버지, 지금 피렌체에는 선한 사람이 드물고 악한 사람들이 더욱 기세를 떨치고 있습니다. 그때 역시 지금처럼 악한 사람들이 득세를 했는지요?"

영혼은 고개를 내저으며 한숨을 쉬었다.

"아니, 그렇지 않다. 사치와 방탕으로 세월을 보내던 과부 치안겔라나, 옷과 음식에 낭비를 일삼던 라포살테델로 등을 말할 수 없는 악인으로 여겼지. 지금 세상에서는 오히려 신기한 일일지 모르겠지만 로마의 청렴한 집정관이었던 킨킨나투스나 정숙한 부인 코르넬리아 같은 사람들이 대다수였느니라."

단테는 감탄사를 터뜨리며 고조부의 말끝에 덧붙였다.

"시민들은 무척이나 한가롭고 평화롭게 살았겠군요? 그렇게 믿음이 가득한 사회, 행복이 가득한 가정이 인간들이 바라는 이상향이 아니겠습니까?"

제법 대견스러운 후손의 말에 고조부는 고개를 끄덕였다. 그는 또 다른 질문을 던졌다.

"할아버지, 할아버지는 형제가 어떻게 되십니까? 그리고 제 성이 생기게 된 시대 또한 알고 싶습니다."

그의 물음에 고조부는 기꺼이 대답해 주었다.

"나의 어머니가 '마리아님!'이라고 절규함과 동시에 내가 세상에 태어났다. 그리고 교회에서 그리스도교인으로 세례를 받고 카치아구이다라는 이름도 얻게 되었느니라. 형제로는 모론토와 엘리세오가 있었고, 네 고조모는 포 강이 흐르는 파노의 골짜기에 있는 페라라 알리기에리 가문에서 시집을 왔단다. 그때부터 '알리기에리'라는 너의 성이 생겨난 것이니라."

단테는 자신이 알지 못하는 조상에 대한 궁금증으로 조바심이 났다. 그래서 고조부의 삶에 대해 물어보기로 했다.

"위대한 조상의 업적을 기리는 것이 자손의 마땅한 도리라고 생각합니다. 그러니 할아버지께서 이루어 놓으신 업적에 대해서도 말씀해 주십시오."

영혼은 자랑스럽게 입을 열었다.

"십자군 전쟁이 발발했을 때 나는 쿠르라도 3세 황제로부터 기사 칭호를 받게 되었다. 그리고 전투 때마다 승리를 우리의 것으로 만들곤 했지. 그래서 황제는 나의 무훈을 기렸던 것이란다. 마지막으로 나는 황제를 따라 저 사악한 마호메트 교도들과 싸웠네. 그들은 교황의 나태함을 기회로 삼고 우리 땅을 부당하게 점령하고 있었지. 나는 칼라브리아 전투에서 용감하게 싸웠지만 비열한 백성의 손에 잡혀 지상에서의 생을 끝마쳐야 했네. 어차피 집착 때문에 갈팡질팡하고 있던 영혼들이 대부분인 거짓된 세상의 굴레에서 풀려났으니 오히려 안식을 찾은 것이지. 그리하여 나는 순교자로서 이 평화에 이르렀느니라."

단테는 고개를 갸우뚱하면서 베아트리체에게로 시선을 옮겼다.

"연옥에서 죄의 씻음도 받지 않고 영혼이 한 번에 천국에 오를 수도 있단 말입니까?"

베아트리체는 그가 알지 못하고 있던 부분을 상세하게 설명해 주었다.

"하느님을 증거하며 신앙을 지키기 위해 피 흘려 죽은 순교자들에게는 특별한 성총이 내려져 연옥을 거치지 않고 곧바로 하늘나라에 오르게 된답니다. 그런 까닭에 '순교자를 위하여 그가 천국에 오르기를 기도하는 것은 오히려 순교자를 모욕하는 것이다'라는 말도 다 그런 연유에서 비롯된 말이지요."

피렌체의 비극

　아무리 훌륭한 혈통을 가졌어도 자손대대로 하늘에 덕을 쌓은 공적功績이 없다면 그것은 헛되고 부질없는 것이리라. 그것은 마치 쉽게 줄고 닳아버리는 옷과 같아서 덕이란 늘 새 옷으로 갈아입지 않으면 곧 시간이란 가위에 의해 조각조각 잘리게 되는 것이다.

　세상에서 말하는 '혈통'이란 얼마나 보잘것없는 것인가! 세상의 많은 사람들은 혈통에 대해 자랑삼고 또 그것을 당연하게 받아들인다. 하지만 천국에서는 모든 영혼이 평등할 뿐 혈통 따위에는 관심도 갖지 않는다. 혈통의 고귀함보다도 '정신'의 가치가 더 높이 평가되기 때문이다.

　단테는 최대의 존칭어를 써가며 고조부에게 다시 물었다.

　"Voi(당신)······."

　이 존칭은 로마인들이 맨 처음 사용하기 시작했지만 지금은 그들조차 쓰지 않는 말이다. 단테의 말을 들은 베아트리체는 곁에 서서 가볍게 미소 지었다. 천상에서는 모든 영혼이 평등하기 때문에 그가 쓴 존칭어가 어색하게 들렸던 것이다. 하지만 단테는 모른 척 계속 이야기를 해나갔다.

"당신은 저의 조상이시며 저에게 말할 수 있는 용기를 주셨고 제 이름을 훌륭하게 높여 주셨습니다. 저는 지금 기쁨이 넘쳐흐릅니다."

그 말에 카치아구이다는 고개를 끄덕이며 흐뭇하게 웃었다. 그래서 단테는 궁금하게 여기던 것을 선뜻 물어볼 수 있었다.

"사랑하는 할아버지, 제게 말씀해 주십시오! 우리의 조상들은 누구누구며 할아버지의 어린 시절은 어떠하셨습니까?"

바람이 불면 불꽃 속에 숨어 있는 숯이 더욱 활활 타오르듯 그의 질문을 받은 영혼은 한층 더 빛을 발하며 아름답고 부드러운 목소리로 대답했다.

"너는 가브리엘 대천사가 동정녀 마리아님 앞에 나타나던 때를 기억하고 있느냐?"

"물론입니다. '은총을 가득 받은 이여, 기뻐하라. 주님께서 너와 함께 계신다'라며 예수님의 성령에 의한 잉태를 알렸죠."

"그래. 그때부터 내 어머니가 나를 낳아 몸이 가벼워진 그 출산의 날까지, 이 불은 오백오십하고도 서른 번이나 사자궁 가까이를 돌아 활활 타오르고 있었느니라."

단테는 머릿속으로 재빨리 계산해 보았다.

'오백팔십 번째라면, 약 1091년쯤 되겠다.'

고조부 카치아구이다는 그의 생각을 꿰뚫어보고 계속 말을 이었다.

"네 짐작이 옳다. 나는 피렌체에 있는 성 피에로의 제6구 어귀에서 태어났다. 해마다 세례자 요한의 축일인 6월 24일에 축제를 벌일 때면 우리 마을 앞으로 그날 경주의 마지막 구획이 정해지곤 했었지."

고조부는 그대로 말을 끝맺었다.

단테는 궁금증을 이기지 못하고 다시 한 번 물었다.

"존경하는 할아버지, 그것만으로는 제 궁금증이 풀리지 않습니다. 우리의 조상은 누구고 어디에서 피렌체로 이주해 왔으며 어떻게 생활했나요?"

그러나 고조부 카치아구이다는 고개를 내저으며 침울하게 말했다.

"네 질문에 대한 대답은 침묵 쪽이 훨씬 나을 것이다."

단테는 고조부가 대답하기를 꺼린다는 사실을 알고 더 이상 묻지 않기로 했다. 그래서 화제를 바꾸어 다른 질문을 했다.

"할아버지, 그렇다면 할아버지가 사시던 때의 인구와 권력을 쥐고 있던 자들에 대해 말씀해 주십시오."

영혼은 다시 환하게 웃으며 인자하게 대답했다.

"사람들은 불의 신 마르스의 상이 있는 벡키오 다리와 그곳에서 도심 쪽에 위치한 세례자 요한 성당이 있는 사이에서 주로 모여 살았었다. 18세에서 60세 사이의 남자들은 지금 살고 있는 사람들의 수에 비해 5분의 1밖에 되지 않았단다. 지금은 신분이 가장 낮은 캄피, 체르탈도, 피키네 출신의 시골 사람들과 시민의 혈통이 서로 뒤섞여 버렸지만 그 당시에는 기술자와 수습공에 이르기까지 순수한 피렌체인 뿐이었느니라."

고조부는 한동안 말을 끊었다가 가볍게 한숨을 내쉬었다. 그러더니 고개를 저으며 곧 다시 말하기 시작했다.

"만약 너희들이 캄피, 체르탈도, 피키네 마을에 이웃하고 있던 갈루초와 트레스피아노에 국경을 정했다면 아굴리온의 추물과 시냐 따위의 썩은 냄새를 풍기는 자들을 상대하지 않아도 되었을 텐데……. 그들은 뇌물과 사기로 세상을 더럽히고 있느니라."

단테는 고조부 영혼의 말에 고개를 끄덕이며 맞장구를 쳤다.

"세상에서 가장 비열한 자들로 변해버린 교황과 일부 성직자들이 황제와 싸워 피렌체를 분열시키지만 않았어도 피렌체 사람들이 제 고장에서 쫓겨나는 수모를 겪지는 않았을 것입니다. 또한 피렌체 마을에 정착하여 살던 이방인들도 그들의 조상들이 구걸하며 살던 시미폰테 마을로 돌아갔을 게 분명합니다."

"그래, 그 당시로 시간을 되돌릴 수만 있다면 백작 구이도 가문이 피스토이아인들의 공격을 받고 피렌체 사람들에게 팔았던 몬테 무를로도 백작 가문의 소유로 남아 있을 테지. 그리고 피렌체로 쳐들어와 백당의 괴수가 된 체르키도 아코네 교구에 그냥 남아 있었을 것이고 또 몬테부오니 성에서 쫓겨난 뒤 피렌체로 들어와 세력을 잡았던 부온델몬티는 발디 그리에베의 계곡에 있었을 것이다."

고조부의 영혼과 단테는 서로 마주 보면서 잘못 흘러가 버린 과거를 안타까워했다. 어떤 민족 안에 이방인들의 피가 섞이게 되면 언제나 불행이 뒤따르기 마련이다. 몸에 좋다는 음식도 많이 먹으면 몸을 해치게 되듯 사람의 혈통이 뒤섞이게 되면 그것이 곧 화근이 된다는 것이다. 고조부의 영혼은 근엄한 목소리로 단테에게 교훈을 남겼다.

"눈먼 소가 눈먼 새끼 양보다 먼저 쓰러지고 때로는 다섯 자루의 칼을 잡고 쓰는 것보다 한 자루 칼이 훨씬 더 잘 베어지는 경우와 같다."

단테는 이내 눈먼 소가 피렌체를 비유하고 있음을 알았다.

"만일 네가 누니와 우르비살리아가 멸망하는 꼴과 그들에 이어 키우시와 시니갈리아가 멸망해가는 모습을 보았다면 가문의 혈통이 뒤섞이고 끊기는 게 조금도 새삼스럽지 않다는 것을 알게 될 것이다. 작은 도시까지도 흥망성쇠의 끝이 있는 법인데 하물며 생명이 있는 가문의 혈통이 뒤섞이고 끊기는 게 어찌 새삼스런 일이겠느냐? 이렇게 피조물에는 그 생명의 한계가 있어 자연법칙에 따라 언젠가는 죽게 마련이니라. 하지만 인간들은 살아 있는 생명체 안에 숨어 있는 죽음의 그림자를 보지 못한다. 사실 한순간의 꿈과 같이 짧은 것이 인간의 생명이거늘 바닷물이 달에 의해 끊임없이 밀물과 썰물로 바뀌듯 피렌체의 흥망성쇠도 운명의 여신에 의해 좌우되느니라."

고조부의 영혼은 피렌체에서 한때 명성이 높았던 인물들에 대해서도 상세하게 이야기했다.

"옛날에는 찬란한 명문이었지만 지금은 대가 끊겨버린 우기, 카텔리니, 필립피, 그레치, 오르만니, 알베리키 등의 가문을 나는 보았노라. 그리고 유서 깊고 고귀한 산넬라, 아르카, 솔다니에콰, 아르딩키, 보스티키 등의 여러 가문도 보았느니라. 라비냐니 가문은 백당을 추방한 대죄大罪를 진 체르키 가문과 이웃하고 살았지."

체르키 가문은 성 베드로 문 위쪽에 살고 있고 라비냐니 가문은 그 성스러운 대문과 그리 멀지 않은 곳에 위치해 있었던 것이다.

단테는 자신이 알고 있는 그 사실을 바탕으로 고조부에게 질문했다.

"사랑하는 할아버지, 그런데 어째서 지금은 구이도 백작과 벨리치오네의 성姓을 딴 사람들이 그곳에 살고 있습니까?"

"그건 구이도 백작과 벨리치오네 베르티의 딸 구알드라다가 결혼했기 때문이다."

자신들의 세력을 펴기 위해 정략적으로 결혼했다는 말에 단테는 이맛살을 찌푸리지 않을 수 없었다.

"그래서 결국 그들이 세력을 잡게 되었나요?"

그의 질문에 고조부는 고개를 내저었다.

"아니, 그렇지 않다. 기벨린당의 프레사 가문은 일찍부터 세력을 쥐고

통치법을 알고 있었느니라. 또한 같은 기벨린당이었던 갈리가이오 가문도 기사 작위를 받아 집안에 황금으로 된 칼을 가지고 있었지. 사케티, 주오키, 피판티, 바루치, 갈리 그리고 소금을 팔 때 됫박을 속여 얼굴을 붉히던 겔프당의 키아리몬테시 등도 이미 명문가로 명성을 떨치고 있었다. 칼푸차 가문이 파생한 그 뿌리는 그때 이미 뿌리를 내리고 있었단다. 그리고 시지 가문과 아르리구치 가문은 이미 최고의 관직에 올라 있었느니라. 그러니 당연히 그들이 세력을 잡을 수가 없었지."

단테는 고개를 갸우뚱하며 다시 물었다.

"하지만 그 가문들은 좋은 명성을 남기지 못했고 지금은 그 세력이 거의 남아 있지 않습니다."

그러자 영혼은 깊은 한숨을 내쉬었다.

"그들의 교만이 가문을 멸망으로 이끌었느니라. 지금 지옥에 가 있는 파리나타의 가문과 우베리티도 가문도 명문가였고 방패 위에 황금 구슬이 새겨진 람베르티 가문도 피렌체의 위엄 있는 가문이었건만……. 지금 주교의 자리가 공석일 때마다 작당하여 자신들의 욕심을 채우던 자들의 조상들도 예전에는 이름을 드날렸느니라. 도망치는 자에게는 용과 같이 사납고 돈주머니를 보여주는 자에게는 꼬리를 살살 쳐대는 강아지처럼 굴던 아디마리 가문 족속들도 상당한 명성을 얻긴 마찬가지였지. 그러나 우베르틴 도나티는 장인이 처제를 천한 아디마리 가에 시집을 보내자 그 집안과 인척 관계를 맺는 것을 몹시 못마땅하게 생각했느니라."

말을 하다 말고 고조부는 침울하게 입을 닫아 버렸다. 그의 얼굴이 몹시 불안하고 근심에 차 보였기 때문에 단테는 조심스럽게 넌지시 질문을 던졌다.

"왜 그러십니까, 할아버지? 어떤 불편하신 데라도⋯⋯."

영혼은 머뭇거리면서 대답을 회피했다. 단테는 조바심이 나서 다시 한 번 영혼에게 물었다.

"할아버지, 말씀해 주십시오. 할아버지의 불안과 근심이 전부 제게로 옮아와 저까지도 마음이 편치 않습니다."

그러자 고조부 카치아구이다는 어렵게 입을 열었다.

"너는 아디마리 가문과 깊은 연관이 있게 될 것이다."

"네?"

'그런 비천한 가문과 제가 어찌 인연이 있단 말인가? 더군다나 그들은 행실이 곱지 못하여 많은 사람들로부터 손가락질을 받고 있지 않은가?'

영혼은 그것에 대한 설명을 해나갔다.

"훗날 네가 나라에서 추방당한 후 아디마리 가의 보카초가 너의 재산을 몰수하게 되고 또 항상 네 앞의 걸림돌이 될 게다."

단테는 아랫입술을 꼭 깨물었다. 고조부의 영혼이 미래를 미리 알려준 것은 그것에 대한 경고인 것이다. 단테는 두려움을 떨쳐버리려 애쓰면서 고조부의 말에 귀 기울였다.

"카폰사키 가문은 피에졸레베키오 시장 근처로 내려와 살고 있었고 주다와 안판가토는 아주 선량한 시민이었느니라. 그러나 네가 믿기 어려운 사실 한 가지를 말해주마."

고조부의 영혼은 잔뜩 긴장하고 있는 단테에게 장황한 이야기를 시작했다.

"지금은 이미 망해버려 작은 성문 안에 살고 있는 페라 가문을 알고 있겠지? 이 가문은 배꽃으로 문장을 삼았던 명문가로서 그중 우고 후작은 황제 오토 2세와 3세의 치세 때까지 2대에 걸쳐 토스카나 주의 황제

대리인으로 있었느니라."

단테는 고조부의 말 중간에 끼어들어서 질문을 했다.

"우고 후작이라면 성 토마스의 축일에 돌아가신 다음(1001년, 12월 21일 성 토마스의 축일에 사망) 자신의 어머니가 세웠던 수도원의 성당에 묻힌 분이 아닙니까?"

"그렇단다. 해마다 그날이 되면 아름다운 휘장을 달고 기념제전을 했느니라. 그래서 이 축제일이 되면 사람들은 그의 공적을 되새기며 그 가문의 휘장을 가진 자들에게 기사 자격을 내리고 특전을 주었지. 하지만 그 가문의 자노델라벨라는 서민들과 어울리고 귀족들에게 대항하다가 결국은 탄압에 못 이겨 프랑스로 망명하고 말았느니라."

위대한 인물들이 제 나라에서 살지 못하고 다른 나라로 망명해야 한다는 사실은 가슴 아픈 일이 아닐 수 없다.

"또 구알테로티 가문과 임포르투니 가문도 융성했던 명문가였지만 지금은 몰락한 피렌체의 귀족이 되었지. 만약 그들이 낯선 이방인들만 받아들이지 않았더라면 피렌체의 가장 오래된 땅 보르고는 아직까지도 평화로웠을 것이니라."

단테는 조국이 황폐해져 가는 것이 안타까워 다시 물었다.

"그렇다면 피렌체를 이토록 통곡과 혼란으로 몰고 간 가문은 어느 가문입니까?"

"예전에는 존경을 받았던 아미디 가문이니라. 그 아미디 가문은 부온텔몬티의 모욕을 참지 못하고 격노하여 그를 죽임으로써 황제당과 교황당의 분열을 일으켰고 결국 피렌체에 내란을 일으킨 주범이 된 것이다."

"부온텔몬티의 모욕이라고요?"

단테는 고조부의 말이 이해가 되지 않아 그 즉시 질문을 했다. 그러자 고조부는 자세한 내막을 들려주었다.

"부온텔몬티는 처음 피렌체에 오기 위해 목숨을 걸고 에마 강에 뛰어들었다고 하더구나. 만약 그때 그가 강물에 빠져 죽었다면 피렌체의 내란은 없었을 것이다. 그 이후 부온텔몬티는 아미디 가의 딸과 약혼했음에도 불구하고 구알드라다 도나티에게 설복당해 그의 딸과 결혼했단다. 그러자 아미디 가는 문중 회의를 열어 부온텔몬티에게 복수하기로 결의하고 그를 죽였던 거지. 이것이 화근이 되어 복수는 복수를 불러왔고 또 그에 대한 복수가 꼬리를 물고 일어났던 것이니라. 그래서 마침내 겔프와 기벨린 간에 내란이 터지게 되었단다."

결국 아미디 가의 사람들은 부온텔몬티를 죽여 몬테베키오 다리를 수호하는 군신 마르스 상像에 제물로 바친 것이다.

"꽃의 도시 피렌체는 그 사건 전만 해도 의로움과 사랑이 넘치며 오직 평화만이 존재했느니라. 불행해야 할 그 어떤 이유도 없었는데……."

그것은 칼로 가슴을 도려내는 아픔이었다. 백합꽃이 그려진 피렌체의 깃발은 일찍이 그 어떤 침략 세력에도 꺾인 적이 없었으나 내부 분열 때문에 피로 붉게 물들여진 것이다.

'아, 피렌체인들의 피로 붉게 물든 백합꽃이여!'

DANTE LA DIVINA COMMEDIA 17

망명 예언

"제가 정말 아폴론 신의 아들입니까? 어머니, 그 말이 사실이라면 그 증거를 보여주십시오. 그래서 사람들이 더 이상 저를 아비 없는 자식이라고 무시하지 못하게 해 주십시오."

파에톤은 태양의 신 아폴론과 클리메네 사이에서 태어났다.

어느 날 친구로부터 '네가 신의 아들이라고?'하며 비웃는 소리를 듣고 몹시 화가 나서 집으로 돌아왔다.

파에톤이 눈물을 글썽이며 묻자 어머니 클리메네는 손을 들어 하늘을 가리키면서 말했다.

"하늘에 맹세코 너는 분명히 태양의 신 아폴론의 아들이란다. 만약 내 말이 거짓이라면 내가 이 자리에서 당장 죽는다 해도 좋다. 네가 정 못 믿겠다면 직접 아폴론 신을 찾아가 물어보도록 하렴."

대답을 들은 파에톤은 굳은 결심을 하고 아폴론을 찾아 나섰다. 오직 아버지를 만나겠다는 일념 하나로 숱한 모험 끝에 드디어 태양의 신 아폴론을 만나게 되었다.

"온 세상의 빛이시며 생명을 지켜주시는 태양의 신이시여! 제가 진정 당신의 아들이라면 그 증거를 보여주십시오."

아폴론은 파에톤을 불러 껴안으면서 말했다.

"너는 틀림없는 내 아들이다. 그것을 증명하기 위해 네가 원하는 소원 한 가지를 들어 주겠으니, 한번 말해 보아라. 우리 신들은 약속을 가장 중요시하고 엄숙하게 생각한단다. 그 증거로 지옥을 에워싸고 있는 스틱스 강을 증인으로 내세울 수도 있다."

파에톤은 아폴론의 말을 듣고 기쁨에 넘쳐 얼른 청했다.

"아버지, 감사합니다. 그렇다면 저에게 태양의 수레를 끌 수 있도록 허락해 주십시오. 단 하루만이라도……."

파에톤은 태양의 수레를 끌고 나가 그 모습을 친구들에게 자랑하고 싶었던 것이다. 그러나 아폴론은 얼굴 표정이 굳어지며 곧 자신이 약속한 사실을 후회했다.

"내가 약속을 어길 수 없는 건 사실이지만, 너 또한 너무 경솔하게 선택했구나. 네가 나의 아들이긴 해도 사람의 몸을 빌려 태어났으므로 태양의 수레를 끌기에는 역부족이다. 이 태양의 수레를 끄는 것은 다른 신들도 엄두조차 내지 못하는 일이다. 그러니 너는 다른 소원을 말해 보도록 해라."

그러나 파에톤은 막무가내로 고집을 피웠다. 아폴론이 아무리 설득해 보아도 소용없었다. 결국 아폴론은 파에톤과 한 약속을 지켜야만 했다.

그러나 막상 태양의 수레를 끌고 나선 파에톤은 힘에 부쳐 금세 수레의 고삐를 놓치고 말았다. 태양의 수레가 궤도를 벗어나 하늘과 땅을 오르락내리락하는 바람에 하늘과 땅은 온통 불바다가 되어 버렸다. 이 모습을 보고 화가 난 제우스는 오른손에 쥐고 있던 번갯불을 던져 파에톤을 죽게 했다. 이때부터 부모들은 자식의 요구를 무조건 들어주는 것에 대해서 조심하게 되었다.

파에톤이 아버지에 대해 알고 싶어 했던 것과 마찬가지로 단테 또한 자신의 미래에 대해 알고자 하는 욕망을 떨쳐버릴 수가 없었다.

베아트리체와 고조부의 영혼은 그의 강렬한 욕망을 쉽게 알아차렸다. 거룩한 영혼으로서 빛을 발하는 고조부는 현재의 위치에서 자리를 바꿔 좀 더 그에게로 가까이 다가갔다.

희망의 빛 베아트리체가 먼저 입을 열었다.

"당신의 열정 어린 소망에 마음속의 각인을 또렷이 찍어 불길처럼 밖으로 내뿜어 버리세요. 당신의 말로 인해 우리의 지식이 늘어나는 것은 아니지만 당신이 마음속의 갈증을 숨김없이 호소해서 남에게 대답을 듣는 일에 익숙해지도록 하기 위해서랍니다."

단테는 그녀의 말을 듣고 주저함 없이 말했다.

"오, 귀한 나의 뿌리시여! 할아버지께서는 이미 천국에 높이 올라와 계시니 '하나의 삼각형 안에는 두 개의 둔각이 들어가지 못한다'는 진리를 아실 겁니다. 또한 모든 시간을 현재로 머무르게 하시는 하느님은 온갖 우연한 일들이 아직 완전히 나타나기도 전에 뚜렷이 보고 계십니다."

잠시 숨을 돌린 뒤 그는 하고자 했던 말의 본론을 꺼냈다.

"제가 위대한 시인 베르길리우스님을 따라 정죄산 위로 오르고 있는 동안에도 또 지옥에 내려가 있는 동안에도 제게 슬픈 미래가 펼쳐지리라는 예언을 들었습니다. 그러나 운명이 아무리 험난하다 하더라도 저는 흔들리지 않을 마음의 결심이 되어 있습니다. 그래서 앞으로 어떤 운명이 다가올 것인가를 알 수 있는 것만으로도 제 의지는 만족할 것입니다. 그건 날아오는 방향을 드러낸 화살은 속도가 느린 것처럼 보이기 때문입니다."

아담의 원죄로부터의 사슬을 풀어주러 오신 하느님의 어린양 예수 그리스도께서 죽임을 당하시기 전 어리석은 이교도들을 당황하게 만드시던 모호한 답변이 아닌 부드러운 사랑을 담은 분명한 어조로 고조부는 입을 열었다.

"현세에서 우연히 일어나는 것처럼 보이는 사건들도 사실 하느님의 마음 안에서는 영원성을 지니고 나타나는 것이란다. 그렇다고 해서 거기에서 필연이 생기는 것은 아니니라. 이를테면, 물결을 타고 내려가는 배가 보기에는 저절로 움직이는 것처럼 생각되는 것과 같다고 할 수 있다. 아름다운 음악 소리가 오르간에서 흘러나와 귀를 감미롭게 두드리듯 너를 위해 마련된 미래가 하느님을 통하여 내 시야에 들어오는구나."

고조부의 영혼이 허공에 시선을 모은 채 무언가를 보고 있었기 때문에 단테는 숨소리를 죽이며 마른침을 꿀꺽 삼켰다. 고조부는 나지막한 목소리로 이야기를 시작했다.

"테세우스의 아들 히폴리투스는 계모 페드라로부터 사랑을 요구받았으나 이를 거절했느니라. 페드라는 이에 앙심을 품고 테세우스에게 거짓을 고자질해서 히폴리투스를 아테네에서 쫓겨나게 만들었단다. 이 이야기처럼 너도 피렌체를 떠날 수밖에 없는 운명을 타고났구나."

단테가 망명의 길에 오르게 될 거라는 사실은 이미 지옥과 연옥에 있던 영혼들을 통해 알고 있었다. 그래서 그는 담담하게 고개를 끄덕였다.

"모의가 이루어지고 계획도 이미 짜였기 때문에 머잖아 실행에 옮겨지리라. 날마다 예수 그리스도가 매매되고 있는 곳에서 그자가 생각해 낸 것이란다."

그자란 교황 보니파티우스 8세를 일컫는 말이 분명했다. 단테는 짐작하고 있었다는 듯 다시 고개를 끄덕였다.

"세상일이란 으레 그런 것이지만, 패배한 당파가 세상의 소리 높은 비난을 받게 될 것이다. 그러나 하느님의 공의로우신 심판에 의해 서서히 진실이 모습을 드러낼 것이다. 너는 네가 사랑하던 교황, 가족, 친지, 그밖의 모든 것을 잃게 되는데, 그것이 추방의 활을 쏘는 첫 화살이니라."

단테는 마치 그 자리에서 화살을 맞은 것처럼 가슴이 뜨끔했다. 하지만 고조부는 냉철한 이성을 유지하며 계속 말을 이었다.

"너는 그 결과로 남의 빵이 얼마나 입에 쓰고 남의 집 계단 오르기가 얼마나 힘겨운 것인가를 깨닫게 될 것이니라. 그러나 너의 두 어깨를 가장 무겁게 짓누르는 짐은 너와 함께 골짜기에 떨어질 동지들의 영악함과 비열함일 것이다. 그들은 너의 은혜를 원수로 갚고 광란과 패악을 거듭할지니……. 그러나 그 행위 때문에 얼굴을 붉힐 자는 네가 아니라 바로 그들일 것이다. 그들의 야만스러움은 그 소행을 보면 훤히 알 수 있느니라. 너 또한 너만의 당파를 갖는 것이 너의 명예가 되리라."

단테는 침울한 목소리로 입을 열었다.

"진실로 제 편이 되어줄 사람은 없습니까? 망명의 길에 올라 떠도는 저를 받아줄 사람은요?"

고조부는 측은한 눈길을 보내면서 말했다.

"너는 롬바르디아 공公의 호의를 입게 될 것이다. 그 사람은 진정 신성로마 제국을 상징하는 독수리를 가슴에 품고 있다. 롬바르디아 공은 네게 특별히 호의를 베풀 것이니 너희 두 사람 사이에는 달리 용건을 부탁하기도 전에 이미 해결되어 있으리라."

"롬바르디아 공이란 베로나의 영주인 바르톨로메오 델라스칼라를 말씀하시는 것입니까?"

단테는 앞서 들었던 이야기를 떠올리며 확인하듯 되물었다. 고조부는
고개를 끄덕였다.

단테는 휩쓸려 떠내려가는 강물 속에서 지푸라기라도 한 올 잡은 듯
한 느낌이었다.

영혼은 바르톨로메오의 신상에 관한 이야기도 해 주었다.

"너는 롬바르디아 공의 곁에서 앞으로 빛나는 무훈을 세우게 될 사람
을 보게 될 것이다. 그는 태어날 때부터 힘센 화성의 정기를 받아 빛을
내고 있지만, 아직 아홉 살밖에 안된 어린아이라 세상 사람들은 그를 알
아보지 못하리라. 그러나 성장하면서 점차로 그의 덕성은 빛을 떨치리
니, 돈을 가벼이 알고 자신의 노고를 아끼지 않는 훌륭한 사람이기 때문
이다. 그의 위대함이 세인들의 입에 자자해 그의 원수들조차도 그에 대
해 침묵하지 않을 수 없을 것이다. 그와 그의 선정善政에 주목하라. 많은
사람의 운명이 그로 인해 뒤바뀌어 신분이 역전되고 부자와 거지가 생
겨나리라. 그를 머릿속에 잘 기억해 두어라. 그러나 그의 이름을 절대
입밖에 내서는 안 되느니라."

이렇듯 고조부는 두세 가지의 믿기 어려운 이야기들을 들려주었다.
그러고는 덧붙여 말했다.

"이것이 너에게 말한 것들에 대한 해결이니 한두 해가 지나기도 전에
덫이 놓일 것이니라. 그렇다고 해서 이웃을 원수로 여겨서는 안 된다.
네 이름은 그들의 배반에 대한 벌이 내린 후에도 먼 미래까지 오래도
록 남아 영원히 전해질 것이다."

거룩한 영혼, 고조부 카치아구이다 할아버지는 입을 다물었다. 단테
의 질문에 대한 대답을 마쳤던 것이다.

단테는 의혹에 싸여 지혜와 덕을 갖춘 의인에게 가르침을 청하려는 사람처럼 말했다.

"영광을 가득 받으신 조상이시여! 마음과 몸가짐이 부족한 자일수록 더욱 큰 타격을 줄 태풍이 이제 저를 향해 점점 다가오고 있는 것이 보입니다. 그러나 선견지명으로 무장하여 비록 사랑하는 고향을 잃을지언정 저의 시詩를 위해서 피신할 곳을 잃지 않도록 현명하게 처신하겠습니다."

고조부는 깊이 고개를 끄덕였다. 의도했던 대로 자신의 말을 이해한 후손 단테가 대견스러운 모양이었다.

단테는 계속해서 자신의 생각과 느낌 등을 이야기했다.

"고통만이 남아 있는 저 아래 지옥으로부터 희망의 빛인 그녀의 아름다운 눈에 의해 위로 끌어올려진 저 연옥의 산을 통하여…… 그리고 별에서 별로 천국에 오를 때마다 저는 많은 것을 배워왔습니다. 그것들을 말로 거듭 표현한다면 많은 사람들은 매우 슬퍼할 것입니다. 그러나 이대로 제가 입을 다문다면 후세 사람들 사이에서 저의 명예가 실추되지 않을까 걱정스럽습니다."

빛에 싸인 주옥이 미소 짓는 것이 보이더니 고조부 영혼의 빛은 햇살을 받아 반짝이는 황금 거울처럼 전보다 훨씬 더 밝은 빛을 띠며 대답했다.

"자기 자신이나 남의 수치스런 일 때문에 양심이 흐려진 자들은 물론 네 시를 노골적으로 학대할 것이다. 그러나 그 거짓을 모두 떨쳐버리고 진실한 마음으로 네가 본 것들을 그대로 드러내거라. 그렇게 함으로써 괴로움을 느낄 만큼의 죄가 있는 자들에게는 괴로움을 느끼게 만들어라. 가려운 자가 먼저 손을 뻗어 긁는 것은 당연한 일, 비록 네 시가 처음에는 듣기 싫을지 모르나 언젠가 마음속에 새겨 알아들을 때가 되면 생명의 양식을 몸 안에 지니게 될 것이니라."

단테는 고조부의 당부에 용기를 얻고 한 가지 결심을 굳혔다. 어떠한 일이 있더라도 자신의 순례가 헛되게 하지 않겠다는……. 자신에게 다 가올 미래가 두려워 진실을 숨기는 등의 비겁한 짓은 하지 않겠다고 말 이다.

고조부의 영혼은 계속 그를 격려했다.

"너의 외침은 흡사 질풍처럼 날카롭게 나뭇가지를 때리리니 그때 높은 가지일수록 바람이 혹독하게 느껴질 것이다. 이 세상에서 가장 강력한 무리를 거세게 후려갈기기 위해서는 보통 이상의 용기가 필요하기 마련이다. 너는 자신의 말에 대한 확고한 신념을 갖고 있어야 하느니라. 이 천국과 연옥의 산에서, 그리고 지옥의 골짜기에서 네가 만났던 사람들은 모두가 이름을 드높이던 영혼들뿐이었다. 그것만으로도 네가 지상으로 돌아가 이야기할 때 터무니없거나 근원이 불분명한 애매한 이야기로 취급당하진 않을 것이다. 그리고 더 큰 깨달음과 감동을 주기에 충분할 것이니라."

목성천 木星天

단테는 앞으로 다가올 망명생활과 훗날 명성을 떨치게 될 것이라는
예언을 떠올리며 슬픔과 감미로움이 교차하는 묘한 심경에 사로잡혔다.

고조부의 영혼은 말을 마친 뒤 입을 굳게 닫고 깊은 생각에 잠겨 있었다.
베아트리체가 그를 향해 미소 지으며 위로하듯 말했다.

"모든 생각을 사랑의 우리 안에 밀어 넣고 오직 행복만을 생각하세요.
온갖 악한 세력으로부터 당신을 지키시는 하느님 곁에 항상 제가 있다
는 사실을 잊지 않으신다면 조금 위안이 될 거예요."

다정한 목소리에 정신이 든 그는 고개를 들어 베아트리체를 바라보았
다. 그녀의 거룩한 눈동자에 떠오른 기막힌 사랑의 빛을 어떻게 감히 말
로 표현할 것인가. 단테 역시 자신의 눈을 믿기가 어려웠고, 만약 하느
님의 축복으로 인도되지 않았더라면 스스로 환상이라 치부해 버렸을
것이다.

다시 한 번 그녀의 거룩한 눈동자를 보게 된다면 그때는 올바르게 표

현할 수 있을까? 지금 단테가 말할 수 있는 것은 그녀를 보는 순간 자신이 품고 있던 모든 소망이 사라져 버리고 마음이 송두리째 그녀의 눈동자 속으로 빨려 들어갔다고 밖에는 달리 표현할 방법이 없었다.

단테는 하느님을 직접 바라볼 수가 없으므로 베아트리체를 통해서만 하느님을 볼 수 있었다. 하느님의 그림자가 어려 있는 그녀의 아름다움을 어찌 말로 표현할 수 있겠는가. 그는 그녀의 빛나는 미소에 넋을 잃고 그 자리에 못 박힌 사람처럼 꼿꼿하게 서 있었다.

베아트리체가 부드러운 목소리로 말을 이었다.

"얼굴을 돌려 할아버지의 영혼 쪽을 보면서 말씀을 들으세요. 천국은 제 눈 속에만 있는 것이 아니랍니다."

강렬한 욕구가 솟구치면 얼굴 표정에 감정이 그대로 드러나는 것처럼 몸을 돌려 거룩한 빛 카치아구이다 할아버지의 불꽃을 바라보니 좀 더 이야기를 나누고 싶다는 욕망을 그대로 드러내고 계셨다.

그 거룩한 빛으로부터 말소리가 들려 왔다.

"천국의 가장 높은 곳에는 하느님이 계시고, 그곳에는 생명수가 흐르는 강이 있느니라. 그 강은 하느님과 그의 외아들 예수 그리스

도의 옥좌로부터 시작되어 천국의 넓은 거리 한가운데를 가로질러 흐르고 있다. 또 그 강 옆에는 열두 가지 열매가 달리는 생명나무가 있어서 달마다 열매를 맺느니라. 그 나무의 잎은 결코 지는 일이 없고 만국의 백성을 치료하는 약이 되고 있단다. 그리고 그 생명나무에는 그곳에 뽑힌 복된 영혼들이 항상 머물러 있느니라."

단테는 고개를 끄덕이며 고조부의 말에 열중했다.

"천국의 다섯 번째 자리 이곳 화성천에 살고 있는 영혼들은 천국에 오기 전에 이미 지상에서 덕망이 높았던 사람들이라서 여신들이 노래할 때 흔히 소재로 삼곤 했느니라."

고조부는 손가락을 들어 빛나는 다른 무리를 가리켰다.

"저기 십자가 꼭대기를 자세히 보아라. 내가 이름 부르는 사람들의 영혼이 구름 속에 번쩍이는 번갯불처럼 재빠르게 움직이고 있는 것이 보일 것이다."

고조부는 은은하고 장엄한 목소리로 이름을 불렀다.

"여호수아!"

여호수아는 모세의 후계자이며 믿음의 여덟 용사 중에 한 명이었던 이스라엘 백성의 지도자였다. 그는 이스라엘 백성을 거느리고 젖과 꿀이 흐르는 가나안 땅에 입성했다. 고조부의 목소리가 울려 퍼지자 곧 빛하나가 십자가 위를 가로질러 달렸다. 소리와 움직임이 거의 동시인 듯순식간의 일이었다.

고조부는 이어서 다음 이름을 불렀다.

"마카베오!"

그것은 마카베오 형제들 중에 큰 형인 유다를 부르는 소리였다. 그는 시리아의 왕 안티오쿠스 에피파네스의 폭정으로부터 이스라엘 민족을

166

해방시킨 위대한 용장이었다. 마카베오를 부르는 소리가 울려 퍼지자 유다의 빛이 팽이처럼 빙빙 돌면서 달려갔다.

마찬가지로 샤를마뉴와 오를란도의 이름이 불렸다. 샤를마뉴는 교황 레오 3세에게 축성되었던 신성 로마 제국의 첫 황제였고 오를란도는 샤를마뉴 황제와 같은 시대에 전설적인 영웅으로 이름을 떨치던 위인이었다.

단테는 날아가는 매의 뒤를 쫓는 사냥꾼처럼 눈을 부릅뜨고 그 두 광채의 뒤를 쫓았다.

이어서 오란제 대공大公의 몸으로 수도자가 되었던 굴리엘모, 사라센의 왕 데스라베의 아들이며 대공으로부터 세례를 받고 대공의 조카딸과 결혼한 용감한 수도자 레오나르도, 제1차 십자군 전쟁에 장군으로 참가하여 혁혁한 공을 세운 폴리아와 칼리 브리아의 영주 로베르토 구이스카르도의 이름이 불렸다. 단테는 그때마다 시선을 모아 십자가를 가로질러 달리는 빛들을 보았다.

후손에게 인자하게 말을 건네던 고조부 카치아구이다는 작별의 인사도 없이 이내 그의 곁을 떠나 빛나는 영혼들 안으로 들어갔다. 그들은 한 무리가 되어 천상의 노래를 불렀다. 단테의 뿌리 카치아구이다 할아버지의 목소리는 그들 중에서도 두드러지게 아름다웠다.

단테는 이제부터 어떻게 해야 할 것인가를 베아트리체에게 묻기 위해 오른쪽으로 고개를 돌렸다. 그때 그의 눈에 비친 베아트리체의 두 눈이 어찌나 밝고 기쁨에 넘쳐 빛나던지 지금까지 자신이 살아오는 동안 보았던 그 어떤 것들보다 눈부셨다.

사람이 선한 일을 하면 기쁨을 느낌과 동시에 자신의 품성이 나날이 향상되는 것을 깨닫기도 한다. 그처럼 그는 그녀가 본래의 아름다움보다

167

훨씬 더 돋보이게 변화하는 기적을 보았다. 그리고 앞으로 그녀와 함께 올라가야 할 목적지는 지금보다 더 광대하다는 것을 깨달을 수 있었다.

그때였다. 수줍음 많은 여인의 얼굴이 발갛게 물들다가 이성을 찾으면 얼굴빛이 다시 새하얗게 변하는 것처럼, 단테의 눈앞에 그와 비슷한 현상이 펼쳐졌다. 그가 그것을 느끼는 순간 몸은 벌써 여섯 번째 별의 흰빛 속으로 빨려 들어가고 있었다.

단테를 품에 안은 목성천에는 피렌체 말을 사용하여 눈길을 끄는 영혼들이 흰빛을 내며 반짝반짝 빛나고 있었다. 모이를 배불리 먹은 새들이 원을 그리기도 하고 혹은 긴 형태를 이루면서 날아오르듯 밝은 빛에 싸인 거룩한 영혼들은 이리저리 날고 노래하면서 때로는 D자로, 때로는 I자로, 때로는 L자 모양을 만들고 있었다. 처음에는 가락에 맞춰 노래하며 날다가 다음에는 이 기호들이 하나를 이루더니 잠시 동안 멈춰선 채 침묵했다.

'오, 시의 여신 뮤즈여! 시인들에게 영광을 베풀어준 이름이여! 시인들은 당신이 준 생명으로 나라와 도시의 이름을 길이 빛냈으니 그와 같이 내게도 그 영광의 빛을 비춰주오. 나로 하여금 내가 본 그대로 이 천국의 영혼을 그릴 수 있도록 나의 짧은 시구 안에 당신의 능력을 불어넣어 주오.'

지금 눈앞에 보이는 이곳 영혼들은 일곱을 다섯 번 곱한 자음과 모음의 글자를 새기고 있었다. 단테는 그들이 나타내는 글자를 차례대로 마음에 새겨 두었다.

'정의를 사랑하라DILIGITE IUSTITIAM'는 글자가 나타나고 또 '땅을 심판하는 자들이여QUI IUDICATIS TERRAM'라는 글씨가 나타났다. 그 후에는 M자 모양으로 가지런히 머물렀다.

그 때문에 목성은 그 부분만이 황금 글씨가 새겨진 은처럼 반짝였다. 바로 그 M자 꼭대기에 또 다른 빛의 영혼들이 내려와 노래를 하고 있었다. 그것은 당신 앞으로 이끌어 주시는 하느님의 은총에 찬미와 영광과 감사를 드리는 것이었다.

불타는 장작을 치면 무수한 불티들이 사방으로 튀듯 천도 넘는 영혼들의 빛이 일어나서 이미 하느님께서 정해주신 대로, 혹은 높게 혹은 낮게 빛을 내며 날아다니고 있었다.

그들이 저마다 자기 자리를 잡고 조용해지자 그들의 빛으로 인하여 독수리의 머리와 목의 형상이 또렷하게 나타났다. 지금 이 그림을 그리고 계시는 하느님께서는 당신을 인도할 자를 세우지 않으시고 스스로 발걸음을 떼시며 새들이 둥지를 만들듯 온 세상의 형상도 당신의 말씀 한마디로 지어내셨다.

이번에는 독수리 모양을 갖춘 M자 위에 또 다른 영혼들이 날아와 백합 모양을 만들고 만족한 빛을 보이더니 다시 빛나는 독수리의 전체 모양을 완성시켰다.

'오, 아름다운 목성이여! 지상의 정의는 그대로부터 흘러나온다는 것을 저 무수한 복된 영혼들이 그림을 통해서 보여 주고 있구려. 나는 그대의 움직임과 그 거룩한 뜻에 부탁하고자 한다. 부디 그대의 빛을 가로막는 연기가 지상의 어디에서 솟아오르는지 잘 보아주기를, 능력의 하느님께서 그 추악한 교황청을 보시도록 간구하여 그대의 빛이 원래대로 회복되기를 원하노라.'

기적과 순교를 터전으로 삼은 성전 안에서 상인들이 돈을 바꾸고 비둘기를 파는 것을 보신 예수님께서는 채찍을 휘두르시며 '성전은 기도하는 하느님의 집이다!'라고 진노하셨던 적이 있다. 하지만 몇백 년이 흐른 지금까지도 그 상황은 마찬가지이다. 이처럼 순교로써 세워진 집에서 매매가 성행하고 있는 것을 하느님께서 보시고 다시 한 번 진노하시기를 단테는 간절히 소망했다.

'오, 하늘의 용사들이여! 바라건대 지상에서 죄악에 물들어 방황하고 있는 불쌍한 자들을 위하여 기도해주오.'

옛날에는 파문을 시키기 위하여 칼을 들고 싸웠으나 지금은 교황 보니파티우스 8세가 성체를 빼앗기 위해 칼을 드는구나. 성체는 주님께서 그 어느 곳에서나 어느 누구에게라도 나누어지기를 원하셨던 것이 아니던가.

돈을 받고 지우기 위한 파문장破門狀을 기록하고 있는 교황 보니파티우스 8세여! 당신이 망치고 있는 교회를 아직도 베드로와 바울로께서 지키고 있다는 사실을 알고나 있는가? 모른다면 명심하기 바란다. 물론 당신은 이렇게 말할 수 있으리라.

'광야에 홀로 살며 요르단 강에서 사람들에게 세례를 베풀다가 헤로디아의 딸 살로메의 춤 때문에 순교한 세례자 요한에게 나는 한결같이 사랑을 보내고 있다. 하지만 어부(베드로)나 폴로(바울로) 따위는 내 알 바가 아니다!'라고. 그러나 잘 기억하기 바란다. 세례자 요한의 초상화를 금화에 새겨 넣은 것은 그가 피렌체의 수호성인이기 때문이지 당신 같은 사람의 욕심을 채우라는 것이 아니라는 사실을……

생명의 책

이 광경은 일찍이 누가 붓으로 기록한 적도, 사람들의 입에 오르내린 적도, 아니 공상으로조차도 그린 적이 없는 것이리라. 기쁨에 젖어 서로 어우러진 영혼들은 독수리 모양의 날개를 펼친 채 더욱 흥을 돋우고 있었다.

그 영혼들은 마치 홍옥紅玉인 양 뜨거운 태양빛을 받아 하나하나 타올랐고 그 빛은 단테의 눈에서 반사되는 것 같았다. 단테는 그 밝은 빛으로 충만해져 온몸이 환희로 가득 찼다.

단테는 독수리의 부리를 보고 그 부리에서 나오는 소리에 귀를 기울였다. 그런데 당연히 '우리' 혹은 '우리의'라고 복수로 표현해야 할 것을 '나' 또는 나의'라는 단수로 말하고 있었다. 단테는 고개를 갸우뚱하며 곰곰이 생각하다가 비로소 그 답을 찾았다. 비록 수많은 영혼들이 한자리에 모여 있지만 그들은 독수리의 형상으로 모여 영혼 전체의 목소리로 노래하고 있는 것이었다.

많은 숯덩이들이 한꺼번에 타올라 뜨거운 열을 내듯, 독수리 모양을 이루고 있는 수많은 영혼들은 하나 된 사랑으로 타오르며 목소리를 모아 단테에게 이야기를 들려주고 있었다.

"나는 정의와 사랑으로 이 영광의 자리에 오를 수 있었나니 더 이상 바랄 게 없는 최고의 영예, 제국의 형편으로는 감히 바라볼 수 없는 천국의 영광을 이제 여기서도 누리는 축복받은 자가 되었다. 나는 지상에서도 빛나는 이름을 남겼건만 사탄의 유혹에서 벗어나지 못한 자들은 정의의 나라 로마 제국을 찬양하면서도 그 가르침을 따르려 하지 않는구나."

깨달음의 소망이 강한 단테, 그는 이 시간을 적절히 활용했다.

"영원한 환희의 꽃들이여! 당신들은 서로 양보하여 각자의 향기를 하나로 만드셨습니다. 더욱이 제게 그 꽃향기를 맡게 해주시니 참으로 감사드립니다. 제 영혼은 오랫동안 진리에 굶주려 알고자 하는 욕망으로 가득 차 있었습니다. 그러나 지상에는 제 굶주림을 채워줄 만한 음식이 아무것도 없었습니다. 부디 당신들의 말씀으로 저의 허기를 채워 주십시오. 천국에는 하느님이 가지신 정의의 거울로 다른 왕국을 비춰보는 까닭에 당신들의 눈에는 정의가 거침없이 비친다는 것을 저는 잘 알고 있습니다. 아마 당신들은 진리를 듣고 싶은 갈망으로 당나귀 귀처럼 쫑긋해진 제 모습을 보셨겠지요? 그리고 이토록 오랫동안 제 마음속에 앙금으로 가라앉은 의혹이 무엇인지도 알고 계실 겁니다."

사냥매는 사냥 장소까지 머리 덮개를 한 채 앞을 못 보는 상태에서 운반된다. 그리고 머리 덮개는 사냥이 시작됨과 동시에 그 주인에 의해 벗겨진다. 이때 매는 가볍게 머리를 털고 나래를 펴 자신의 의무를 다할 준비가 되었음을 주인에게 알린다. 그런 뒤 위용을 과시하면서 힘껏 하늘로 치솟는 것이다.

이처럼 단테의 부탁을 들은 영혼들은 저 위로부터 내려온 하느님의 은총을 사랑의 찬미가로 엮어 보답의 노래를 불렀다. 그들은 찬미가가 끝나자 노래 부르던 그 아름다운 목소리로 다시 이야기했다.

"창조주께서는 무한하고 둥근 우주의 온 누리에 끝을 두시고 그 안에 빛과 어둠을 지어내셨다. 이어서 만물들이 그 속에 살도록 모든 것을 마련해 놓으셨다. 그분은 오직 말씀만으로 우주와 인간과 세상의 모든 것을 창조하셨다. 그러나 불행하게도 그분의 능력은 무한하지만 그분이 지어 놓으신 피조물들은 그렇지 못하다. 그들은 언제나 불완전한 존재였기에 하느님의 권능을 전부 받아들일 수 없었고 그분의 예지 또한 아로새길 수 없었다."

단테는 존재의 불완전함을 수긍하며 그저 한숨만 내쉬었다. 하느님께서 인간을 가장 사랑하셔서 손수 코에 입김을 불어넣어 주셨지만 인간들은 너무나 어리석어 마치 제 아비를 팔아먹듯 성전 안에서 공공연한 매매 행위를 저지르고 있다. 그러니 하느님께서 사랑으로 베풀어 주신 인간의 형상이 어찌 부끄럽지 않겠는가!

단테는 고개를 숙인 채 영혼의 말에 계속 귀를 기울였다.

"피조물 중에서 맨 처음 창조되었고 가장 뛰어났다는 천사장 루치펠로, 하지만 그는 스스로 빛을 내지 못하는 하잘것없는 피조물임에도 불구하고 자신의 교만을 드러내며 창조주의 은총의 빛을 기다리지 않았다. 그 결과 저 아래 어둠의 지옥에 떨어져 그곳에 머물러 있지 않은가. 그러니 대마왕 루치펠로보다 훨씬 약한 본성을 갖춘 인간이 시작과 끝이 없으신 하느님의 지고선至高善을 헤아릴 수 없는 것은 당연한 일이니라."

단테는 그 목소리의 주인공에게 대답했다.

"그렇듯 미미한 인간이 어떻게 하느님의 뜻을 헤아릴 수 있단 말입니까? '헤아린다'는 말 자체만으로도 교만이겠지요. 하느님을 헤아릴 수 있는 분은 오직 하느님 한 분뿐이실 것입니다."

"그렇다. 만약 루치펠로가 그런 겸손함으로 하느님의 은총을 기다렸더라면 그 뛰어난 지혜 위에 하느님의 더 높은 지혜가 쌓였을 것이고 의지도 굳어져서 하느님의 뜻에 흡족하게 사용되는 도구가 되었을 것이다. 하지만 교만 때문에 하느님께 반역하고 빛에서 어둠 속으로 떨어져 버린 것이다."

피조물 중에 가장 으뜸인 루치펠로 역시 하느님의 은총 없이는 보잘것없는 존재에 불과하다. 그러니 다른 피조물들이야 얼마나 미미하겠는가.

천국, 연옥, 지옥 그리고 삼라만상 그 어느 곳에나 계시는 하느님! 하느님께서는 이렇듯 당신의 지혜로우심으로 모든 것을 보고 채워주신다. 그러므로 피조물의 모든 행위는 하느님의 지혜의 빛을 얻어야만 가능한 일이다. 제아무리 사물의 본질을 파악하고 있는 지성이라 해도 근원이신 하느님의 지혜와는 비교도 되지 않을 만큼 스스로 빛을 낼 수 없는 것이다.

그러므로 지상 세계에서 통용되는 지혜로 영원한 하느님의 정의를 판단한다는 것은 마치 바닷속을 보는 것과 같다고 할 것이다. 바닷가에서는 물 밑을 볼 수도 있겠지만 바다 깊이 들어가면 거기서는 바닥을 볼 수가 없다. 왜냐하면 깊은 심연 자체가 시야를 가로막기 때문이다. 이와 같이 인간의 시각으로는 하느님의 깊은 뜻을 헤아릴 수조차 없는 것이다.

온 누리를 비추는 빛은 하느님으로부터 나오지 않았다면 존재하지 않았다는 사실을 새삼 깨달아야 한다. 만일 인간이 하느님 아닌 다른 곳에서 빛을 찾으려 한다면 그곳에서는 빛이 아닌 어둠만을 보게 될 것이다. 즉, 하느님 안이 아니고서는 선을 찾을 수 없다는 것이다. 그런데도 계속 다른 곳에서 빛을 찾으려 한다면 그는 벌거벗은 채 독사의 구덩이 속을 구르는 것과 마찬가지이다.

독수리는 부리를 움직여 다시 말했다.

"하느님의 정의를 가리고 있던 많은 장애들이 하느님의 거룩한 빛에 의하여 이제 막 그대에게서 물러갔노라. 하지만 그대는 아직도 마음의 눈을 뜨지 못하고 거듭해서 질문만 하는구나. 그대의 마음속에 앙금처럼 가라앉아 있는 의혹을 내가 옮겨 보겠다. '예수님의 세계와 아주 동떨어진 어느 바닷가에 한 사람이 태어났다. 그곳엔 이교도만이 살고 있어서 예수라는 이름조차 알 수 없는 환경이었다. 그러나 그는 인간의 이성만으로 볼 때 자연의 순리에 순응했고 모든 행동 역시 아주 선했으며 항상 올바르게 살았다. 그러나 세례를 받지 못하고 신앙 없이 죽었다면 그에게 어떤 벌이 올 것인가? 그에게 믿음과 신앙이 없었던 것이 그의 탓만은 아니잖은가. 그러니 하느님의 정의는 어떻게 세워질 것인가?' 내가 그대의 생각을 올바르게 읽었는가?"

영혼의 물음에 단테는 조심스럽게 고개를 끄덕였다. 사실 그 문제는 림보를 지나올 때 베르길리우스를 통해 들은 이야기였다. 하지만 아직도 그는 그 말을 순순히 받아들일 수 없었던 것이다.

영혼은 조금 노한 목소리로 단테를 꾸중했다.

"그대가 감히 누구이기에 한 치 앞도 보지 못하는 시력으로 천 마일 밖에 있는 것까지 판단하려 드느냐? 만약 인간들에게 하느님의 가르침인 성서가 없었다면 고민이 많은 자에게는 으레 미심쩍은 점이 많았을 것이다. 오, 지상의 동물들이여, 교만한 지혜여! 하느님께서는 처음의 지고선至高善에서 결코 떠나신 적이 없었노라. 그 뜻에 화답하는 것은 모두가 정의이니 그 의지가 빛을 발하여 사물을 창조하셨다. 그러므로 피조물 쪽으로 주님의 뜻이 굴곡될 이유는 없다."

황새는 새끼에게 먹이를 주고 나서 천천히 원을 그리며 둥지 위를 맴돌고 먹이를 먹은 새끼들은 눈으로 어미 새를 쫓는다. 그와 마찬가지로 독수리 모양을 한 축복받은 영혼들은 나래를 펼치고 맴돌면서 노래를 불렀고 단테는 황새 새끼처럼 정신없이 그 모습을 쫓았다.

"나의 노래가 그대에게 불가사의하게 들리는 것처럼 하느님의 영원한 심판은 인간들에게 불가사의한 것으로 여겨지리라."

성령에 의하여 불타오르고 있던 영혼들이 조용해지자 얼마 지나지 않아 다시 세상을 제패했던 로마인들의 독수리 형상 속에서 노랫소리가 들려왔다.

"그리스도를 믿지 않는 자가 이 천국에 오른 일은 예수님이 십자가에 못 박히시기 전이나 그 후에도 없었느니라. 그러나 잘 보아라. 심판의 날이 오면 예수님을 몰랐던 자보다 '예수 그리스도, 주님이시여!'하고 외치던 자들이 하느님의 곁에서 훨씬 더 멀리 떨어져 있을 것임을……."

그리스도를 아예 몰랐던 자들보다 믿었으나 입으로만 떠들며 찾는 자들은 훗날 천국에 들어갈 수 없다는 말이다.

예수님께서 '나더러 주님, 주님! 하고 부른다고 하늘나라에 다 들어가는 것이 아니다. 하늘에 계신 내 아버지의 뜻을 실천하는 사람만이 들어간다. 그날에는 많은 영혼들이 나를 보고 '주님, 주님! 우리가 주님의 이름으로 예언을 하고, 주님의 이름으로 마귀를 쫓아내고, 주님의 이름으로 많은 기적을 행하지 않았습니까?' 하고 말할 것이다. 그러나 그때에 나는 분명히 그들에게 '악한 일을 일삼는 자들아, 나에게서 물러가라. 나는 너희를 도무지 알지 못한다'고 말씀하셨다(마태오 복음 7: 21~23).

단테는 고개를 들고 독수리 부리에 시선을 모았다. 그리고 다음 말에 귀를 기울였다.

"말로만 주님을 섬기던 자들은 이교도들을 대표하는 에티오피아인들에 의해 벌을 받게 되리라. 그때 부유한 자들과 가난한 자들로 나뉘어서 있게 되리라. 그들의 온갖 행적이 적혀 있는 생명의 책이 펼쳐졌을 때 이교도 페르시아인들은 뭐라고 변명할 것인가?"

생명의 책은 '요한묵시록'에 예언된 것이기 때문에 단테도 이미 잘 알고 있었다. 그 예언에 따르면 '죽은 자들은 인물의 대소를 막론하고 모두 보좌 앞에 서게 된다. 그곳에는 많은 책이 펼쳐져 있다' 그 가운데 하나가 바로 생명의 책인 것이다. 죽은 자들은 그 책에 기록된 대로 자기들의 행적에 따라 심판을 받게 될 것이다.

"그 생명의 책에는 알베르토가 프라그 왕국을 황폐하게 만든 일까지도 적혀 있다. 또한 전쟁 조달 자금을 위해 화폐를 마구 찍어내어 프랑스에 전쟁을 일으킨 프랑스 왕 필립 4세의 죽음에 관해서도 적혀 있다. 그는 사냥을 나갔다가 멧돼지가 말을 들이받아 말에서 떨어져 죽을 것이다. 그리고 교만한 스코틀랜드인과 잉글랜드인이 서로의 땅을 빼앗으려고 전쟁을 벌이는 일도 적혀 있고, 스페인의 왕 페르디난도 4세와 보헤미아의 왕 벤차 슬로우의 나약하고 음탕한 행적들이 내 눈에 보인다."

영혼의 예지는 의심할 수 없는 것이기에 단테는 그의 입에서 사람들의 이름이 거론될 때마다 긴장하며 마른침을 삼켰다.

영혼은 미래를 계속 예언하면서 그 일들이 모두 생명의 책에 기록될 것이라고 했다.

"예루살렘의 왕이요, 나폴리의 왕이기도 한 절름발이 카를로 2세의

행적도 적혀 있다. 그가 세상에 태어나서 행한 선행이 한 가지라도 있을까 의심스럽지만 그 반대로 악함은 천 가지에 이를 정도이다. 안키세스가 장수를 누렸던 불의 섬(에트나 화산으로 유명한 시칠리아 섬)을 다스리는 왕의 탐욕과 비열함도 적혀 있으리라."

트로이의 영웅 안키세스는 트로이가 함락되자 아이네이아스에게 업혀 시칠리아 섬으로 건너갔고 죽은 뒤 에류크스 산에 묻혔다.

"시칠리아 섬을 지키던 페데리고 2세가 얼마나 속 좁은 인간이었던가를 기록한 항목에는 약자로만 쓰더라도 한 지면이 빽빽하게 메워질 정도이다. 그리고 그렇게 훌륭했던 마요르카와 아르곤의 두 왕관을 더럽혔던 프리드리히 2세와 아르곤 왕자 코모 2세 형제의 불미스런 행적들도 만천하에 밝혀지리라."

어리석은 사람들의 그릇된 행동들은 영혼의 입에서 끝없이 쏟아졌다.

"포르투갈의 욕심꾸러기 디오니시오 아그리콜라 왕과 노르웨이의 왕 아코너 7세 또 불행하게도 베네치아의 금화를 모조하여 가치를 떨어뜨린 러시아의 세르비아인 스테파노우로스 2세도 알려지게 될 것이다. 왕위의 계승을 둘러싸고 음모가 그칠 날이 없는 악정에 시달리지만 않았어도 참으로 복되었을 헝가리여, 루이 10세로 인하여 프랑스까지 지배하여 프랑스와 하나로 통합한 나바르여, 네 주위를 빙 둘러싼 산들의 방비만 튼튼하다면 복될 것이로다. 이 모든 것의 증거로 벌써 키프로스 섬의 니코시아와 파마구스타는 루시냐노라는 맹수의 폭정 때문에 고통스러워하고 있구나."

DANTE LA DIVINA COMMEDIA 20
의외의 구원

충만한 기쁨으로 저를 감싸는 부드러운 주님의 사랑이시여! 오직 거룩한 생각만으로 숨 쉬는 저 악기들 속에서 당신은 얼마나 뜨겁게 타오르고 계시는지요!

여섯 번째 별 목성천의 광채는 눈부셨고 보석과 주옥을 아로새긴 듯 황홀하기 그지없었다. 숱한 복된 영혼들이 모여 천사들의 반주에 따라 노래를 마치고는 고요한 평화 속에 숨 쉬었다. 온 누리를 고루 비추던 태양이 북반구의 지평선 너머로 사라지고 빛이 점차 어둠 속에 묻힐 때 지금까지 오직 하나로 빛나던 하늘에 갑자기 수많은 별들이 떠올랐다.

이곳의 복된 영혼들이 이루고 있는 독수리 모양이 침묵을 지키자 하늘에 나타나는 수많은 별들을 볼 수 있었던 것이다. 살아 있는 모든 빛이 한층 더 찬란한 빛을 발하는 그 장관이란 인간 단테의 기억으로 담기에는 너무나 벅찬 것들이었다. 더구나 그들은 비할 수 없이 아름다운 목소리로 찬미가를 부르고 있었다.

끊임없이 솟아나는 생명수를 바위에서 바위로 풍요롭게 흘려보내는 물의 속삭임처럼 아름다운 가락이 그의 귓전에 울렸다. 비파의 가락은 그 목에서 소리를 내고, 피리로 들어가는 바람은 그 구멍을 거쳐 소리로 변하게 마련이지만 독수리 모양을 한 저 거룩한 영혼들의 속삭임은 눈 깜박할 틈도 주지 않고 순식간에 독수리의 목을 타고 위로 올라가 부리를 거쳐 소리를 냈다. 그 소리는 단테가 마음속에 적어놨던, 마음이 기다리고 있던 말이었다.

"지상의 독수리들은 태양의 직사광선을 견뎌내고 나에게서는 사물을 보는 부분을 지금 눈여겨 보라."

단테는 그 말에 따라 영혼들이 이루고 있는 독수리 형상 중에 눈 부분에 서 있는 영혼에게로 시선을 던졌다.

"독수리 모양을 갖춘 수많은 영혼들의 빛 가운데서 눈이 되어 빛을 발하고 있는 영혼은 이곳에 있는 모든 이들 중 가장 으뜸이니라. 머리 한가운데 보석으로 박혀 눈을 빛내고 있는 그 영혼은 하느님의 언약의 궤를 아비나답의 집에서 수레에 실어 옮겼던 믿음의 용장 이스라엘의 왕 다윗이다. 그는 성스러운 시로 하느님을 찬미했으니 어찌 하느님의 은총을 받지 않겠는가. 그는 은총 중에서도 가장 높은 지위와 상급을 받았노라. 이제 다시 눈을 돌려 눈썹을 그리고 있는 다섯 명의 영혼을 보라."

단테는 말소리에 따라 천천히 시선을 옮겼다.

"다섯 영혼의 불꽃 중에서 부리와 가장 가까운 곳에 있는 영혼은 황제 트리야누스다. 그는 자식을 잃고 슬퍼하는 과부의 소원을 풀어주고 위로해 주었던 어진 황제였다. 그가 지금 천국에서 행복을 누리고 있지만 얼마 전까지 지옥의 삶을 체험하고 있었다. 그리스도를 따르지 않는 것이 얼마나 큰 불행이었던가를 그곳에서 깨달았노라."

트리야누스와 과부에 얽힌 얘기는 그의 업적에 있어 소중한 일화로 전해지고 있었다.

트리야누스가 어느 날 군대를 거느리고 출정하는 길에 뜻밖에 한 과부가 나타나서 그의 앞길을 가로막았다.

"황제시여, 내 자식을 죽인 자들을 법으로 다스려 주옵소서!"

트리야누스는 돌아와서 잘 처리해 주겠노라고 약속한 뒤 갈 길을 재촉했다. 그러나 과부는 여전히 자리에서 꼼짝 않고 서서 물었다.

"만약 못 돌아오시면요?"

트리야누스는 사실 몹시 당황했지만 화를 내지 않고 인자하게 대답했다.

"그때는 내 후계자가 처리해 줄 것이다."

그러나 과부는 물러서지 않고 못 박듯이 말했다.

"설령 그 사람이 처리해 준다 해도 황제께서 모든 책임을 지셔야 하옵니다."

트리야누스는 그 말에 깨달은 바가 있어 곧 말에서 내려 과부의 소원을 들어주었다.

목소리는 계속 트리야누스 옆에 있는 영혼에 대해 이야기했다.

"눈썹의 우뚝한 활 위에 자리 잡고 있는 이는 다윗의 자손이자 유다의 왕 히즈키야다. 그가 중병을 앓게 되자 선지자 이사야가 나타나 죽음이 임박했음을 알렸다. 그때 히즈키야는 하느님 앞에 울며 간절히 기도하여 생명을 15년이나 연장 받을 수 있었노라. 그는 현세의 정성 어린 참된 기도로 오늘의 것을 내일로 만들 수는 있어도 영원한 심판에는 변함이 없다는 것을 일깨워준 사람이다(이사야 38: 1~20)."

단테는 고개를 끄덕거리면서 인간 개개인마다의 소망에 귀 기울여 주시는 하느님의 은총에 새삼 감사를 드렸다. 하지만 그에게는 한 가지 의문이 남았다. 단테가 그 의문점을 물으려 막 입을 열었을 때 독수리는 다시 그 옆에 있는 영혼에 대해 말하기 시작했다. 단테는 때를 기다렸다가 질문하려고 마음먹었다.

"저 영혼은 로마를 교황에게 양보하기 위해 수도를 비잔티움으로 옮겼던 콘스탄티누스 대제이다! 그러나 선한 행동에서 비롯된 행동임에도 그리스도교에 나쁜 결과를 초래하고 말았다. 왜냐하면 그때부터 영적 능력과 속세의 찰나적인 권력의 회오리 속에 얽히고설켰기 때문이다. 비록 결과는 불행했지만 선한 자의 영혼은 반드시 구원받는다는 것을 알게 한 사람이다. 그 다음 영혼을 알기 위해선 눈을 들어 활 끝을 이룬 눈썹 아래쪽을 보라."

독수리는 단테에게 정성껏 설명을 하고 있었다. 단테는 그에 호응하려는 듯 열심히 귀를 기울였다.

"아래쪽 눈썹을 이루고 있는 이는 시칠리아와 폴리아의 왕 굴리엘모이다. 그는 평화를 사랑하고 정의를 존중했기에 당시 사람들은 시칠리아를 가리켜 지상낙원이라고까지 했다. 하지만 그런 시칠리아가 지금은 어떠한가. 나폴리의 카를로 2세와 아르곤의 페데리코 2세에 의하여 통곡의 땅으로 변하지 않았던가! 지금 저 굴리엘모의 영혼은 하느님이 의로운 왕을 얼마나 사랑하고 계신지 잘 알고 있다. 그는 자신의 몸으로 밝은 빛을 내 그 사실을 증명해 주고 있다."

독수리가 다음 이야기를 하기도 전에 이미 단테는 다섯 번째 빛에게로 눈길을 옮겼다.

"마지막 다섯 번째의 거룩한 영혼은 누구십니까?"

"그는 시성 베르길리우스가 '아이네이아스'에서 트로이 사람들 중 가장 의롭고 공평한 사람이었다고 노래했던 리페우스다. 죄악만 쌓고 있는 지상의 사람들이 어떻게 상상이나 할 수 있겠는가. 사람의 생각은 그 사람 속에 있는 마음만이 알 수 있듯이 하느님의 생각은 성령만이 알 수 있는 법. 리페우스는 지금 다섯 번째 자리에 앉아 지상 사람들이 볼 수 없는 하느님의 은총을 알게 되었다. 하지만 그의 시력으로는 그 심오함을 다 볼 수가 없다.",

천사들조차 자연적 인식으로는 은총의 신비를 알 수 없으나 말을 하거나 침묵하는 것까지도 전지전능하신 하느님의 뜻에 따라 움직이는 복된 영혼들은 하느님의 영원한 기쁨에 힘입어 행동하게 된다. 그러니 이것이야말로 곧 피조물이 누릴 수 있는 최고의 기쁨이요, 복이라고 할 수 있는 것이다.

노래하며 하늘로 날아 오른 종달새가 자신의 노랫소리에 도취되어 어느덧 마음이 흡족해지면 나중에는 침묵하게 마련이듯, 영원한 희열이 새겨진 독수리의 모습도 그와 마찬가지로 입을 다물었다. 그러더니 곧 하느님의 소망에 따라 제각기 본래의 모양으로 되돌아가고 있었다.

단테는 한 가지 의혹에 휩싸였다. 그 의혹은 유리알 너머로 보이는 색채처럼 얼굴에 그대로 떠올랐다. 분명 예수 그리스도에 대한 믿음 없이는 천국에 오를 수 없다고 했는데 어떻게 해서 생전에 예수님을 믿지 않았던 리페우스와 트리야누스 황제가 천국에 오를 수 있단 말인가?

단테는 때가 오기만을 기다렸으나 어쩔 수 없는 충동에 못 이겨 입을 열고 말았다.

"도대체 어떻게 된 일입니까?"

단테의 입에서 말이 튀어나오자 영혼들은 기쁜 듯이 빛을 반짝였다. 그 거룩한 영혼들은 눈을 너욱 반짝이며 자신들에게 황홀히 도취되어 있는 그에게 좀 전의 의혹을 설명해 주었다.

"그대의 의혹은 지금까지 자네가 알아온 것들과 함께 내 말을 너무 경청한 데서 비롯된 것이다. 그것은 마치 약간의 지식은 있으나 누군가 본질을 밝혀주지 않는 한 절대 그 진실을 알 수 없는 경우와 같다."

단테는 독수리가 말하는 본질에 대한 질문을 던졌다.

"그 본질이란 하느님의 진리를 일컫는 것입니까?"

"그렇다. 하느님의 의지에는 불변의 절대의지와 하느님께서 사랑으로 어떤 뜻을 허락하시는 조건의지로 나누어져 있다. 그래서 하느님께서는 사람들이 진실 되게 기도할 때 뜨거운 사랑과 은혜로써 소원을 허락하시느니라."

독수리는 덧붙여서 인간이 하느님의 의지에 이길 수 있는 길은 사람이 사람을 지배하듯 이길 수 있는 것이 아니라 기도와 희생으로 간절히 그 무엇을 청할 때 하느님께서는 당신의 사랑으로 의지를 이기시는 것이라고 말했다. 예수님께서도 말씀하시지 않았던가.

"세례자 요한의 때부터 지금까지 하늘나라는 폭행을 당해 왔다. 폭행을 쓰는 사람들이 하늘나라를 빼앗으려고 한다(마태오 11 : 12)."

진정한 그리스도인이라면 그 폭행을 달게 감수해야 하는 것이다.

영혼은 단테의 의문을 풀어주기 위해 그의 마음을 읽고는 스스로 문제를 제기했다.

"그대는 지금 천국 하늘을 수놓고 있는 거룩한 영혼들 중 눈썹의 첫 번째와 다섯 번째에 자리 잡고 있는 트리야누스, 리페우스의 영혼 때문에 놀라고 있다. 그러나 사실 그것은 놀랄 만한 일이 아니다."

단테는 그 말을 이해할 수가 없었다. 자신이 지금껏 보고, 듣고, 깨달은 것과 어긋나는 일에 대해 어찌 놀라지 않을 수 있단 말인가? 그가 이

맛살을 찌푸리며 입을 열어 무엇인가 말하려고 하자 독수리가 말문을
막았다.

"그 두 영혼은 자네가 생각하고 있는 것처럼 비신앙인非信仰人이거나
이교도가 아닌 훌륭한 그리스도교인이다."

단테는 그 말에 반박했다.

"무슨 말씀이십니까? 비록 트리야누스 황제가 덕행을 많이 쌓았다고
는 하지만 분명 이교도였고 리페우스는 예수님께서 지상에 오시기 훨
씬 이전에 죽었잖습니까?"

독수리는 그의 반박에 차근차근 설명을 덧붙였다.

"트로이 사람 리페우스는 장차 수난 당하실 예수 그리스도를 믿었고
트리야누스 황제는 이미 수난 당하신 예수 그리스도를 믿음으로써 구
원받은 것이다. 좀 더 자세히 말한다면 트리야누스 황제는 선한 의지로
지옥에서 들림을 받아 영혼과 육체가 다시 결합되었는데 그렇게 된 것
은 살아 있는 그레고리우스의 간절한 소망이 담긴 기도 때문이었다. 그
의 기도가 하느님의 조건의지를 움직였던 것이지. 하느님의 영광스런
은총으로 다시 되살아날 수 있었던 트리야누스 황제는 자신을 현 생활
에서 구원의 길로 인도할 교황 그레고리우스를 의지하게 되었느니라.
그러므로 참다운 사랑을 불태웠던 그는 평소 겸손했던 만큼 두 번째 죽
음을 맞이했을 때 천국에 오를 자격을 얻었던 것이다."

"아!"

그제야 단테는 독수리가 왜 그의 말에 대답하기에 앞서 하느님의 진
리에 대해 설명해 주었는지 깨달을 수 있었다. 그리고 지금은 하느님의
조건의지가 인간의 간절한 기도에 의해 움직였던 경우를 설명하고 있
었던 것이다. 단테는 자신의 어리석음에 얼굴이 붉어진 채 독수리의 말

을 계속 경청했다.

"리페우스는 어느 피조물도 볼 수 없었던 태초의 샘에서 솟는 하느님의 은총으로 살아 있을 때 이미 의로움에 뜻을 두고 자신의 모든 사랑을 불태웠다. 그로 인하여 하느님의 은총을 입고 눈이 열려 미래의 구속 사업까지 볼 수 있었느니라. 그는 눈에 보이는 미래를 모두 믿었고 이교적인 것에서 풍겨나는 썩은 악취를 더 이상 참지 못한 나머지 사악해져 가는 사람들을 훈계하고 꾸짖어 하느님의 사랑을 더욱더 많이 받게 되었던 것이다. 지상에서 세례가 행해지기 천 년도 훨씬 전, 그라프스가 끌던 수레의 오른쪽 바퀴에 있던 믿음, 소망, 사랑의 세 여인이 그에게 세례의 구실을 해 주었던 것이다."

'인류를 구원하시기 위한 하느님의 거룩한 예정이여! 원인을 보지 못하는 사람들의 눈에는 당신의 뿌리가 얼마나 멀리, 깊이 있는지 상상을 초월하고 있나이다. 현세의 인간들아, 모든 것을 소홀하게 판단하지 말고 신중하라. 너희의 영혼들은 이미 아담과 하와로부터 잉태된 원죄를 이어받아 죄악에 물들어 있느니라. 그런 인간들의 눈으로 어찌 하느님의 거룩한 모습을 볼 수 있겠는가!'

단테는 하느님의 위대하신 의지에 경탄하면서 영혼들에게 부러운 시선을 보냈다.

"복된 영혼들이시여, 인간인 저로서는 감히 엄두도 못 내는 하느님을 직접 뵙고 그 의지대로 움직이시니 어찌 행복한 일이 아니겠습니까?"

그러자 영혼이 그의 말에 대꾸했다.

"사실 우리들도 하느님께 초대된 자들의 모습을 다 보지 못하고 있다. 하느님의 예정에 대한 깊은 뜻을 일일이 알지는 못하는 것이다. 하지만 우리가 모르는 것은 하느님께서도 군이 가르쳐 주실 필요가 없다고 판단하셨기 때문이니 그것만으로도 만족해하고 있다. 우리는 하느님께서 원하시는 만큼 즐겁게 찬미의 노래를 부르며 살고 있노라."

이처럼 복된 독수리의 밝은 광채는 흐려져 있는 단테의 눈에 좋은 약이 되었다. 비로소 모든 걸 올바르게 볼 수 있도록 축복을 베풀어준 것이다.

노래를 잘하는 가수의 노래 뒤에 솜씨 있는 비파 연주자의 반주가 더욱 아름다운 매력을 첨가하듯, 영혼이 말하는 동안 축복받은 빛은 마치 두 눈이 깜박이는 듯 조화를 이루며 말소리에 맞춰 불꽃을 움직이고 있었다.

토성천 土星天

베아트리체에게로 시선을 다시 옮긴 단테는 그만 눈도 마음도 송두리째 그녀에게 빼앗겨 버렸다. 그러나 그녀의 표정에는 웃음기가 사라져 있었다. 한 계단씩 위로 오를 때마다 한층 더 빛나는 미소로 그를 황홀하게 만들던 베아트리체의 얼굴에서 미소가 사라진 것이다.

베아트리체는 엄숙한 표정으로 입을 열었다.

"지금 제가 웃는다면 재가 된 세멜레와 같이 당신 역시 그렇게 변할지 모릅니다."

테베와 카드모스의 딸 세멜레는 제우스와 사랑에 빠져 바커스를 낳았다. 하지만 제우스의 아내 헤라는 질투의 여신이다. 그녀는 세멜레를 꾀여 제우스에게 그 충만한 위엄의 빛을 보여 달라고 조르게 했다. 세멜레가 너무 간절하게 졸라대자 제우스는 하는 수 없이 그녀의 청을 들어주었다. 그러나 그 빛을 본 세멜레는 그 자리에서 재가 되어버렸다.

베아트리체는 다시 단테에게 설명해 주었다.

"제가 천국의 층계를 더욱 높이 올라갈수록 한층 더 아름답게 빛나게 됨을 당신도 보았을 것입니다. 하지만 그 빛이 너무나 강렬해 제가 스스로 조절하지 않으면 살아 있는 당신은 번갯불에 맞은 잎사귀처럼 될 것입니다."

쓸데없는 근심에서 벗어난 단테는 그녀의 배려에 진정한 고마움을 느꼈다. 그러나 한 가지 의문점이 남았다.

"베아트리체, 당신은 황홀한 미소로 지금껏 나를 격려하지 않았소? 그런데 왜 이제 와서 그 미소를 자제해야 한단 말이오?"

베아트리체는 고개를 들어 더 높은 하늘로 시선을 던지더니 서서히 입을 열었다.

"우리는 이미 하늘의 일곱 번째 빛 토성천에 올라와 있기 때문입니다. 토성천은 본래 주위에 얼음 알갱이들이 띠를 이루고 있어서 찬 기운이 맴돌았지만 지금은 불타는 사자궁 아래서 그 힘과 서로 어우러져 지상에 알맞은 빛을 비춰주고 있지요. 자, 머리를 들어 정신을 모은 뒤 토성천을 거울삼아 그 안에 보이는 모습들을 똑똑히 보세요."

그녀의 말에 따라 주의를 다른 곳으로 돌렸을 때, 단테는 베아트리체의 모습에서 영원한 천상의 진리를 찾을 수 있었다. 그 얼마나 큰 기쁨일지 상상해보라. 아마도 단테의 말을 알아들을 만큼 현명한 사람이라면 그가 그녀의 아름다움을 바라보며 황홀해하는 것보다 그녀의 말에 순순히 따름으로써 얻는 기쁨이 더 크다는 것을 충분히 깨달을 수 있을 것이다.

거룩한 천국의 일곱 번째 자리를 차지한 이 토성의 이름은 모든 악함이 사라졌던 신화의 황금시대를 이끌었던 사투르누스의 이름에서 따온 것이라고 했다.

그때 태양의 빛을 받아 반짝이고 있는 황금 층계가 눈에 띄었다. 그 층계는 그의 눈이 미치지 않는 저 까마득한 위쪽으로 곧게 뻗어 있었다. 곧이어 광채가 층계를 따라 내려오는 것이 보였다. 마치 은하수의 물결이 폭포가 되어 한꺼번에 쏟아지는 것 같았다.

새벽녘이 되면 까마귀들이 언 날개를 녹이기 위해 떼 지어 날면서 몸을 움직이기 시작한다. 공중에 무리지어 움직이던 새들 중에 어떤 것은 그대로 날아가 돌아오지 않고 어떤 것은 날아갔다가 제자리로 다시 돌아오며 또 어떤 것은 공중에서 계속 맴돌기만 한다. 그와 같이 한꺼번에 쏟아져 내려온 빛의 무리도 얼마쯤 내려오다가 일정한 지점에 이르자 마치 까마귀 같은 움직임을 보였다.

그 많은 빛들 중 이들과 가장 가까운 곳에 있던 빛이 더욱 찬란하게 빛을 뿜자 단테는 속으로 되뇌었다.

'당신이 지금 더욱 찬란하게 빛을 발하고 있는 것을 보니 아마도 사랑을 베

풀어 저의 의혹을 풀어주시려는 것 같군요.'

하지만 이곳에서의 자신의 모든 행위, 또 '언제'와 '어떻게'까지 임의로 결정하는 베아트리체가 멈추어 서 있는 이상 아무리 자신의 마음이 간절하다 해도 단테는 묻지 않는 편이 좋으리라 생각되었다.

베아트리체가 만물을 두루 살피시는 분의 눈으로 단테의 침묵 이유를 알아채고서 말했다.

"당신의 그 뜨거운 열정을 저분에게 말씀드려 보세요."

그녀의 말이 끝나자마자 단테는 가슴 벅찬 기쁨으로 그 복된 영혼에게 물었다.

"머리부터 발끝까지 천상의 축복을 가득 안은 거룩한 영혼이시여! 제게는 당신의 대답을 들을 만한 덕德과 공功은 없사옵니다. 그러나 제게 질문을 허락해준 희망의 빛 베아트리체를 보아 말씀해 주십시오. 당신이 무슨 이유로 제 곁에 이렇게 가깝게 서 계시는 것인지요? 그리고 또 한 가지, 저 아래쪽 천국에서는 감미로운 찬미가 울려 퍼지고 있는데 그보다 더 높은 이곳에서는 왜 그 소리를 들을 수 없습니까? 그 이유를 알고 싶습니다."

가장 밝은 빛을 내던 영혼이 그의 물음에 대답해 주었다.

"그대의 청력은 시력과 마찬가지로 현세 인간의 것이네. 우리는 베아트리체가 웃지 않았던 것과 같은 이유로 여기서 노래를 삼가고 있지. 그리고 내가 거룩한 층계를 타고 이곳까지 내려온 이유는 오직 나를 둘러싸고 있는 빛과 복된 하느님의 말씀을 통해 그대를 환영키 위해서네."

그 영혼은 단테를 위해 일부러 발걸음을 재촉하여 내려왔다는 것이었다. 영혼은 계속 말을 이었다.

"내가 서둘러 내려온 것은 다른 이들보다 더 큰 사랑을 가져서가 아닐

세. 그것은 불꽃들이 타오르고 있는 모습을 통해 쉽게 알 수 있지. 저 위에는 나와 같거나 나보다 더 큰 사랑으로 타오르고 있는 영혼들이 많다네."

단테는 영혼의 말을 확인이라도 하려는 듯 고개를 돌려 더 높은 곳에서 밝게 빛나고 있는 영혼들에게로 시선을 던졌다. 그러자 그 영혼이 재빨리 덧붙여 말했다.

"온 세상을 다스리시는 하느님께서는 그 크신 사랑으로 우리에게 이곳에 머물도록 해주셨네. 우리는 오직 거룩한 사랑을 쫓는 종으로서 세계를 다스리는 섭리에 복종하고 있나니 그 때문에 우리가 자네 앞에 서게 된 것이라네."

영혼의 말을 들은 단테는 또 다른 질문을 했다.

"오, 거룩한 등불이시여! 이 궁전에서는 일일이 설명하지 않아도 자신 안에 깃들어 있는 하느님의 사랑으로 각자 임무를 알게 되어 당신들은 조건의지로서 영원하신 하느님의 섭리에 따르고 있다는 것을 알 것 같습니다. 그러나 제가 궁금하게 생각하는 것은 저 많은 복된 영혼들 가운데 어찌하여 이 소임이 당신께 주어졌을까 하는 점입니다."

그의 말이 채 끝나기도 전에 그 영혼은 자기의 중심을 축으로 삼아 빛을 맷돌처럼 빠르게 빙빙 돌리기 시작했다. 그리고 그 안에서 하느님의 사랑으로 더욱 뜨겁게 달아오른 영혼이 대답했다.

"나를 에워싸고 있는 빛을 뚫고 하느님의 빛이 지금 내 위에 와 계신다네. 그 힘이 내 시력과 합하여 나를 내 위로 끌어 올리셨지. 그렇기 때문에 하느님의 빛의 근원이 되는 지상의 본질이 내 눈에는 보인다네."

바로 눈앞에서 일어나는 그런 경이로움에 단테는 감탄을 금할 수가 없었다.

"왜 지금 당신에게 그러한 일이 일어나는 것입니까?"

"이것은 나를 불태우고 있는 사랑의 기쁨에서 오는 것으로서 내가 볼 수 있는 눈이 맑아지는 정도에 따라 불꽃도 그 밝기가 달라지네."

"하느님의 사랑으로 가장 밝게 빛나는 영혼은 누구십니까?"

"그는 하느님을 가장 가까이서 모시고 있는 천사 세라핌이라네. 하지만 세라핌조차도 하느님의 예정된 신비에 대해서 속속들이 알고 있는 것은 아니지. 자네가 질문한 것은 영원한 법칙의 아주 깊숙이 스며있는 것이므로 하느님 이외에는 그 어떤 피조물도 자네의 질문에 흡족한 대답은 하지 못할 것이네."

단테는 그 영혼의 말을 듣고 더 이상 무모한 질문은 하지 않으리라 다짐했다.

영혼은 한마디 덧붙여 강조했다.

"자네가 현세로 돌아가거든 내가 했던 이 말을 전해서 어느 누구도 감히 이 영원한 법칙에 접근하지 말라고 하게나. 이곳에서 찬란한 빛을 내고 있는 지혜도 지상에서는 흐려지기 마련인데, 하물며 이곳 하늘에서조차 터득하지 못한 것을 어떻게 저 아래 땅에서 이해할 수 있겠는가!"

단테는 '영원한 법칙'에 대한 질문은 그만두고 그가 누구인가를 공손하게 물었다.

"겸손의 마음과 사랑의 마음으로 영원한 행복 안에 머물러 있는 복된 영혼이시여, 말씀해 주십시오. 당신은 현세에서 어떤 분이셨는지요?"

그 물음에 대해서 영혼은 기꺼이 입을 열었다.

"이탈리아 남부 해안 사이, 그대의 고향 피렌체에서 그리 멀지 않은 곳에 바위산이 솟아 있다네. 그 바위산 아펜니노는 천둥소리가 저 밑에서 들릴 만큼 높은 산이지. 아펜니노 산맥의 가장 높은 봉우리인 카트리아 기슭에는 오직 기도와 묵상만을 위하여 축성된 성 십자가 수도원이 세워져 있네."

이렇게 이야기를 시작한 영혼은 인자한 눈빛으로 단테를 바라보며 계속 말을 이었다.

"나는 그곳에서 오로지 하느님만을 찬미하는 영광을 누렸네. 잠시도 쉴 틈 없이 하느님께 영광과 감사의 기도를 올리는 게 나의 일이었지. 나는 묵상 생활에 만족했고 오직 올리브즙만을 마시면서 더위나 추위에 아랑곳없이 흡족하게 시간을 보냈었지. 그 수도원이 옛날에는 하늘을 위해 쉴 새 없이 풍성한 열매를 맺었지만 이제 허무하게 변해버렸고 오래지 않아 마침내 그 실체가 드러날 걸세."

영혼이 말하고 있는 수도원은 이제 의로운 인간이 아무도 없는 부패한 곳이었다. 다시 말해서 수도자들이 영원한 삶은 외면한 채 속세의 행복에 눈이 어두워 있다는 의미였다.

영혼은 오른손을 펴서 가슴에 가볍게 얹더니 자신에 대한 이야기를 계속했다.

"내가 그곳에 있을 때는 피에트로 다미아노라고 불렸고 아드리아 바닷가 성모님의 집에 있을 때는 피에트로 베카드로(죄인 피에트로)라고 스스로를 일컬었지."

피에트로 다미아노는 라벤나의 가난한 집안에서 출생했다(988년). 그는 인문 과학과 법률을 공부한 뒤 라벤나와 피엔차에서 교직생활을 했으며 서른 살 때 비로소 수도자 생활을 시작했다. 그는 카트리아의 수도원에서 귀감이 될 만한 생활을 하며 신앙을 전파하고 많은 저서를 남겼다.

그는 교황 스테파누스 9세의 부름을 받아 오스티아의 주교를 거쳐 추기경으로 임명되었으며 이후 유럽 각지를 순회하면서 교회의 혁신에 전념했다. 그러나 얼마 못 되어 모든 직책을 사퇴하고 그전의 수도원으로 돌아가 교회법과 역사 및 신학 분야에 귀중한 문헌을 남기기도 했다.

요컨대 성 피에트로 다미아노는 엄격한 성격의 소유자요, 교회의 위대한 충복이었으며 성직자의 생활 개선을 꾀하던 교황들의 열렬한 지지자였다.

단테는 그의 인품에서 참다운 성직자의 모습을 발견하고 존경이 가득 담긴 시선을 보내며 질문했다.

"겸손하고 은혜로운 영혼이시여! 당신은 왜 남들이 탐내는 고위 성직을 마다하고 평범한 몸으로 생生을 마감하셨습니까?"

영혼은 인자한 미소를 떠올리며 대답했다.

"성직에 오른 자는 무릇 하느님의 종이 되어 말씀에 순종하며 살아야 하거늘 그 성직이 남의 손에 넘어갈 때마다 점차 세속에 젖어 더욱 더러워졌다네. 사람들이 임의로 씌워놓은 권세와 영광의 껍데기 속에 구더기가 들끓고 있으니 어찌 내가 그 자리를 반가워하겠는가. 그래서 차라리 수도원에서 평범한 수사로 남아 기도하는 게 훨씬 복된 일이라고 생각했었네."

단테는 이해할 수 있다는 몸짓을 했다. 영혼은 계속해서 옛날 성직자들의 생활에 대해 이야기했다.

"게파도, 성령의 위대한 그릇 바울로도, 야윈 몸에 맨발로 가는 곳마다 끼니를 얻어먹으면서 전도 여행을 계속했었지."

게파(바위라는 뜻)는 성 베드로 사도를 일컫는 말이다. 어부였던 동생 안드레아가 형 시몬을 예수님께 데리고 가자 예수님께서 그를 보시며 '너는 요한의 아들 시몬이 아니냐? 앞으로는 게파라 부르겠다(요한복음

1 : 42)'고 하셨다.

영혼은 계속해서 옛날 성직자들과 부패한 지금 성직자들의 생활을 비교했다.

"옛날 성직자들에 비해 요즘 성직자들은 좌우에서 부축하고 앞에선 손을 이끌고 뒤는 떠받쳐야 할 만큼 뚱뚱하게 살이 쪘다네. 그들이 타는 말까지도 그들의 외투자락으로 덮여져 있느니 한 장의 가죽 아래 두 마리의 짐승이 걸어가고 있는 셈이지. 오, 하느님! 그런 것까지도 용서하시는 크신 사랑이시여! 저희가 이것을 얼마나 더 오래 보고 있어야 하는지요?"

이 소리를 듣고 많은 빛들이 내려와 층층이 맴돌기 시작했다. 그 빛들은 맴을 돌 때마다 아름다움이 더해갔다. 별이 되어 빛나고 있던 그 영혼들은 피에트로 다미아노의 빛을 둘러싸더니 소리 높여 함성을 질렀다.

그 소리가 얼마나 우렁차고 장엄한지 지상에서는 한 번도 들어본 적이 없는 우레와 같은 소리였다. 하지만 그들이 무슨 말을 하고 있는지는 인간 단테로서는 한마디도 알아들을 수가 없었다. 마침내 단테는 그 외침 소리에 압도되고 말았다.

베네딕투스

단테는 그 외침 소리에 기가 죽어 어쩔 줄 몰랐다. 마치 무슨 일이 생기면 어머니에게 매달리는 어린아이처럼 간절한 눈으로 베아트리체를 돌아다보았다.

그녀는 파랗게 질려서 숨도 제대로 못 쉬는 단테를 위로하며 힘을 북돋워 주는 인자한 어머니처럼 말했다.

"당신은 지금 천국에 머물고 있다는 사실을 잊으시면 안 됩니다. 이곳에선 모든 것이 거룩하므로 지금 이 외침은 선의와 열의에서 나온 것입니다. 사랑이란 나눌수록 더 커지고 많아진다는 사실을 이미 잘 알고 있겠지요?"

베아트리체의 위로에 안도의 한숨을 내쉬었지만 단테는 이 외침 소리에 얼마나 혼비백산했는지 모른다. 만약 거기에다 하느님을 찬양하는 노래와 베아트리체의 미소까지 어우러졌다면 아마도 그 충격에서 그는 영원히 벗어나지 못했을 것이다.

베아트리체의 설명이 이어졌다.

"저 외침 소리를 통해 피에트로 다미아노님의 기도하는 뜻을 알아들을 수만 있다면 당신이 죽기 전에 반드시 보게 될 하느님의 형벌을 미리 알 수 있을 텐데……. 하늘의 정의로운 칼이 판정을 내리는 시기는 늦지도 이르지도 않으나 다만 이를 기다리는 자에게는 늦고, 이를 두려워하는 자에게는 이르게 느껴질 뿐입니다. 그러니 이제 몸을 돌려 다른 영혼들을 보세요. 아주 훌륭한 분들의 영혼을 볼 수 있을 것입니다."

마음의 평화를 되찾은 단테는 자신의 마음과는 관계없이 그녀가 가리키는 대로 눈을 돌려 바라보았다.

"아……!"

그때 단테의 눈에 들어온 것은 백여 개가 넘는 진주 모양의 둥근 빛들이 서로 빛을 보내며 황홀한 아름다움을 펼치고 있는 모습이었다.

'도대체 저들이 누굴까?'

단테는 강한 호기심이 꿈틀거렸지만 간신히 억제하면서 입을 꾹 다물고 있었다. 그 순간, 많은 진주 모양 가운데 제일 크고 밝은 빛을 내는 영혼 하나가 그의 마음을 알아차린 듯 곁으로 다가와 말을 걸었다.

"자네가 만일 우리 가운데 타오르고 있는 사랑을 볼 수만 있다면 망설임 없이 자네의 생각을 이야기했을 것이네. 그러나 자네가 생각을 끄집어내기까지는 시간이 걸릴 것 같으니 내가 먼저 대답을 해주겠네. 자네의 목적지까지 발걸음이 더디지 않도록……."

영혼은 이미 단테의 심중을 훤히 꿰뚫고 있었다.

단테는 경외심 반, 고마움 반으로 영혼의 말에 귀 기울였다.

"일찍이 카시노 산봉우리 꼭대기에는 아폴론의 신전이 있어서 무지몽매한 이교도들이 그 산을 즐겨 오르내렸다네. 그 아폴론의 신전을 헐고, 하늘의 높은 곳으로 우리를 들어 올려주신 하느님과 아들 예수 그리스도를 모신 사람이 바로 나라네. 그러나 그것은 내가 잘나서 이룩된 업적이 아닐세. 모두가 거룩하신 하느님의 은총으로 나를 통해 세상을 속이던 이교의 우상 숭배로부터 사람들을 구할 수 있었네. 이제 내가 누구인지 굳이 밝히지 않더라도 자네는 이미 짐작했을 테지?"

단테는 휘둥그레진 눈으로 영혼을 뚫어지게 바라보며 물었다.

"그렇다면 당신은…… 바로 성 베네딕투스님?"

그는 만족스러운 듯 고개를 끄덕였다.

단테는 성 베네딕투스의 생애와 업적에 대해 익히 잘 알고 있었다.

베네딕투스는 480년에 단테의 조국 로마의 노르치아에서 태어났다. 오랜 세월을 로마 근교의 수비아코에 있는 동굴 속에서 가난하지만 경건한 삶을 살았다. 그러나 밝은 광채를 보자기로 덮을 수는 없는 법. 1년 남짓 음식을 날라다 주던 로마냐 수사가 도구가 되어 그의 성덕聖德이 세상에 알려졌고 결국 많은 사람들이 몰려들어 스스로 그의 제자가 되기를 원했다. 그래서 510년, 수비아코와 트리볼리 사이의 베코바로에 살던 수도자들에 의하여 수도원장으로 추대되었다.

그 수도회, 즉 베네딕트회의 회칙會則은 모든 수도회 회칙의 규범이 될 정도로 모범적이었다. 그러나 한때는 그것이 너무 엄격하다고 반발을 한 자가 술잔에 독약을 넣어 베네딕투스를 독살하려는 음모를 꾸미기도 했다.

그러나 그는 항상 하느님의 보호를 받고 있었다. 그레고리우스는 성 베네딕투스를 가리켜 성서에 나오는 예언자들과 비교되는 기적을 헤아릴 수도 없을 만큼 많이 행한 사람이라고 했다. 그렇지만 그를 시기하는 사람들 또한 끊이질 않았다. 피렌체의 한 심술궂은 사제는 그를 심하게 모함하여 예수님을 배반한 유다를 자처하는 업적을 쌓기까지 했다.

성 베네딕투스는 그동안의 원시적인 수도 방법에 혐오를 느끼고 523년 몬테카시노로 돌아가 아폴론의 신전을 헐고 그 자리에 서방에서 제일 큰 수도원을 건축했다. 또한 리베리우스가 캄파냐에 수도원을 세울 때, 또 그 후 수도회에 결정적인 영향을 준 수도회 회칙을 완성했다. 그리고 547년 3월 21일 하느님의 부름을 받았다.

단테의 생각을 이미 읽은 영혼은 고개를 끄덕이더니 말했다.

"자네는 나에 대해 잘 알고 있군. 지금 이곳에 있는 빛들은 모두가 묵상을 일삼는 영혼들이니 거룩한 꽃과 거룩한 열매를 얻게 하는 사랑의 열정에 불타오른 사람들이라네. 저기 보이는 이는 마카리우스, 여기 있는 이는 로무알두스, 또한 이쪽에 있는 이들은 수도원 밖으로 나가지 않고 경건한 마음으로 살았던 내 회會의 형제들이지."

마카리우스는 홍해와 나일 강 사이의 광야에서 은둔하며 수도(은수자隱修者)하는 제자들을 오백 명이나 길러낸 동방 수도회의 원조격인 사람이었다. 그의 스승 성 안토니오 또한 리비아의 사막에서 엄격한 수도 생활을 하다가 391년에 생을 마감했다. 로무알두스는 910년 라벤나의 오네스티 가에서 태어나 카말돌레 수도회를 창립했다.

단테는 영혼 앞에 공손히 고개를 숙였다.

"제 앞에 먼저 나타나시어 인자하고 세세하게 말씀해 주신 당신의 사랑과 열정에 진심으로 감사드립니다. 더불어 하느님의 평화가 더욱 크게 당신 안에 머물기를 기도합니다. 지금 당신의 빛이야말로 마치 장미를 활짝 피워주는 봄의 태양처럼 저의 마음속에 믿음을 더해 주셨습니다."

영혼은 그윽하고 흡족한 표정으로 그런 단테를 내려다보았다. 단테는 용기를 내어 그에게 소망을 말했다.

"오, 빛이시여! 땅에서 끌고 온 육체의 눈으로는 빛으로 싸여 있는 당신의 진정한 모습을 볼 수가 없습니다. 또 청하오니 저에게 은혜를 베푸시어 당신의 참모습을 볼 수 있도록 허락해 주소서."

"형제여, 자네의 소망은 마지막 천국 항성천에 오르고 나면 이루어질 것이니 조급해할 것 없네. 거기서는 모든 이들의 소망도 채워지고……."

"항성천! 그곳은 어디에 있습니까? 아무리 눈을 높이 들어봐도 끝을 볼 수가 없으니……."

"그곳에는 공간의 의미도 축도 없는 곳으로서 우리의 황금 층계가 그 끝까지 닿아 있어 아직은 자네의 눈으로 볼 수가 없다네. 하지만 야곱은 살아 있을 때 이미 꿈속에서 층계 끝이 뻗친 것과 그 층계에서 천사들이 오르내리고 있는 것을 보았지."

"오, 은총이 충만한 야곱의 영혼!"

단테는 자신도 모르게 감탄사를 터뜨리고 말았다. 그러나 성 베네딕투스는 고개를 내저으며 상심한 표정을 지었다.

"하느님의 은총은 날이 갈수록 깊어지는 법이지만 그에 비례하여 인간들의 어리석음도 끝이 없다네. 그래서 지금은 황금 층계로 오르기 위해 땅에서 발을 떼려는 자들도 없고, 내가 적어놓았던 회칙들까지 버려진 채 두터운 먼지만 쌓이고 있다네. 이 얼마나 안타까운 일인가!"

단테는 그 영혼의 말에 같이 한탄했다.

"기도하는 하느님의 집 수도원은 지금 도둑의 소굴로 변해버렸습니다. 금수만도 못한 도둑들은 수도원 돌담 안에 들어앉아 주머니 가득 곡식과 금화를 채워 넣고 있지요. 그것이 썩어 악취를 풍기는 바람에 이제는 그 근처를 가기 어려울 지경입니다."

"수도자의 마음이 이토록 썩은 과일과 같을진대 높은 이자를 받고 있는 고리대금업자 따위를 그들의 입으로 어찌 하느님의 뜻에 거스른다고 말할 수 있겠는가? 하느님이 보시기에 후자보다 전자의 죄가 더욱 엄중하다는 사실을 알고나 있는 건지⋯⋯ 무릇 교회에 쌓이는 재물은 모두 하느님의 이름으로 기도하는 가난한 사람들의 것이지, 성직자나 그의 친척들 그리고 그 밖의 추잡한 자들의 것은 결코 아니라네."

"하지만 어리석은 자들일수록 탐욕스러운 법이라 그 돈을 가로채서 자신의 배를 두드리며 사는 데 쓰고 있습니다."

성 베네딕투스는 단테를 아래위로 훑어보며 말을 받았다.

"사람의 육체는 간사한 의지로 뭉쳐져 있는 것이라서 저 아래 땅에서는 아무리 좋은 제도를 세워놓는다 해도 열매를 따기까지는 사탄의 유혹을 떨치기가 어려운 법이라네. 지상에서는 선행을 하더라도 떡갈나무가 싹이 트고 도토리가 열리기까지 지탱하기가 어렵다는 말도 있지 않은가? 하지만 옛날 성 베드로를 생각해 보게. 베드로는 성전 앞에서 구걸하던 앉은뱅이를 보고 '내게 금과 은은 없지만 내가 줄 수 있는 것은 이것뿐이니 나자렛 예수 그리스도의 이름으로 걸으라'고 하면서 기적을 행했다네."

단테는 성 베네딕투스가 베드로에 대한 얘기를 꺼낸 이유를 헤아리며 천천히 고개를 끄덕였다. 그는 계속 수도자의 자세와 교회의 타락에 대해 이야기했다.

"수도자라면 누구나 다 그렇겠지만 나는 설교와 금식으로, 프란치스코는 겸손하게 평민들과 어울림으로써 그 일을 시작했다네. 이러한 교단 하나하나의 기원을 보고 그것이 어디로 어떻게 탈선했는가를 살펴보면 흰 것이 검게 된 경위도 샅샅이 알 수 있을 테지."

"선한 영혼이시여! 흰 것이 검게 변한 경위를 아는 것도 중요하지만 더 중요한 것은 검은 것을 어떻게 다시 희게 만드느냐 하는 것이라고 생각합니다. 교회의 부패를 씻어내고 어리석은 수도자들을 깨우칠 수 있는 방법을 부디 제게 가르쳐 주십시오."

단테의 간절한 소망에 베네딕투스는 고개를 내저었다.

"자네의 소망은 거의 불가능하다고 볼 수 있네. 차라리 하느님의 '언약의 궤'를 멘 이스라엘 백성들이 강물이 말라서 여리고의 맞은편으로 건넜을 때 같은, 또 모세를 따라 홍해를 건넜던 것 같은 기적을 바라는 편이 더 수월할 걸세. 다시 말해서 지상에 있는 수도자들의 타락은 너무나 극심해서 치유가 불가능하다는 것이지."

절망적인 그의 이야기는 오랫동안 귓전에서 메아리쳤다. 말을 마친 베네딕투스는 자신의 동료들에게 돌아갔다. 그러더니 곧 서로가 하나 되어 회오리바람처럼 위쪽 하늘을 향해 치솟아 올라가 버렸다.

그때 아름다운 희망의 빛 베아트리체가 단테에게 영혼들의 뒤를 따라 층계를 오르라는 눈짓을 보냈다. 그녀의 눈짓과 동시에 어떤 강한 힘이 등을 떠미는 것이 느껴졌다. 인간 육체의 한계를 초월하여 영적인 움직임을 따를 수 있도록 그에게 힘을 북돋워 준 것이었다. 순간 단테의 발이 빠르게 움직였다.

자연의 법칙에 따라 움직이고 있는 땅의 그 어떤 움직임도 발걸음을 떼어놓는 그의 빠른 동작과는 견줄 수가 없을 것이다. 그것은 그가 직접 체험한 신비요, 경이로움이었다. '아, 그 거룩한 승리의 나라로 돌아가고 싶어라' 단테는 그 천국을 갈망하며 자주 죄를 뉘우쳐 울면서 가슴을 치곤했다.

금우궁을 따르고 있던 쌍자궁을 보고 단테가 뛰어든 것은 불 속에 손가락을 넣었다가 빼는 순간보다 더 빠른 찰나였을 것이다. 단테의 감동을 그대로 몸으로 표현했다.

'아, 영광에 찬 별들이여, 위대한 힘을 잉태한 빛이여! 나의 시적 재능은 그것이 어떤 것이든 모두가 쌍자궁의 빛에서 연유되는 것이리라. 내가 피렌체에서 처음 땅의 냄새를 맡았을 때 모든 생명의 아버지인 태양이 당신들과 함께 떴다가 지며 몸을 숨겼다고 들었노라. 또한 하느님의 은총으로 쌍자궁이 항성천으로 들어 올려졌을 때 부족한 나 또한 영광을 누리게 되었다. 나는 지금 앞으로 남아 있는 모험의 길을 무사히 순례할 수 있도록 쌍자궁 별들의 도움을 경건하게 청하고 있노라.'

단테의 소망을 눈치챈 베아트리체가 다정하게 말을 걸었다.

"당신은 지금 영혼들이 하느님을 직관直觀하는 마지막 구원의 길에 들어서 있습니다. 그러므로 맑고 예리한 눈을 준비하지 않으면 안 됩니다."

단테는 베아트리체의 충고대로 정신을 똑바로 차렸다.

"한순간 번쩍이는 번개일지라도 놓치지 않고 바다 한복판의 물속처럼 깊은 진리라도 헤아릴 준비가 다 되어 있소."

베아트리체는 계속 말을 이었다.

"당신이 더 이상 안으로 들어가기 전에 아래쪽을 내려다보세요. 그러면 얼마나 많은 세계가 발밑에 놓여 있는지 알 수 있을 거예요. 당신의 마음속에 넘칠 듯 환희의 빛을 밖으로 나타내 보이면 승리의 영혼들이 기꺼이 둥근 저 대지를 지나 당신을 맞으러 올 것입니다."

그녀의 말대로 눈을 돌려 일곱 천구 저 멀리에 있는 지구를 바라보았다. 그런데 그 모양이 어찌나 작고 보잘것없게 보이던지 저절로 웃음이 나왔다. 우주에서 지구 따위는 하찮은 것에 불과하다고 주장했던 과학자들의 견해에 새삼 공감을 할 수 있었다. 지상 밖의 것을 생각하는 사람이야말로 참으로 지혜로운 사람이라고 부를 수 있으리라.

단테는 그곳으로부터 지상에서 바라보던 달의 반대쪽 모양을 볼 수 있었다. 보이는 달은 지상에서 보이던 얼룩 반점 대신 맑게 빛나고 있을 뿐이었다.

우라노스와 대지의 여신 텔루스 사이에서 태어난 거인 히페리온이여, 그의 아들 태양신 헤리오스의 강렬한 빛도 정면으로 볼 수 있었다. 그리고 그 주위를 비너스(금성)의 어머니 마이아와 헤르메스(수성)의 어머니 디오네가 돌고 있는 것도 보였다. 또 아버지 사투르누스(토성)와 아들 마르스(화성) 사이에 자리 잡고 앉아 추위와 더위를 조절하고 있는 제우스(목성)도 보였다. 거기서는 일곱 개 유성들의 크고 빠름이 정확하게 보였다.

수호의 별 쌍자궁과 함께 단테가 하늘을 돌고 있을 때 저 지상의 구석 구석에서는 사탄의 대마왕 루치펠로가 뿌린 유혹에서 벗어나지 못한 인간들이 나날이 광폭해져 가고 있었다. 산맥에서 강어귀까지 모든 것이 한눈에 들어왔다. '저 좁은 탈곡장이 인간들을 그토록 광폭하게 만들었구나.'

단테는 너무나 마음 아픈 나머지 고개를 돌리고 말았다. 그리고 땅을 내려다보느라 흐려진 눈을 다시 맑게 한 다음, 용기 내어 베아트리체의 아름다운 눈을 똑바로 바라보았다.

가브리엘의 노래

　새는 나무 위에 둥지를 튼다. 어미 새는 새끼의 먹이를 구하기 위해 고되게 오가면서도 제 새끼를 위하는 일이기에 즐거이 지저귄다. 해가 서산에 기울면 둥지로 돌아온 어미 새는 휴식을 취하면서 내일의 태양이 밝아오기를 또다시 기다리는 것이다. 이렇게 어둠이 찾아들면 생명이 있는 모든 만물들은 각자의 보금자리로 되돌아가기 마련이다.

　베아트리체는 허리를 똑바로 편 채 지구 쪽을 내려다보며 무엇인가를 기다리듯 우아하게 서 있었다. 단테는 그녀의 아름다움에 도취되어 아무 말도 못하고 그 무엇에 대한 그리움과 기대와 희망에 부풀어 있었다. 단테가 생각에 잠겨 눈동자의 초점을 잃고 있을 때 하늘이 밝아 왔다.

　그 순간을 기다리고 있었다는 듯 베아트리체가 입을 열었다.

　"단테, 저기 예수 그리스도의 개선용사들과 그 주위를 보세요! 마치 승리의 전리품을 수레에 싣고 위용을 과시하는 로마의 병사 같지 않나요? 하늘의 은총으로 자신의 영혼을 잘 가꾸고 얻은 영원한 구원의 열매를 가지고 오는 모습을 똑똑히 보세요!"

그에게 말하는 베아트리체의 얼굴은 점점 더 뜨겁게 성령으로 불타고 있었고, 기쁨으로 충만한 눈동자에서는 샛별보다도 더 밝은 빛이 뿜어져 나오고 있었다. 그 눈동자의 빛남에 따라 그녀의 모습은 그 무엇과도 비교할 수 없을 만큼 아름답게 변모해 갔다.

맑게 갠 보름의 밤하늘, 그 하늘 구석구석에 있는 별들 사이로 보름달이 환하게 웃을 때와 같이 성스러운 수천의 영혼들 머리 위로 예수 그리스도의 빛이 한층 더 밝게 빛나고 있었다. 그 모습은 하늘의 수많은 별들에게 불을 밝혀주는 태양과도 같았다.

예수님의 살아 있는 그 찬란한 빛이 단테의 얼굴에 비춰지자 그는 감당해낼 수가 없었다. 마주 보기에는 너무도 강렬한 빛이었기에 차라리 두 눈을 감아 버렸다.

'오, 나의 희망! 나의 사랑스런 안내자여! 그대 베아트리체에게 나의 온 마음이 향하고 있다오.'

단테가 감히 예수님의 영광의 빛을 보지 못하고 오직 그녀에게만 향하고 있을 때 베아트리체가 입을 열었다.

"당신이 감당하기 곤혹스러워하는 저 빛은 세상 만물 그 어떤 것으로도 막을 수가 없는 고귀한 빛입니다. 예수 그리스도는 길이요, 진리요, 생명이십니다. 그분을 거치지 않고서는 아무도 아버지께로 나아갈 수가 없습니다. 또한 그분은 사랑의 뿌리이시며 모든 인류가 아담과 하와에게 유산으로 받은 원죄로부터 하늘과 땅 사이에 길을 열어 놓으신 분이십니다."

메시아이신 예수 그리스도는 하느님의 힘이요, 하느님의 지혜셨다. 그분은 사람들의 갈증을 감로수로 축여 주시는 분이었다.

구름 속에 갇혀 있던 번갯불은 더 이상 견딜 수 없는 상태가 되면 밖으로 튀어나오는 것이 이치이다. 그래서 위로 오르려는 자기 본성과는 반대로 땅에 떨어지게 된다. 그렇듯 단테도 이곳 천국에서 경험한 여러 깨달음들을 다 감당해 내지 못할 상황이 된 것이다. 마치 정신이 자신의 육체 밖으로 튀어나가 버린 듯 무슨 일이 벌어지는지조차 기억해 내지 못하고 있었다.

"눈을 뜨고 저를 바라보세요. 당신은 이미 저의 초라한 그것과는 비교조차 할 수 없는 예수님의 영광된 빛을 보았습니다. 그러니 이제 당신은 어떠한 빛도 감당해 낼 수가 있습니다. 제가 비록 훨씬 더 빛나는 모습으로 변했다 하더라도 이제는 똑바로 볼 수 있게 되었답니다."

단테는 마치 꿈에서 깬 듯했다. 위용을 과시하던 그 복된 영혼들의 모습을 되살리려고 애를 썼으나 소용이 없었다. 그 순간 영원히 지울 수 없는 그녀의 목소리가 들려왔다.

폴리힘니아 같은 서정시의 여신이나 나머지 여덟 자매가 달디단 젖으로 키운 모든 시인들이 이 순간의 단테와 함께 있다 해도 지금 눈앞에 있는 베아트리체의 얼굴 위로 번지는 미소를 노래하기란 불가능할 것이다. 지상의 눈으로 어찌 신성하고 아름답기 그지없는 이 천상의 여인을 노래할 수 있단 말인가?

아무리 아름다운 시어詩語로도 그녀의 모습을 표현해 낼 수는 없으리라. 또 모두를 노래할 수는 없으리라. 나약한 인간인 그가 어떻게 본래의 거룩한 것을 모두 다 그려낼 수 있겠는가. 만약 그렇다 하더라도 아량이 있는 사람이라면 부족한 단테의 시를 그리 탓하지는 않을 것이다.

단테의 시는 마치 뱃머리가 파도의 물살을 가르며 나아가고 있는 것 같아서 제 자신만을 돌보기에 급급한 조각배의 사공은 결코 아니기 때문이다.

"당신은 어찌하여 제 얼굴에만 넋을 잃고 그리스도의 거룩한 빛 아래에서 찬란하게 피어 있는 복된 영혼들의 꽃밭에는 눈길을 주지 않는 건가요? 그 꽃밭에는 예수님의 어머니이신 성모 마리아님께서 계십니다. 그분은 처음 천지가 창조되기 전부터 이미 계셨던 하느님 말씀에 의해 생겨난 장미꽃이었습니다. 그 장미 향기에 이끌려 올바른 길로 들어섰던 많은 사도들이 이제는 백합꽃으로 만발하여 온 누리를 향기로 진동시키고 있답니다."

하늘의 아름다운 신비를 가르쳐 주는 그녀의 말에 따라 단테는 부끄러움을 무릅쓰고 눈을 들어 위를 바라보았다. 뿌연 안개로 뒤덮여 있던 그의 눈은 어느새 맑아져 있었고 덕분에 밝은 빛줄기의 뒤를 좇을 수가 있었다.

단테는 그때서야 그리스도의 거룩한 빛에 의해 활짝 피어 있는 꽃들을 볼 수 있었다. 그러나 빛의 샘이신 예수님께서 이미 지고천으로 오르시고 난 다음이라 그분의 모습은 볼 수 없었다. 하지만 저 높은 곳으로부터 쏟아져 내려오는 많은 빛에 의해 여러 영혼들이 불타오르고 있었다.

그 무리 중 한 천사가 이들 쪽으로 다가오며 노래를 부르기 시작했다.

"오, 모든 영혼들에게 당신의 거룩한 모습을 새겨주시는 예수 그리스도! 당신의 빛 아래에서는 무기력하기만 한 저에게까지 천국의 모습을 똑바로 볼 수 있도록 은총을 베풀어 주셨사오니, 진심으로 찬미와 영광과 감사의 기도를 올립니다. 부족한 저의 입으로 감히 당신의 영광을 찬미하옵니다. 드디어 저는 당신의 영광스런 사도들을 바로 바라볼 수 있게 되었사옵니다."

그 천사는 이어서 성모 마리아님을 찬양하기 시작했다.

"아침저녁으로 항상 제가 부르며 기도 드리는 곱고 고우신 장미 성모 마리아님! 당신은 항상 저의 마음을 사로잡으시며 온 누리에서 최고로 빛나는 여인으로 저 많은 빛들 중 가장 크고 밝게 머물러 계시나이다."

천사의 찬양은 계속 이어졌다.

"세상에서 뛰어났던 것처럼 이곳 천상에서도 으뜸이신 성모 마리아님! 샛별이며 천상의 어머니 성모 마리아님! 영원한 도움이신 성모 마리아님! 어떤 말로 당신을 찬미하오리까?"

지상에서 이미 바른길로 그를 인도하셨던 성모 마리아는 이곳에서도 빛의 거룩한 힘으로 단테의 마음을 사로잡고 있었다. 이때 하늘의 한가운데로부터 왕관 모양의 둥그런 횃불 하나가 내려와 성모 마리아를 감싸며 그 곁을 맴돌기 시작했다. 그 횃불은 조금 전 그리스도와 성모 마리아를 찬양했던 천사, 바로 가브리엘 대천사였다.

가브리엘 대천사는 지상에서와 같이 '은총을 가득히 입으신 이여……'하며 축가를 부르고 있었다.

'아, 저 아름다운 선율이여!' 그것은 넋을 잃게 할 만큼 감미로운 것이었다. 지상에서의 그 어떤 선율이라 할지라도 저 가브리엘 대천사의 노래와는 비교조차 할 수 없을 것이다. 하늘을 영롱하게 빛내시는 백옥 성모 마리아님께 금관을 씌워 드리고자 노래하는 가브리엘 대천사의 찬송을 그 무엇과 비교할 수 있으랴. 아름다운 하프의 선율보다 더 영롱하고 거룩한 대천사의 노래를 지상의 그 어떤 선율과 비교한다는 것 자체가 무의미하다는 생각이 들었다.

단테는 이제서야 한 가지를 깨달았다. 지상의 화가들이 성모 마리아님을 벽옥碧玉 색으로 그린 이유를. 또한 교회에서 성모 마리아의 기旗를 청색과 녹색이 어우러진 벽옥색으로 만든 것도 이해가 되었다.

벽옥이란 본래 보석 중에서도 가장 값진 보석이다. 그 보석은 건강을 상징하며 재액, 공포, 질투 등을 물리친다고 전해진다. 사람들은 성모 마리아를 가리켜 평화의 모후母后라고 칭하며 그 보석으로 찬미했다.

가브리엘 대천사는 다시 한 번 성모 마리아를 찬양했다.

"당신은 모든 이들이 그토록 기다리고 있던 사랑의 모태이자 기쁨의 뿌리이신 메시아를 열 달 동안이나 당신 안에 머물게 하셨습니다. 그리고 아버지의 거룩한 빛을 보게 하셨습니다. 하늘의 모후시여! 당신이 아들이신 예수 그리스도를 따라 하늘의 맨 위 지고천至高天으로 들어가시면 지고천이 더욱더 거룩하도록 당신의 둘레를 맴돌겠나이다."

가브리엘 대천사가 이 찬양의 노래를 마치고 나자 곧이어 모든 영혼의 빛들이 '오, 하늘의 여왕 마리아님!'이라고 드높이 외쳤다.

아홉 번째 하늘 원동천은 다른 여덟 하늘을 마치 두꺼운 외투처럼 단단하게 덮어 주고 또한 그 하늘들이 질서 있게 돌 수 있도록 에너지를 주고 있었다. 그 원동천은 하느님의 입김과 섭리 안에서 활활 타오르고 있었지만 단테 일행의 머리 위 그 안쪽은 너무 아득하게 멀리 있어서 잘 보이지 않았다. 지상에서 갖고 올라온 질그릇 안에 담긴 그의 두 눈으로는 아들의 뒤를 따라 지고천의 가장 가까운 자리로 올라가시는 성모 마리아의 모습을 뒤쫓아 갈 힘이 없었다.

영혼들은 성모 마리아를 뒤따라가며 현세의 부활절에 부르던 찬가 중 '하늘의 여왕이시여'를 힘차게 노래하고 있었다.

단테가 영혼들의 노랫소리에만 온통 넋을 잃고 있을 때 갑자기 베아트리체의 목소리가 들려왔다.

"사람은 무엇을 심던 자기가 뿌린 대로 거두는 법입니다. 자기 육체에 씨를 뿌린 사람은 육체에서 멸망을 거두겠지만 성령에 씨를 뿌린 사람은 성령으로부터 영원한 생명을 거두게 되는 것이지요. 낙심하지 말고 꾸준히 선을 행해야 합니다. 꾸준히 계속 하노라면 분명 수확할 때가 올 것입니다."

정말 그녀의 말처럼, 땅에서 살며 기름진 곳에 씨를 뿌렸던 사람들은 그 얼마나 큰 풍요로움을 곡간에 쌓았는가. 그러나 자기를 위해서는 금은보화를 모으면서도 하느님 앞에 인색한 사람들은 결국 환희의 기쁨을 맛보지 못할 것이다. 자신들의 삶을 하느님께 봉헌하고 보화를 하늘에 쌓은 사람들은 지금 이렇듯 천국에서 즐거이 노래하고 있지 않은가.

황금은 세상에서의 일시적 욕구 충족밖에 되지 않는다. 바벨론 왕 느부갓네살 때의 이스라엘 백성들을 생각해보라. 그들은 포로가 되어 바벨론으로 끌려갈 때 울면서 황금을 버릴 수밖에 없었다.

그때 예수님께 천국의 열쇠를 받았던 베드로가 이들 앞에 나타났다. 그는 구약과 신약 시대의 모든 하느님 백성들과 함께 살아 있는 동안 세상의 악을 물리쳤던 그 승리를 자축하며 노래하고 있었다.

천상의 베드로

"굶주린 자에게 먹을 것을 주시고 헐벗은 자에게 입을 것을 주시는 하느님의 어린양 예수 그리스도! 지금 제 옆에 당신의 자녀가 당신의 잔칫상을 미리 맛보고 있으니 이 얼마나 큰 은총입니까. 그는 지금도 끝없이 알고자 하는 갈증으로 목말라하오니 부디 이 갈증을 면할 샘물을 주시옵소서."

베아트리체의 찬미가에 기쁨이 충만해진 영혼들은 혜성처럼 빛에 꼬리를 달고 그들의 주위를 맴돌았다.

기계의 톱니바퀴가 움직이는 것을 자세히 살펴보면 큰 바퀴는 별로 움직이지 않고 작은 바퀴만이 바쁘게 움직인다. 마치 그 톱니바퀴처럼 축복받은 영혼들의 빛도 서로 꼬리를 물고 안쪽에서는 빠르게 바깥쪽에서는 느리게 춤을 추며 동그라미 모양을 그리고 있었다. 그들은 단테에게 자신들의 풍요로움을 한껏 자랑하고 있는 듯했다.

그때 아주 눈부신 큰 빛 하나가 춤추던 원圓 밖으로 나왔다. 그 빛이 얼마나 강렬한지 인간 단테는 눈을 제대로 뜰 수 가 없었다. 밖으로 나온 그 빛은 베아트리체의 주위를 세 번 돌더니 노래를 부르기 시작했다.

그 노랫소리는 어느 영혼의 소리보다 더 성스럽고 고귀했다. 감히 인간의 붓끝으로는 옮겨 적을 수조차 없을 정도로. 단테는 그저 두 눈으로 보고 두 귀로 들을 수밖에 없었다. 인간들의 상상력이나 언어에는 한계가 있어서 무한한 천국의 신비로움을 표현한다는 것은 거의 불가능한 일이었다.

그 빛이 베아트리체를 향해 입을 열었다.

"희망의 빛인 우리 자매여! 항상 하느님 곁에 머무는 거룩한 그대가 무슨 일로 이곳까지 내려왔으며 왜 이렇듯 성령의 뜨거운 사랑으로 우리에게 부탁을 하는 것이오? 당신의 간절한 부탁이 나로 하여금 저 복된 영혼들의 고리에서 풀려나오도록 만들었다오."

축복된 그 영혼의 빛은 바로 성 베드로였다. 그는 돌기를 멈추더니 베아트리체에게서 그 무엇인가를 기대하고 있는 듯 시선을 고정시켰다.

"오, 인간의 위대한 빛이시여, 영원하소서. 이 천국으로부터 땅으로 가지고 가신 주님의 천국 열쇠를 당신이 받으셨으니 얼마나 큰 영광입니까? 일찍이 '주님이십니까? 그러시다면 저더러 물 위로 걸어오라고 하십시오'라며 바다 위를 걸으셨던 당신의 그 굳센 믿음으로 이분을 한번 시험해 주십시오. 과연 이분이 믿음과 소망과 사랑의 세 가지 계명을 올바르게 실천했는지요. 피조물의 모든 것을 보시는 하느님의 눈으로 보신다면 결코 그 어떤 것도 숨기지 못할 것입니다."

베아트리체는 베드로로 하여금 단테를 깨우치게 하려는 것 같았다. 그녀는 계속 말을 이었다.

"천국에서 이미 이분을 백성으로 뽑았으니 진정한 믿음이 있을 것입니다. 그 영광을 올바른 곳으로 돌릴 수 있도록 이분에게 대화의 기회를 주십시오. 그렇게 하여 완전히 하느님을 깨닫게 해주고 싶습니다."

마치 스승의 질문에 대답을 준비하는 것처럼 단테는 그녀가 베드로와 말하고 있는 동안 마음의 준비를 단단히 하고 있었다.

이윽고 베드로가 첫 질문을 던졌다.

"예수 그리스도 안의 형제여, 그대가 믿음에 대해 생각하고 있는 바를 솔직히 말해보시오."

단테는 고개를 들고 베드로의 눈부신 빛을 보고 난 다음 다시 몸을 돌려 베아트리체에게로 시선을 옮겼다. 그녀는 고개를 끄덕이며 그로 하여금 마음속에 있는 샘으로부터 믿음의 물을 퍼내도록 격려를 보냈다.

"주님, 찬미와 영광을 영원히 받으소서. 예수님의 제자요, 대리자이며 교회의 수장首長이신 베드로님께 저의 믿음을 고백토록 해주셨으니 진심으로 그 은총에 감사드리옵니다. 부디 제 생각들이 올바를 수 있도록 함께 하시며 보호해 주시옵소서!"

단테는 먼저 성부 하느님께 기도를 드리고 난 다음 대답했다.

"오, 존경하는 베드로님! 당신께서는 '사랑하는 형제 바울로가 하느님으로부터 영감을 받아 여러분에게 써 보낸 바와 같습니다'라고 말씀하셨습니다. 그리고 당신과 함께 로마를 믿음의 반석 위에 올려놓은 성 바울로께서는 '믿음의 정의란 우리가 바라는 것들을 보증해 주고 볼 수 없는 것들을 확증해 주는 것'이라고 하셨습니다. 그 믿음으로 인해 하느님께 인정을 받을 수 있다는 사실을 저는 잘 알고 있습니다."

단테는 평소 자신이 생각하고 있던 믿음에 대해 정의를 내렸다.

"그렇듯 믿음이란 바로 바라는 것들에 대한 확신이요, 보지 못하는 것들에 대한 굳은 신념이라고 생각합니다."

그때 베드로의 대답이 흘러나왔다.

"그렇소. 당신이 올바르게 기억하고 있으니 내 마음이 기쁘기 한량없소. 그러나 바울로 형제가 어찌하여 실체에 먼저 믿음을 두고 그 다음 확증에 두었는지 알고 있다면 말해보시오. 그대가 그것에 대해 말할 수만 있다면 그대는 믿음을 진정 올바르게 이해하고 있는 것이오."

"이 천국의 심오한 진리가 지금은 제 눈에 있는 그대로 보이고 있지만 지상에서는 결코 보이지 않습니다. 인간들은 오직 보이는 것만 믿으려 하는 우매함으로 인해 인간에게 있어서 신앙이란 믿음 안에 머물 수밖에 없는 것입니다. 인간이 바라고 있는 덕이 소망 가운데 머물러 있는 것, 신앙의 굳은 신념 안에 모든 것을 포함하고 있는 것이 바로 믿음의 실체라고 생각합니다."

단테는 지금 이 순간이 실로 오랜만에 자신의 생각을 마음껏 털어놓을 수 있는 좋은 기회라고 여겨졌다. 그래서 계속 믿음에 대하여 이야기했다.

"또한 어떤 진리를 깨달음에 있어 신앙적인 긍정 이외에 그 어떤 과학적 원리 원칙에서 결론을 얻어내는 논리적인 긍정은 다만 과학적인 학문의 차원일 뿐 결코 신앙적 믿음의 진리일 수는 없습니다. 하느님께서 인간에게 어떤 진리를 계시하실 때 사람들이 그 진리를 믿게 되는 것은 논리적인 사고思考에서가 아니라 바로 믿음 때문이지요. 신앙의 모든 것은 믿음과 신뢰에서부터 출발하며 그러한 믿음을 갖게 되었다는 사실 역시도 하느님의 은총이라 아니할 수 없습니다. 곧 바울로님께서 말씀하신 것은 '모든 사고는 하느님을 통해 얻는 믿음에서부터 비롯되어야만 비로소 확증으로 인식된다'는 것이었습니다."

교회의 수장 베드로는 무척 기쁜 표정이었으나 그의 대답만으로는 만족스럽지 않은지 또 질문했다.

"지상에서 그대와 같은 교리만으로 사람들을 인식시킨다면 세상 사람들은 궤변가의 말재간에 현혹될 수도 있을 것이오. 화폐에 진짜와 가짜가 있듯이 신앙에도 자칫 거짓 믿음이 있기 쉬운데 그대가 지니고 있는 화폐는 과연 어떤 것인지 말해보시오."

단테는 막힘없이 계속 말을 이었다.

"예, 제 믿음은 불순물이 전혀 섞이지 않는 둥근 순금에 새겨져 있는 그대로입니다. 누구나 탐낼 만큼 빛나고 있다고 자부합니다."

그러나 환한 빛 안에서 베드로의 대답이 들려왔다.

"믿음이 없이는 하느님을 기쁘게 해드릴 수 없소. 신앙이란 영적靈的 생활의 시작이요, 뿌리로서 믿음이 없이는 그 어떠한 의義로움도 행할 수가 없다오. 그러면 모든 덕이 세워지는 그대의 그 값진 보석은 과연 어디로부터 왔다고 생각하는지 말해보시오."

"하느님께서 계시하신 진리가 성령으로 제 안에 뜨겁게 불타올랐습니다. 또한 교회의 가르침은 부족한 저에게 지혜를 주었고 모든 것을 예리하게 살펴 진리 안에 살게 하셨으며 하느님의 말씀을 통해 멀리 있는 다른 사악한 논증論證들이 모두 보잘것없는 것임을 깨닫게 해주셨습니다."

베드로는 또 한 번 질문을 던졌다.

"그렇다면, 그대에게 이처럼 큰 깨달음을 준 구약과 신약 성서가 어떠한 이유로 하느님의 계시요, 진리라고 믿는 거요?"

"제게 진리를 열어 주신 증거로는 성서 안에 계시된 하느님의 말씀이 이미 기적으로 증명되었기 때문입니다. 더욱더 믿음을 갖게 된 것은 그러한 기적들이 대장간에서 달궈져 다듬어지는 쇠처럼 자연법칙을 따르는 것이 아니라 뭐라고 한계를 지어 말할 수 없을 만큼 초자연적이라는 사실 때문이었습니다."

베드로는 꼬치꼬치 따져가며 더 깊이 물었다.

"그 모든 것들은 성서에서 인용한 것이 아닌가? 그렇다면 그것은 순환 논리에 불과한 것, 그런 사적事蹟이 실제로 있었다는 사실이나 예를 한번 입증해 보시오."

"만약 아무런 기적도 없이 그리스도교도의 세상이 되었다면 이 기적이야말로 성서에 나타나 있는 어떠한 기적보다 더 경이로운 일일 것입니다. 그러나 지금은 가시덩굴만 무성한 세상처럼 보이기도 합니다. 그렇지만 예수님께서 천국에 오르신 이후, 당신을 비롯한 사도들이 좋은 씨를 뿌리지 않았던가요? 아무런 무기도 없이 성령의 갑옷과 검을 들고 오직 하느님의 말씀으로 포도나무를 잘 가꾸지 않으셨습니까?"

단테가 이 말을 마치자 저 높은 곳 여기저기에서 천상의 선율이 들려오기 시작했다.

"하느님을 찬미하라. 하느님을 찬미하라."

여러 질문으로 그의 믿음을 시험한 베드로는 흡족한 듯 웃고 있었다. 사랑이 담긴 그의 목소리는 마지막 질문을 했다.

"방금 그대가 이야기한 것은 그대의 마음속에 있는 하느님의 은총이 그대에게 대답할 수 있는 지혜를 주셨기 때문이오. 나는 이미 그 진실에 대해 오래 전부터 알고 있었다오. 그렇기에 그대의 그런 진실에 대한 생각은 올바르다고 확언할 수가 있소. 그러나 그대의 그런 믿음이 있기까지의 과정도 꼭 한번 들어 보고 싶은데……."

"거룩한 스승이시여, 예수님께서 무덤 안에 안 계시다는 소식을 듣고 당신은 요한 사도와 함께 그곳으로 달려가셨습니다. 그러나 먼저 무덤에 도착한 요한은 무덤 밖에 흩어져 있던 수의만을 보았을 뿐 무덤 안으로는 들어가지 못했다고 성서는 적고 있습니다. 하지만 당신은 무덤 안으로 들어가셔서 직접 그 사실을 확인한 분이십니다. 거룩하고 용기 있는 분. 당신이 지금 하느님에 대한 저의 믿음과 그 원인까지 물으시니 대답하겠습니다."

단테는 잠시 생각을 정리하고 나서 입을 열었다.

"만물이 있기 전부터 항상 계셨고 또 모든 천지 만물을 창조하신 완전하고 무한한 분이신 하느님! 영원하신 성부, 성자, 성령의 삼위三位이심을 믿어 의심치 않습니다. 또 외아들이신 성자 예수 그리스도께서 사람의 모습으로 이 땅에 오셔서 어리석은 인간들을 가르치셨으며 저희를 대신하여 십자가에서 희생 제물이 되셨습니다. 그로 인하여 저희가 영원한 생명을 얻게 되었다는 것을 믿으며 죽음에서 사흘 만에 부활하셨다는 것도 믿습니다. 그 사실들은 당신께서 이미 겪고 보셨으니 잘 알고 계시리라 믿습니다."

단테는 자신의 믿음의 뿌리에 대해 주저함없이 이야기를 계속해 나갔다.

"하늘이 제 스스로 움직이는 것이 아니라 영원하신 하느님의 사랑과 뜻으로써 움직이고 있다는 것도 믿고 있습니다. 저의 이런 신앙은 물리적이고 형이상학적인 증명만으로 말씀드리는 것이 아니고 모세와 예언자들이 성스러운 시詩와 불타오르는 성령으로 예수님의 말씀을 쓴 복음서의 진리에 기초를 두고 있습니다. 이것이 믿음의 시작이었으며 이 믿음이 불꽃이 되어 날이 갈수록 타올라 제 안에서 하늘의 별처럼 빛나게 된 것입니다."

종에게서 기쁜 소식을 들은 주인이 너무 기쁜 나머지 자신의 신분도 생각지 않고 종을 덥석 끌어안듯, 베드로의 빛도 단테의 대답이 끝나자마자 희망의 여인 베아트리체에게 했던 것처럼 그의 주위를 세 번씩 돌며 축복의 노래를 불러 주었다.

"하느님 아버지를 사랑하고 있으며 올바르게 믿고 있으니 참으로 복되도다. 그대에게는 하늘의 축복과 지혜가 항상 머물러 있을 것이로다."

지금까지 단테의 대답이 베드로를 그토록 기쁨에 넘치게 했다고는 믿지 못할 정도로 찬란한 빛이 발하고 있었다.

야고보

오랜 방랑으로 단테의 육신은 지쳤으나 결코 용기를 잃지 않았던 것은 바로 하느님께 의지할 수 있었기 때문이다. 하느님의 보살핌으로 밝은 눈을 얻게 된 그는 항상 다윗 왕의 지혜를 가슴에 새겨두곤 했다.

피렌체의 간악한 자들은 단테를 그곳에서 몰아내고 아직도 그곳이 자기들 세상인 양 날뛰고 있었다. 그들은 이리떼와 조금도 다를 바가 없었다. 어린양들을 제 마음대로 잡아먹으며 활개를 치고 다니는 탐욕스럽고 광폭한 이리떼였다.

이리떼 같은 강도들에게 집을 빼앗기고 돌아갈 수 없게 된 그는 할 수 없이 방랑길에 오르게 되었지만 모든 것을 굽어보시는 하느님께서는 단테를 그냥 거리의 미아로 내버려두지 않으셨다.

단테는 다윗처럼 거룩한 시詩로 자신을 무장하려고 했다. 독설적인 시로 간악한 이리떼의 우두머리 루치펠로를 공격하고 그 잔악한 자들을 무찌르려 했으나 그것은 좀체 뜻대로 되지 않았다.

그가 고향 피렌체로 돌아가려 했을 때, 이리처럼 영악한 그들은 안에서 빗장을 걸고 단테의 귀향을 결코 허용하지 않았다. 고향으로 돌아갈 수만 있었어도 결코 정적政敵들을 비난하지 않았을 것이다. 어릴 적 피렌체의 성 요한 성당에서 세례를 받은 이후 오랜 기간 동안 그는 분명히 순수 시인이었다. 그러나 단테는 이제 지독한 독설가가 되고 말았다. 왜냐하면 바로 그 이리떼 때문이었다.

단테가 끝까지 순수 시인으로 남았더라면 지금쯤 영광스런 월계관을 쓰게 되었을지도 모른다. 그러나 결국 그는 모든 것이 무의미함을 깨달았다.

다시금 그의 영혼은 하느님을 찾게 되었고 그 굳은 믿음이 전능하신 하느님께 알려진 것이다. 이곳 천국에서 베드로 사도의 거룩한 영혼이 단테의 주위를 세 번이나 도는 영광을 받을 수 있었던 것도 모두 하느님의 배려에 의한 은총이었다.

단테가 이렇게 명상에 잠겨 있는 동안 또 하나의 밝은 빛이 나타났다. 그는 아까 베드로가 나왔던 바로 그 빛의 고리로부터 나와 이들 곁으로 다가오고 있었다. 그 빛의 변화를 지켜보고 있던 베아트리체는 기쁨에 넘친 나머지 그녀답지 않게 큰 소리로 외쳤다.

"보세요, 저 빛을! 지상의 많은 사람들이 스페인 갈라시아 지방의 산디아고를 순례하는 것은 바로 저 성인의 무덤을 찾아가기 위해서랍니다."

비둘기가 제짝을 찾으면 '구구구'하고 울며 한동안 맴돌다가 애정을 표시하는 것처럼 베아트리체가 말한 그 빛 역시 먼저 왔던 베드로처럼 이들 주위를 몇 번인가 맴돌았다. 그 빛은 베드로의 영접을 받으며 하느님의 은총을 찬양하고 있었다. 두 빛은 서로 반갑게 포옹하고 나서 단테 앞에 다가와 묵묵히 서 있었다.

그러나 그 두 빛이 어찌나 강렬한 빛을 내던지 그는 눈이 부셔서 눈물이 날 지경이었다. 그 순간 베아트리체가 알 수 없는 미소를 지으며 그에게 말했다.

"만약 지혜가 부족함을 느끼게 되면 하느님께 그것을 구하십시오. 그러면 하느님께서 당신에게 지혜를 주실 것입니다. 하느님께서는 아무것도 바라지 않으시고 모든 사람들에게 자비를 베푸시는 분이니까요. 온갖 훌륭한 은총은 물론 모든 완벽한 선물도 위로부터 오는 것입니다. 모두 하늘의 빛을 만드신 하느님 아버지로부터 내려오는 것이지요. 하느님 아버지는 변함도 없으시고 우리를 외면하심으로써 그들 속에 버려 두시는 일도 없으십니다. 하느님께서는 뜻을 정하시고 진리의 말씀으로 우리를 낳으셨습니다. 그래서 우리는 모든 피조물의 첫 열매가 된 것입니다."

성서의 말씀을 인용해 가며 말하던 베아트리체는 단테에게 하던 말을 멈추고서 방금 나타난 그 빛을 찬양하기 시작했다.

"하느님 아버지의 은혜로움을 기록한 영광된 빛 야고보님! 당신은 예수님의 첫 번째 제자요, 헤로데 아그리파 1세에 의하여 열두 사도 중 맨 처음 순교한 분이십니다."

단테는 그녀의 말을 듣고 나서야 비로소 그 찬란한 빛의 주인공이 야고보의 영혼이라는 것을 알게 되었다.

야고보는 어부 아버지 제베대오와 어머니 살로메 사이에서 태어났다. 그는 예수님께서 겟세마네 동산에 올라가실 때도 수행을 했고, 예수님께서 야이로의 죽은 딸을 살리는 기적을 행하실 때에도 예수님을 따라 방 안으로 들어갔던 인물이다. 그런 것을 종합해 볼 때 야고보는 예수님께 특별한 사랑을 받았던 제자였음을 알 수 있다.

베아트리체는 계속해서 그를 찬양했다.

"많은 사람들은 예수님의 수제자 베드로를 믿음의 표상으로, 야고보를 소망의 표상으로, 그리고 당신의 아우 요한을 사랑의 표상으로 삼고 있습니다. 바라옵건대, 소망의 표상이신 당신이 지상의 육신을 이끌고 이곳까지 온 이분이 소망을 외칠 수 있도록 도와주십시오. 부디 저 높은 하늘까지 메아리칠 수 있도록 해 주십시오."

베아트리체는 야고보로 하여금 단테에게 깨달음을 주라는 부탁을 하고 있었다.

희망의 빛 베아트리체에게 부탁을 받은 야고보는 온몸에서 빛을 내뿜으며 말했다.

"오, 영광된 자여! 두려워하지 말고 고개를 들라. 지상에서 육체의 옷을 벗고 이곳에까지 오르는 복된 이들은 누구나 다 우리의 빛을 받아야만 눈이 밝아진다. 또한 그래야만 천국을 거닐 수 있는 힘도 얻게 되느니라."

야고보로부터 격려의 말을 들은 단테는 용기를 내어 고개를 들었다. 그때까지도 강렬한 빛 때문에 사물을 분간하지 못하던 눈은 두 빛이 있는 곳을 향했다.

야고보의 영혼은 단테에게 나지막한 어조로 말을 이었다.

"우리 주 하느님께서 은총으로 아직 살아 있는 그대를 성스러운 이곳 천국으로 부르셨다. 천상의 복된 많은 영혼들과 만날 기회를 베풀어 주신 것이니라. 그러한 참사랑 안에 숨어 있는 뜻을 그대가 잘 깨달아야 할 것이다. 그 뜻을 헤아릴 수만 있다면 앞으로 할 일이 분명해진다."

"제가 할 일이라니요?"

단테는 의아해서 물었다.

"우선 천국의 참 모습을 보고 깨달음을 얻어야 하느니라. 그런 다음 지상으로 돌아가 하느님을 사랑하고 선善과 의義를 소망하고 있는 이들에게 그 깨달음을 전해야 한다. 즉, 그들에게 흐트러짐 없는 굳은 의지를 심어줘야 하는 것이다. 구원의 소망을 잃지 않도록……."

야고보의 영혼은 베드로와 마찬가지로 단테에게 질문했다.

"단테, 말해보라! 소망이란 무엇이며 그 뿌리가 어디서 와서 그대의 마음속에 꽃을 피웠는지를……."

야고보의 질문이 시작되자 단테에게 힘을 불어넣어 높은 이곳까지 올려 주었던 참된 빛 베아트리체가 그의 앞에서 칭찬하며 또다시 도움을 주었다.

"천국에 있는 영혼들에게 빛을 밝혀 주시는 복된 영혼이시여! 천국의 영혼들을 살피시는 하느님의 거울을 통해서 이분을 비추어 보십시오. 지상에서 악과 싸우는 그 어느 신앙인보다도 이분 단테는 더 큰 소망을 간직하고 있는 하느님의 자녀입니다."

베아트리체의 칭찬은 그에게 몸 둘 바를 모르게 만들었다.

"이분이 하느님의 자녀라는 것은 이곳에 온 것만으로도 입증되는 일입니다. 죄악의 구속에서 벗어난 자만이 순례할 수 있는 이 천국을 이분은 지상의 싸움이 채 끝나기도 전에 경험하고 있으니까요. 이 모습은 마치 이스라엘 백성들이 이집트에서 탈출하여 젖과 꿀이 흐르는 그 넓은 약속의 땅으로 입성하는 모습과 같지 않습니까?"

그녀는 말을 마치고 단테에게 몸을 돌려 나지막이 주의를 주었다.

"야고보님께서는 당신으로부터 무언가를 알고자 하시는 것이 아닙니다. 단지 당신 마음 안에 덕이 얼마나 깃들어 있는지를 확인하고자 물으신 거예요. 그러니 이제부터 성심껏 대답해 드리세요."

단테는 용기를 북돋워 주는 베아트리체의 말을 듣고 나서야 입을 열수 있었다. 우선 하느님을 찬양하는 기도를 했다.

"오, 하느님! 감사와 찬미와 영광을 영원히 받으시옵소서. 당신의 거룩한 그 은총이 제게 임하여 축복이 되었나이다. 우리 주 예수 그리스도의 이름으로 기도 드립니다. 아멘."

기도가 끝나자마자 그는 야고보의 질문에 주저하는 기색 없이 대답했다. 마치 너무나 잘 알고 있는 물음에 제 실력을 뽐내려는 아이처럼……

"소망이란 미래에 다가올 영광에 대한 확고한 기대입니다. 때론 보지 못한 것을 바라고, 믿고, 참으며 기다려야 할 때도 있지만 소망은 사랑보다는 앞서지 못하는 것이기에 반드시 소망과 함께 하느님을 사랑하고 영광을 얻으려는 노력이 중요합니다. 그렇듯 믿음, 소망, 사랑의 삼덕三德을 쌓아야만 하는 것이지요."

"그렇다면 하느님의 은총에 대해서는 어떤 생각을 가지고 있는가?"

"저는 하느님의 은총을 누구보다도 많이 입은 사람 중에 하나입니다. 제가 소망을 간직할 수 있었던 것은 모두 성서의 가르침 때문이었습니다. 처음 제 마음 속에 그 빛을 심어준 이는 하느님께 수많은 찬미의 노래를 바쳤던 시편의 주인공 다윗 왕이었습니다. 그분은 진정 하느님의 사랑을 받을 만한 분이셨습니다."

다윗이 그에게 작은 소망의 빛을 불러일으킨 성서 구절은 바로 시편의 한 대목이었다.

"야훼, 당신을 찾는 자를 아니 버리시기에 당신의 이름을 받드는 자는 당신 품에 안기옵니다. 다윗은 그런 노래로 저 같은 신앙인들을 위로하셨습니다. 소망이 있는 사람이라면 어찌 그분을 모르는 이가 있겠습니까?"

단테는 시편에 이어 야고보서를 인용했다.

"저는 당신이 기록해 놓으신 말씀도 기억하고 있습니다. '시련을 견뎌 내는 사람은 행복합니다. 시련을 이겨낸 사람은 생명의 월계관을 받을 것입니다. 그 월계관은 하느님께서 당신을 사랑하는 사람들에게 주시겠 다고 약속하신 것입니다'라고 하신 말씀을…………."

이번에는 야고보가 그의 말을 받았다.

"그렇다. 유혹을 당할 때에는 누구도 '하느님께서 나를 유혹하신다'는 말을 해서는 안 되는 것이니라. 하느님은 악의 유혹을 받으실 분도 아니 고 또한 악을 행하도록 사람을 유혹하실 분은 더더욱 아니시기 때문이 다. 사실 사람이 유혹을 당하고 함정에 빠지는 것은 자기 욕심에서 비롯 된 것이니라. 욕심이 잉태하면 죄를 낳고 죄가 장성하면 죽음을 가져오 는 것은 마땅한 이치이다."

야고보의 말은 촉촉한 이슬이 되어 단테의 영혼 위로 방울방울 떨어 지는 듯했다. 마치 가뭄을 촉촉이 적셔주는 단비처럼……

그럴 즈음 강렬하게 타오르던 베드로와 야고보의 빛이 섬광처럼 순간 번쩍였다. 베아트리체는 조용한 목소리로 단테에게 설명해 주었다.

"저 빛은 예수님을 위하여 죽을 때까지 따르던 믿음과 소망을 상징하 는 것입니다. 그 믿음과 소망은 죽음 뒤에도 영원히 남아 빛으로 타오르 는 것이지요."

더욱 강렬한 빛을 내고 있던 야고보가 다시 그에게 물었다.

"단테, 소망이 무엇을 약속하고 있는지 말해다오."

"하느님께서는 당신이 선택하신 백성들에게 진리를 베풀어 주셨습니 다. 구약과 신약 성서의 가르침들은 저에게 앞으로 나아갈 소망에 대한 지혜를 주었습니다. 제게 있어 하느님에 대한 소망은 복된 천상의 삶을 계시해 주는 약속입니다."

그가 말을 마칠 무렵 갑자기 어디선가 합창 소리가 들려왔다.

"주님께 바라나이다."

그 합창 소리는 이들의 머리 위에서 들려왔다. 이어서 고리지어 춤추던 영혼들도 화답의 합창을 했다. 노래가 끝나자 휘황찬란한 빛이 보였다. 그것이 어찌나 밝게 빛을 발하던지 마치 한여름에 내리쬐는 태양 같았다. 빼어나게 아름답지만 수줍은 처녀처럼 그 찬란한 빛은 살며시 두 제자가 있는 곳으로 다가왔다.

그 세 빛은 서로 어울려 춤을 추었다. 베아트리체는 그 모습을 새색시처럼 곱고 다소곳한 시선으로 바라보았다. 그러더니 얼굴 한가득 미소 지으며 입을 열었다.

"전설의 새 펠리칸은 제 피로 새끼를 먹여 살린다 하여 예수 그리스도를 상징할 때 쓰입니다. 예수님께서 당신의 몸을 내어 주심으로써 인류 구원의 역사가 완성된 것이지요. 지금 저 빛은 그 예수 그리스도께서 최후의 만찬을 베푸실 때 그 옆자리에 앉아 계셨던 분입니다."

그 빛의 주인공이 바로 요한이었음을 알 수 있었다. 요한은 예수님이 사랑하시던 제자 중의 한 명이다. 그는 예수님의 신임을 두텁게 받았으며 예수님의 말씀을 기록하여 후세에 전한 사람이었다. 세상 사람들은 성 요한의 육체와 영혼이 함께 승천했노라고 믿고 있었다. 단테 역시 그것이 가장 궁금했다.

베아트리체는 좀 전과 다름없이 눈 한 번 깜박이지 않고 세 영혼의 빛을 주시하고 있었다. 그때 그 큰 빛 안으로부터 말소리가 들려왔다.

"육체가 어찌 되었든 그게 무슨 상관인가? 사실 내 육체는 땅에 묻혀 이미 흙이 되었느니라. 지상의 육체를 입고 천국에 승천하신 분은 오직 두 분뿐이시다. 한 분은 바로 하느님의 어린양이신 우리의 스승 예수 그리스도이시고, 또 한 분은 예수님의 어머니요, 모든 인류의 어머니이신 성모 마리아님이시다. 그대는 이 사실을 꼭 지상 사람들에게 전해주기 바란다."

고리를 이루어 춤을 추던 영혼들은 요한 사도의 이 말에 갑자기 움직임을 멈추었다. 베드로, 야고보, 요한 이렇게 세 영혼이 노래를 멈추자 이에 맞춰 합창 소리도 멈췄다.

마치 지금의 상황은 파도를 헤치기 위해 노를 젓는 뱃사람들의 신호와 비슷했다.

뱃사람들은 휴식시간이나 위험을 알리는 신호로써 휘파람을 불곤 했다. 그러면 모두 일시에 젓던 노를 멈추었다. 지금의 상황이 바로 그와 비슷했다.

순간 불안을 느낀 단테는 몸을 돌려 베아트리체를 바라보았다. 그런데 분명 곁에 있어야 할 그녀의 모습이 보이지 않았다. 그녀의 따스함이 느껴지는 것으로 보아 곁에 있는 것은 확실한데 이상하게도 모습은 보이지 않았다. 단테는 혹여나 자신의 눈이 멀어 버린 것은 아닌가 하여 무척 당황했다.

인류의 조상 아담과의 만남

갑자기 눈앞이 캄캄해지자 단테는 손을 내저으며 어둠 속을 더듬거렸다. 그때 그를 흔들어 깨우는 듯한 목소리가 들려왔다. 그는 야고보의 동생이요, 또 예수님의 막내 제자였던 사도 요한의 목소리였다.

"잠시 시력을 잃은 그대여, 걱정하지 말라! 나의 빛으로 인해 그대의 눈이 지금 일시적으로 마비된 것이니 놀랄 필요는 없느니라. 나와 이야기를 나누며 조금만 기다리면 곧 회복될 것이다."

그러나 정작 단테가 안정을 찾지 못하는 이유는 다른 데 있었다. 사라진 베아트리체가 어디에 있는지 궁금하여 차마 고개를 들지 못했던 것이다.

"예수님께서 사랑하셨던 제자 요한님! 당신의 이름을 찬양합니다. 그러나 이 부족한 자에게 궁금한 것이 한 가지 있으니 제 물음에 답해 주소서. 지금 베아트리체의 거룩한 빛이 보이지 않습니다. 그녀는 이곳으로 저를 안내해 주고 있는 희망의 빛입니다. 대체 어찌된 까닭이옵니까?"

요한의 영혼은 인자한 목소리로 대답해 주었다.

"그것이 의문의 전부라면 안심해도 좋다. 베아트리체의 일은 걱정하지 않아도 되느니라. 그대의 시력은 그녀의 뜻에 의해 회복될 것이다. 그녀에게는 아나니아와 같은 능력이 있느니라."

아나니아는 다마스커스 사람이다. 그는 다소 사람 바울로의 시력을 치유시켜 준 것으로 유명한 인물이다.

단테는 비로소 안도의 숨을 내쉬었다. 이윽고 요한의 영혼이 첫 질문을 해왔다.

"하느님의 큰 은총으로 이곳까지 올 수 있었던 그대여, 말해보라. 그대의 영혼은 지금 어디를 향하고 있는지?"

그는 요한의 질문에 크게 기뻐하여 얼른 대답했다.

"저의 영혼이 향하고 있는 방향은 오직 하느님 한 분뿐입니다. 저는 이미 연옥과 레테 강물로 죄의 기억을 지웠고, 에우노에 강에서 선행의 기억을 되살렸습니다. 저의 모든 사랑은 하느님의 사랑과 하나가 된 것입니다."

갑작스런 빛으로 자신의 시력을 잃게 했던 사도 요한의 영혼은 깊은 가르침을 주었다.

"그대는 지금 하느님의 크신 사랑만 이야기할 뿐, 그분의 진정한 본래의 사랑에 대해서는 말하지 않는구나. 과연 무엇이 그대로 하여금 하느님의 그 사랑을 우러러보게 하였는가?"

그는 요한의 물음에 침착하게 대답했다.

"사도 요한님께서 이미 성서에 기록해 놓으셨듯이 하느님은 처음이요, 끝이신 분이십니다. 모든 사람이 하느님을 원하며 저 또한 마찬가지입니다. 그 크신 사랑이 제 안에 머물게 된 것은 여러 가지 원인에서 비롯된 것입니다. 바로 하느님의 계시로 쓰인 성서와 교회의 가르침이었습니다. 저는 구체적인 사랑의 대상을 선이라고 보았습니다. 선은 간직하면 할수록 더욱 커졌으며 하느님에 대한 사랑 또한 마찬가지였습니다. 그 이유는 하느님을 알면 알수록 제 사랑이 더욱 뜨겁게 불타올랐기 때문입니다."

단테는 막힘없이 말을 이어나갔다.

"하느님의 사랑 안에서가 아닌 선들은 모두 거짓이었습니다. 그런 선행은 단지 자기만족에 지나지 않았던 것입니다. 이와 같이 하느님을 인식하고 그분을 따르는 사람이라면 당연히 그 어떤 것보다도 최상의 사랑을 하느님께 드려야 마땅하다고 생각합니다."

단테가 그런 생각을 갖게 된 데에는 아리스토텔레스의 영향이 컸다. 그는 하느님께서 영원불멸의 천사와 영혼들에게 지고선至高善의 진리를 베풀어 주셨다고 가르치고 있었다.

"출애굽기를 보면 하느님께서 모세에게 하신 말씀이 기록되어 있습니다. '내 모든 선한 모습을 네 앞으로 지나가게 하며 야훼라는 이름을 너에게 선포하리라. 나를 돌보고 싶은 자는 돌보아 주고 가엾이 여기고 싶은 자는 가엾이 여긴다'라고 말씀하셨습니다."

단테는 사도 요한에 대해서도 존경의 마음을 내보였다.

"하느님의 진리에 대하여 많은 기록을 남겨 제게 가르침을 주신 분은 바로 제 앞에 계신 분이십니다."

사도 요한은 흐뭇한 미소를 지으며 고개를 끄덕였다.

"성서와 교회의 가르침이 그대의 지성을 통해 하느님에 대한 열정적인 사랑으로 이어졌다니 참으로 다행이구나. 그대의 마음이 진실로 하느님을 경외하고 있다는 걸 알았다. 그러나 그 외에 하느님께 마음이 향하고 있는 또 다른 이유가 있다면 말해보라. 그 지고선이 어떤 방법으로 그대를 감싸게 되었는지……."

사도 요한은 거룩한 음성으로 그에게 솔직히 고백하도록 이끌었다.

단테는 그의 뜻에 따라 이야기를 시작했다.

"하느님의 참사랑을 깨달을 수 있었던 계기로 또 한 가지가 있습니다. 그것은 하느님께서 인류 구원을 위해 예수 그리스도를 이 땅에 보내시고 희생양으로 삼으신 일이었습니다. 예수 그리스도의 죽으심과 부활을 통하여 모든 사람들이 영생永生의 소망을 간직하게 되었고 또 하느님의 완전한 사랑을 깨닫게 된 것이지요."

그는 요한이 성서에 적어 놓은 한 대목을 인용하여 덧붙였다.

"당신께서 성서에 기록해 놓으신 한 구절을 지금 다시 한 번 되새겨 볼까 합니다. '내가 참 포도나무요, 나의 아버지는 그 농부이다. 나무에 붙어 있으면서 열매를 맺지 못하는 가지는 아버지께서 모조리 쳐내시고 열매를 맺는 가지는 더 많은 열매를 맺도록 잘 가꾸신다' 이러한 모든 가르침들이 지상의 것에만 집착하던 저의 마음을 건져냈습니다. 하느님께서 사람들에게 은총을 베푸시니 저도 하느님을 사랑하지 않을 수 없었던 것이지요."

그가 말을 마치자 갑자기 아름다운 노랫소리가 하늘로 울려 퍼졌다. 단테의 시력이 회복될 즈음 비로소 베아트리체의 모습도 보였다. 그녀도 그들과 함께 찬미의 노래를 부르고 있었다.

"거룩하시도다. 거룩하시도다. 거룩하시도다. 전능하신 주 하느님! 전에도 계셨고 지금도 계시고 장차 오실 분이로다."

그때 아주 강렬한 빛이 단테의 눈망울 위로 쏟아졌다. 그것은 그의 시력을 회복시키려는 베아트리체의 희망의 빛이었다. 그 빛이 각막을 거쳐 눈 속으로 스며들었다. 베아트리체는 그 거룩한 빛으로 아직까지 단 테의 눈에 남아 있던 온갖 티끌을 말끔히 씻어주었다. 그러자 그는 눈앞 이 밝아지며 이전보다도 더 잘 보이는 것 같았다. 단테가 시력을 회복하 고 맨 처음 본 것은 어느새 곁에 다가와 있는 네 번째 빛이었다.

단테는 깜짝 놀라 베아트리체에게 물었다.

"어찌 된 일이오? 저 빛은 도대체 어떤 분의 영혼이오?"

베아트리체는 얼굴 가득 사랑을 담은 채 대답했다.

"저 빛 속에는 우리 인류의 첫 번째 사람 아담이십니다. 저분은 일찍 이 창조주께서 진흙으로 빚어 코에 입김을 불어넣어 생명을 주셨던 분. 저분께서는 지금 당신을 만들어내신 하느님을 환희에 찬 눈빛으로 항 상 우러러보고 계신답니다."

그녀의 말에 단테는 놀라지 않을 수 없었다. 그렇다면 자신이 지금 인 류의 선조, 모든 사람의 조상이신 분 앞에 서 있단 말이 아닌가! 그는 여 러 가지를 묻고 싶은 강렬한 충동에 휩싸였다. 잠시 침묵을 지키다가 마 침내 용기를 내어 무겁게 입을 열었다.

"아, 최초의 아버지시여! 영원한 축복 안에 머물러 계시니 참으로 복 되십니다. 당신은 그 누구와도 비교될 수 없는 첫 인류라는 하느님의 영 광을 받으신 분이십니다. 세상의 모든 여인들이 전부 당신의 딸이요, 며 느리입니다. 인류의 선조시여, 부탁드리오니 부디 말씀해 주소서. 당신 은 이미 제 소망을 다 알고 계실 것이옵니다. 저는 오직 당신이 하실 말 씀만 기다릴 뿐입니다."

그는 아담의 영혼이 의문을 풀어 주리라는 확신을 갖고 있었다. 그것 은 그를 에워싸고 있는 빛의 변화와 움직임을 통해 충분히 짐작할 수 있 는 것이었다. 그는 이윽고 첫 인류의 이야기를 듣는 영광을 누릴 수 있었다.

"내게 말을 하지 않더라도 나는 이미 너의 의문을 모두 잘 알고 있다."

아담은 자신이 모든 이들의 마음속을 들여다볼 수 있는 건 바로 하느님의 거울 때문이라고 했다.

"나는 이 모든 것을 하느님의 진실 거울을 통해 보고 있다. 그 거울은 모든 만물을 비추고 있지만 그 어떤 피조물도 스스로는 그 거울에 모습을 비출 수가 없다. 네가 지금 궁금한 것은 처음 내가 영광을 받아 얼마 동안 지상낙원에 머물러 있었고 또 이곳 천국에 있기까지는 얼마나 오랜 세월이 지났으며 한편 하느님께서 분노하신 참된 원인이 무엇이었는지, 내가 쓰던 언어는 어떤 것이었는지를 알고자 하는구나."

아담의 영혼은 그의 의문을 정확히 꿰뚫어 보고 있었다. 그는 계속해서 이야기했다.

"오, 아들아! 너에게 알려주마. 내가 생명나무 열매를 맛본 것 자체만으로 낙원에서 추방된 것이 아니라는 것을……. 사실은 하느님께서 주신 크나큰 선물인 자유의지를 남용한 죄였느니라."

아담은 원죄의 원인을 자신의 교만으로 돌리고 있었다.

"자유의지의 한계를 뛰어넘어 하와와 함께 하느님과 동등하고자 했던 교만이 바로 낙원에서 쫓겨난 원인이었다. 그러한 돌이킬 수 없는 크나큰 죄를 지었기에 이곳 천국에 오르기까지 참으로 오랜 세월이 필요했다."

아담은 이어서 말했다.

"나는 태양이 4,302번을 회전할 동안 림보에서 천국의 이 모임을 기다렸단다."

지금 그의 얘기로 미루어 볼 때, 하느님의 외아들 예수 그리스도께서

아담이 지은 원죄로 인해 희생양이 되셔서 십자가에서 죽으심으로 비로소 죄가 씻겨 천국에 오르게 되었다는 뜻이었다.

"또 나는 지상에서 태양이 930번을 회전하는 것을 보고 난 다음에 죽었노라."

그렇다면 예수님의 죽으심은 천지창조로부터 5,232년 후가 된다는 뜻이었다. 베아트리체가 림보에 있는 단테를 구하기 위하여 베르길리우스를 만났을 때는 아담이 천국에 오른 지 이미 1,267년이 되었고, 천지창조로부터 지금까지는 무려 6,500여 년이 지나 있었던 것이다.

"그렇게 오랜 시간 동안 나는 죄를 참회했다. 내가 지상에 머물러 있는 동안에 썼던 언어는 함의 자손 니므롯 족속들이 바벨탑을 쌓기 훨씬 이전에 사라져 버렸다."

아담은 인간이 하늘의 움직임에 따라 변화하는 존재라고 했다. 언어는 이성理性의 산물로서 언어 중 영원히 지속된 예는 아직 한 번도 없었다는 것이다.

"인간이 언어를 사용하는 것은 타고난 행위지만 그 말하는 방법은 저희들 좋을 대로 자연에서 얻게 되는 것이다. 내가 지옥으로 내려가기 전에는 사람들이 하느님을 엘로힘Eiolhim이라고 부르더니, 훗날엔 야훼Yahweh라고 불렀다. 인간 언어의 변천은 가지에서 나뭇잎이 한 잎 지고 나면 다시 한 잎이 돋는 것과 같다고 할 수 있다."

아담이 높이 솟아 있는 연옥의 산 위에서 죄 짓기 이전의 순결한 몸으로 머물러 있던 시간은 한 시에서 여섯 시까지로 태양이 약 90도 바뀔 동안이었다고 했다.

원동천 原動天

천국의 이곳저곳에서 영광의 찬미가가 울려 퍼지기 시작했다. 그 아름다운 화음과 함께 눈에 보이는 온갖 것들은 단테를 천국의 황홀경에 빠져들게 만들었다.

"영광이 성부와 성자와 성령께, 처음과 같이 이제와 항상 영원히!"

단테의 마음 안에는 오직 평화만이 가득 흘러 넘쳤다. 그는 영광을 입은 그들을 찬양했다.

"행복한 기쁨이여! 복된 평화여! 사랑으로 이룩된 고귀한 영혼들이여, 당신들은 하느님의 은총과 함께 이제 더 바랄 것이 없는 풍요로운 분들이십니다."

사도 베드로, 야고보, 요한과 최초의 사람 아담, 이렇게 강렬한 네 개의 빛이 그의 눈앞에서 타오르고 있을 때였다. 가장 먼저 나타났던 초대 교황(베드로)의 횃불이 붉은 빛을 띠며 더욱 강렬하게 타올랐다. 그 섬광은 마치 목성과 화성의 빛이 서로 섞일 때와 같은 것이었다.

베드로의 빛이 붉은 빛으로 변했을 때 찬미가가 멈췄다. 온 누리를 지으시고 가꾸시는 하느님의 섭리가 복된 영혼들의 찬미가를 멈추도록 명하셨던 것이다. 노래가 일제히 멈추고 나자 베드로의 목소리가 들려왔다.

"내 빛이 바뀐 것에 대해 의혹을 갖지 마라. 여기에 있는 모든 영혼들도 다 나와 한마음이므로 내가 말하고 있는 동안 그들의 빛도 변하는 것을 보게 될 것이다."

베드로의 영혼은 교황의 권좌에 대한 이야기도 꺼냈다.

"스승 예수님께서 나에게 주셨던 교황의 권좌가 점점 더럽혀지고 있다. 현재 교황들이 자신의 본분을 다하지 못하기 때문에 그 자리가 더럽혀지고 있는 것이다. 그들은 내 무덤을 피로 더럽히고 악취가 풍기는 시궁창으로 만들어 버렸느니라."

베드로는 몇몇 사악한 자들로 인해 교황의 권위가 떨어졌음을 한탄하고 있었다.

"하느님의 백성들이 이렇게 고통 받을 줄 미리 알았다면 지금 그들이 앉아 있는 성 베드로 대성당에 내 유골을 안치하지 않았으리라. 하느님의 착한 백성들이 그들로 인해 고통 받고 있다는 걸 생각하면 참으로 가슴이 아프다. 이 천국에서 지옥으로 떨어진 사악한 루치펠로가 그들의 행위를 보고 통쾌하게 웃어대고 있다는 사실을 알고나 있는지……. 차라리 이럴 바엔 도둑들이 카타콤의 시궁창에 버린 대로 그냥 있던 것만도 못하구나."

베드로의 한탄이 끝나자 단테는 얼굴을 들고 하늘을 바라보았다. 천국에 떠 있는 구름은 말로 형용할 수 없을 정도로 아름다웠다. 아침저녁으로 태양이 뜨고 질 때 하늘에 걸려 있는 구름을 보면 마치 새색시의 붉은 볼 같다. 지금 보이는 구름들도 곱게 물들어 아름답고 신비로운 빛을 온 하늘에 뿌려놓고 있었다.

베아트리체의 얼굴빛도 그 구름처럼 홍조를 띠며 표현하기 힘든 신비로운 표정으로 변하고 있었다. 그것은 몹시도 걱정 어린 표정이었다. 아마도 베드로의 말 때문인 듯싶었다. 예수님께서 골고다 언덕의 십자가에 달리셨던 금요일의 정오부터 오후 세 시까지 온 세상에 어둠이 덮여 있을 때의 하늘도 그처럼 어둠에 잠겼으리라.

곧이어 베드로는 몹시 격한 목소리로 말했다.

"순교의 희생을 감수하면서까지 신앙 전파에 노력한 이들이 훨씬 더 많으니라. 예수 그리스도의 신부新婦인 교회를 나의 첫 번째 후계자 리노와 두 번째 후계자 아나클레토의 피로 세운 것은 결코 황금을 쌓기 위해서가 아니었단 말이다!"

초대 교황 베드로는 몹시 격노한 듯 외쳐댔다. 그는 잠시 감상에 사로잡혀 말을 멈추었다.

제2대 교황 리노는 이탈리아 토스카나 태생으로 순교의 영광을 누린 사람이었다. 그리고 제3대 교황 아나클레토는 로마 출신으로, 역시 리노와 마찬가지로 기꺼이 순교를 택했던 인물이다.

예수 그리스도의 수제자 베드로는 다시 말을 이었다.

"제7대 교황 식스토 1세는 로마 출신으로 10년 동안 자신의 직분을 충실히 다했다. 또한 신자들에게 미사 도중 '거룩하시다'라는 찬미의 말을 해야 한다는 것과 성구聖具는 오직 성직자만이 만질 수 있다는 칙서를 내렸다. 제10대 교황 비오 1세는 아퀼레이아 출신이었다. 제16대 교황 갈리스토 1세는 로마 출신이었는데 그 두 사람은 인간의 평등함을 실천한 사람들이었다. 그들은 사랑이 충만했고 순교의 순간까지 하느님의 은총으로 빛나고 있었다."

믿음이 굳건했던 교황들에 대한 베드로의 칭찬은 끝이 없었다.

"제17대 교황으로 선출되었던 우르바노 1세도 로마 출신이다. 그 역시 예수님의 장한 제자로서 하늘의 영광을 누리기 위하여 선혈을 뿌려 순교했느니라."

베드로의 영혼은 자신의 후계자들이 예수 그리스도를 증거했던 장한 사례들을 일일이 설명해 주었다. 그것은 충분히 납득할 수 있는 일이었다. 순교자들은 모두 자신이 치러야 할 속죄의 기간 없이 곧장 천국으로 오르는 영광을 누리니 어찌 그런 후계자들이 자랑스럽지 않겠는가. 그러나 그 기쁨도 잠시뿐, 베드로는 곧이어 부패한 교회의 횡포에 분노하고 있었다.

"다 같은 하느님의 백성들이 분열되어 싸우는 것을 우리는 결코 원하지 않는다. 교황파(겔프당)와 황제파(기벨린당)로 갈라져 당파싸움이나 하는 꼴을 보면 낯이 뜨거워 고개를 못 들 정도이다. 더구나 예수님께서 나에게 맡기신 천국의 열쇠를 깃발의 문장으로 삼는 것을 그 누가 상상이라도 했겠느냐?"

베드로는 노여움을 이기지 못했다.

"또한 교황이란 자가 도장에 내 초상화를 새겨 넣은 뒤 돈을 버는 데에 사용하고 있으니 참으로 기막힐 노릇이 아닐 수 없구나. 그리고 각종 이권에 개입하여 부당한 이득을 취하거나 거짓 특전特典으로 거룩한 주님의 은총을 사칭하며 사람들을 기만하고 있으니…… 아무리 평화만이 머물러 있는 이 천국이라 할지라도 내가 어찌 그런 짓거리를 보고서 노여움을 견뎌낼 수 있겠느냐!"

예수님은 이미 사악한 자들의 행위가 있으리라는 것을 아시고 '거짓 예언자들을 조심하라. 그들은 양의 탈을 쓰고 너희에게 나타나지만 속에는 사나운 이리가 들어 있다'고 경고하셨다. 그렇듯 현세에서는 목자의 옷을 걸친 이리떼가 득실거리고 있는 것이 사실이었다.

베드로는 하느님을 향해 간절한 기도를 올렸다.

"오, 인자하신 하느님! 포악한 이리들로부터 저 불쌍한 양들을 구원해 주옵소서. 그리고 제 분수를 모르고 날로 사악해져 가는 저 이리들에게 공의로우신 심판을 내리시옵소서!"

제195대 교황 클라멘스 5세는 순교자들이 피로 세운 교회를 횡령하여 그 재산을 자기의 소유로 만들어 버렸다. 교황청을 아비뇽으로 옮긴 것은 바로 그의 간교였다. 제196대 교황 요한 22세 역시 교황의 자리에 앉자마자 죄악만 키워나가고 있는 중이었다.

"시작은 좋았건만 지금은 어찌 그렇게까지 추악한 악의 소굴로 변했단 말이냐?"

베드로는 보기에도 안쓰러울 정도로 깊은 한숨을 내쉬었다.

"스키피오 장군이 한니발 병사를 무찌르고 로마가 세계의 패권을 잡는 영광된 위상을 보여주었던 하느님의 섭리가 이제 머지않아 다시 한 번 이루어지리라고 나는 굳게 믿고 있다."

교황의 권좌에 대한 이야기를 마친 베드로는 단테에게 간절한 어조로 말했다.

"무거운 육체를 이끌고 수고로이 다시 지상으로 돌아가야 할 아들 단테여! 지금까지 내가 했던 말들이 너의 입을 통해 한 마디도 빠짐없이 세상 사람들에게 그대로 전해지기를 바란다."

태양이 마갈궁으로 들어가면 한겨울 동안 얼어붙었던 땅에서 아스라한 아지랑이가 피어오르듯 단테와 함께하고 있던 영혼들의 영롱한 빛들도 송이송이 위로 오르는 것이 보였다.

단테는 그들이 사라져 가는 뒷모습을 열심히 눈으로 좇았으나 점점 멀어지는 그들을 더 이상 뒤따라갈 수가 없었다. 거룩하고 아름답던 그 모습에서 안타까운 듯 시선을 거두자 그의 모든 것을 항상 꿰뚫어 보고 있던 베아트리체가 입을 열었다.

"저 아래를 한번 살펴보세요. 당신이 얼마나 어떻게 돌아서 왔는가를."

단테는 그녀의 말에 따라 아래를 내려다보았다. 가장 먼저 시야에 들어온 것은 적도의 바로 북쪽 북반구와 동쪽 끝 갠지스 강, 중앙의 예루살렘, 서쪽 끝 스페인 가데스를 지나는 경선이었다.

찬찬히 살펴보니 스페인의 서남부 가데스 저편에 오디세우스가 쾌속으로 질주했던 지브롤터 해협의 뱃길도 보였다. 가까운 곳에는 페니키아의 왕녀 에우로페가 제우스와 사랑을 나누었던 아름다운 해변도 보였다. 그러나 태양이 금우궁을 지나 백양궁으로 들어가자 보여야 할 북반구의 지역이 이곳 쌍자궁에서는 보이지 않았다.

베아트리체를 향한 그의 변함없는 사랑은 이 순간에도 더욱더 깊어만 가고 있었다. 단테의 시선은 그녀에게로 향했다. 그때 눈에 비춰진 그녀의 미소 띤 얼굴의 성스러움을 어떻게 표현할 방법이 있을까. 눈을 홀리고 마음을 빼앗으려고 만든 그 어떤 솜씨나 예술보다도 그녀는 더 아름다웠다.

단테가 이렇듯 기쁨으로 충만해 있을 때, 이들은 어느덧 쌍자궁으로부터 아홉 번째 하늘 원동천原動天에 도착했다. 원동천은 가깝고 멀고 높은 개념 없이 모두 한결같은 곳이었기에 좀처럼 어디가 어딘지 분간할 수 없었다.

베아트리체가 그를 위해 어느 곳을 선택했는지도 알 수 없었다. 그러나 항상 단테의 마음을 속속들이 잘 알고 있는 그녀는 무슨 뜻이 담겨 있는 듯 매우 신비스런 미소를 띠며 말했다.

"이곳 원동천의 힘은 참으로 신비합니다. 우주의 중심에 있는 지구를 쉬게 하고 그 주위에 있는 다른 천체들을 움직이게 하니까요. 우주의 본질적인 힘은 모두 이곳 원동천에서부터 비롯되고 있답니다. 또한 이 아홉 번째 하늘은 하느님의 뜻에 따라 그 어떤 곳으로도 자리를 옮기지 않으며 그 안에만 빠른 속도로 회전하고 있지요. 스스로 회전하는 그 힘이 바로 온 우주를 움직이는 원천이 되는 것입니다."

베아트리체는 이 원동천이 여덟 하늘을 뒤덮고 있으며 그 자체의 예지로 인하여 천체의 원동력 역할을 하고 있다고 설명해 주었다.

"하느님께서 직접 관장하시는 열 번째 하늘 지고천은 빛과 사랑으로 이곳 원동천을 감싸고 있어요. 온 천국 하늘의 경계는 거의 느낄 수 없으나 오직 하느님 한 분만이 각 하늘의 경계를 아십니다. 이 원동천은 모든 하늘 운행의 뿌리로서 다른 여덟 하늘에게 운행할 힘을 나누어 주지요."

하늘의 운행은 제각기 서로 다르지만 규칙적이기에 수학의 힘으로 운행의 속도를 정확하게 알아낼 수 있었다. 그러나 이 원동천만은 운행의 근원이 되는 하늘이기에 측정할 수 없다는 것이다.

단테는 원동천에 도착하고 난 후 베드로의 탄식을 생각하며 시를 읊었다.

"아, 원하지 않는 사탄의 탐욕이여! 너는 인류를 포로로 만들어 네 물속에 처넣고서 아무도 눈을 뜨지 못하게 만들고 있구나. 의지가 사람들 안으로부터 싹튼 다음 잘도 꽃피우더니 끊임없는 사탄의 빗줄기에 그 꽃뿐만 아니라 이미 튼튼하게 맺힌 참 열매까지도 썩히고 마는구나. 다행스럽게도 어린 시절엔 신앙과 순결이 있더니 그들조차 점점 자라 수염이 얼굴을 모두 덮기도 전에 다 버려 놓다니 참으로 안타까운 일이로구나."

베아트리체는 그의 시를 가만히 듣고 있더니 이내 말을 꺼냈다.

"그래요. 떠듬떠듬 말을 배우는 어린 시절에는 예수님이 수난 당하신 금요일에 육식도 삼가고 사순절 첫 수요일과 금요일에 지켜야 할 금식도 잘 지키지요. 그러나 어른이 되어 말을 잘할 수 있게 되면 평소든 사순절 시기든 아무 음식이나 가리지 않고 잘도 먹어대지요. 또 어릴 때는 제 부모를 극진히 사랑하지만 성인이 된 다음에는 제 부모가 죽기만을 바라고 있는 자도 있답니다."

단테는 그녀의 말에 고개를 끄덕였다. 그녀는 아쉬운 듯 이야기를 계속했다.

"정작 중요한 것은 지금 현세에 그런 사람들을 교화시킬 만한 황제가 없다는 것이 더 큰 문제입니다. 교황이나 황제가 자신의 눈 속에 있는 들보를 깨닫지 못하고 있는데 어떻게 백성들의 눈에 티를 없앨 수 있단 말입니까? 인간들이 사탄의 유혹에서 벗어나지 못하고 길을 헤매고 있는 것은 다 그들 탓이지요."

그러나 베아트리체는 안심해도 된다고 덧붙였다. 그는 영문을 몰라 그녀에게 물었다.

"지금 저 지상에는 이리떼들이 날뛰고 있는데 안심을 하라니, 대체 무슨 까닭이오?"

"저 아래 지상에서는 율리우스 시저의 달력을 사용하고 있습니다. 1년을 365일 6시간으로 계산하는 게 바로 그것이지요."

그녀가 난데없이 달력 이야기를 꺼내자 그는 더욱 어리둥절해졌다.

단테의 의혹을 다 알고 있다는 듯 그녀는 웃음을 띠며 설명을 계속해 나
갔다.

"그 달력은 실제보다 14분 24초를 초과하고 있답니다. 그것은 하루
시간의 100분의 1에 해당되는 시간이지요. 그러니 100년마다 하루의
오차가 생기게 되는 것입니다."

"달력이 저들의 횡포와 무슨 연관이라도 있다는 거요?"

베아트리체의 설명은 계속되었다.

"그렇게 1년에 소홀히 한 14분 24초가 수천 년이 지난 지금은 모여서
엄청난 시간이 되었답니다. 이제 오래지 않아 시간의 불일치로 인하여
이 천체는 크게 용트림을 할 것이고 그 결과로 오랫동안 기다렸던 폭풍
이 불어닥칠 것입니다. 그 폭풍은 모든 악을 깨끗이 쓸어 날려 버릴 것
이고요. 그런 다음 훌륭한 지도자가 나타나 사람들을 바른 길로 인도하
게 될 거예요."

그녀의 말이 사실이라면 마치 꽃이 피고 진 다음 참열매가 맺히듯 앞
으로 지상에도 천국과 같은 평화가 머물게 될 것임이 틀림없었다.

거울을 앞에 놓고 등 뒤의 촛대에 불을 켜면 미처 바라보거나 생각하기도 전에 그 불꽃이 벌써 앞 거울에 비치고 있다. 그래서 거울 면에 비친 불꽃이 실물인가 아닌가를 보려고 하면 노래와 악보가 꼭 맞아떨어지듯 둘이 맞춰지게 된다.

단테가 돌이켜 생각해보니 사랑으로 자신을 사로잡았던 베아트리체의 아름다운 눈을 보았을 때도 바로 이와 같은 현상이 일어났었다. 그때 예리한 빛을 발하는 한 점의 불빛이 보였다. 만일 정면으로 받는다면 눈을 멀 것만 같은 강한 불빛이었다. 단테에게 영원한 천국의 행복을 심어주던 베아트리체가 현세 인간들의 가엾은 생활을 샅샅이 파헤쳐 보여준 바로 직후의 일이었다.

그 시간에도 원동천은 쉼 없이 빠른 속도로 돌아가고 있었고, 그 주위에는 빛과 사랑이 원동천을 감싸고 있었다. 가운데 빛을 발하고 있는 그 한 점은 바로 거룩하신 하느님이신 것이다. 땅에서는 아주 작게 보이는 별일지라도 저 빛 곁에 놓인다면 오히려 달보다 더 크게 빛날 것이다. 달무리가 질 때 그 빛을 싸고 있는 운애運靉가 짙으면 짙을수록 무리 테가 더욱 선명하고 둥근 자태를 드러내 듯 세라핌(치품熾品) 천사의 빛 테가 하느님의 빛을 가운데 두고 측정할 수 없이 빠른 속도로 돌고 있었다. 또한 천사들의 품급品級대로 첫 번째 세라핌 천사의 빛 테는 두 번째 테 케루빔(지품智品) 천사의 빛 테에, 두 번째 빛 테는 세 번째인 좌품座品 천사의 빛 테에, 세 번째 빛 테는 네 번째인 주품主品천사의 빛 테에, 네 번째 빛 테는 다섯 번째인 역품力品천사의 빛 테에, 다섯 번째 빛 테는 여섯 번째 능품能品천사의 빛 테에 에워싸여 있었다.

그 모습이 얼마나 장관인지 헤라의 시녀인 무지개 여신 이리스가 온 몸으로 원을 그린다 해도 저것에는 미치지 못할 것 같았다. 물론 여덟 번째와 아홉 번째 천사의 빛 테도 무한하게 컸으며 첫 번째 치품천사의 빛 테로부터 멀리 있는 테일수록 회전하는 속도가 점점 느렸다.

하느님에 의해 자유와 지혜를 지닌 영체靈體로 창조된 천사는 하느님의 심부름을 하는 영적 존재일 뿐 본성을 가리키는 것은 아니다. 중국이나 동방에서는 오랫동안 천신天神이라는 본성을 가진 존재로 불려왔다. 그러나 하느님의 사자使者를 뜻하는 천사라는 말은 중세 초기부터 일반화되어 오늘에 이르고 있는 것이다.

사실 천사를 품급에 따라 아홉 등급으로 나누는 것은 신학에서나 구분하는 것으로 교회의 교리와는 별 상관이 없다. 굳이 믿을 만한 교리를 들어 입증해 보자면 하느님께서는 우리 감각의 대상인 세상과 함께 인간의 감각을 초월하는 영의 세계를 창조하셨다는 점이다. 이렇듯 천사가 여러 계급으로 구성되어 있는 것에 대해 교회의 입장으로는 아무런 결정을 내린 적이 없었던 것이다.

하느님의 순수한 빛에서 가까이 있을수록 그만큼 깨끗한 불꽃과 큰 진리를 지니고 있다. 단테는 지금 일어나고 있는 모든 일들로 인해 의문에 의문이 꼬리를 물고 의혹이 의혹을 불러 결국 혼란에 빠지고 말았다.

그런 그의 모습을 본 베아트리체가 입을 열었다.

"하늘과 자연은 모두 하느님께 의존하며 하느님의 뜻에 따라 사는 것입니다. 그 하느님의 빛에 가장 가깝게 맞닿아 있는 세라핌 천사의 빛 테를 보세요. 불빛이 저렇게 빨리 돌고 있는 것은 그 빛 테가 하느님의 빛과 맞닿아 사랑으로 충만하게 불타고 있기 때문입니다."

단테는 자연계의 법칙과 그 빛 테의 법칙이 서로 다름을 기억하고 베아트리체에게 다시 묻지 않을 수 없었다.

"그동안 내가 보았던 세계가 저 빛 테 안에 차례차례 자리 잡고 있다면 별 의문이 없었을 것이오. 그러나 감각의 세계에서는 지구에서 멀면 멀수록 하늘이 더욱 신비롭고 성스럽게 보인다오. 그러므로 오직 사랑과 신성한 빛으로 경계를 이루는 천사들의 궁전인 이 천국에서 나의 소망이 이루어질 수 있다면 어찌하여 천사들과 천구들이 일치하지 않는지 그 점을 알고 싶소. 또한 저 빛 테들은 지금 하느님을 중심으로 여러 천사들이 돌고 있는 게 아니오? 그런데 그 빛 테가 도대체 어떻게 지구에 영향을 미치고 천구를 회전시키는지 아무리 생각해봐도 내 능력으로는 풀 길이 없소."

"당신이 그 의문을 풀지 못한다고 해서 이상할 것은 없습니다. 누구를 시험하기 위하여 하느님의 섭리가 정해진 것은 아니니까요. 만약 당신이 완벽하게 알기를 원한다면 지금 제가 하는 말을 아주 잘 듣고 세심한 주의를 기울여 이해하려고 노력해야 합니다."

베아트리체는 그가 정신을 바짝 차릴 수 있도록 주의를 준 뒤 천천히 이야기를 시작해 나갔다.

"저 아홉 하늘의 둘레가 넓거나 좁은 것은 그 모든 부분에 미치는 힘의 크기가 서로 다르기 때문입니다."

하나를 가르쳐 주면 열을 꿰뚫는 영특한 소년처럼 단테는 그녀의 말을 헤아리고 나서 되물었다.

"그렇다면 첫 번째 하늘 월광천은 가장 힘이 약하고 여덟 번째 하늘까지 감싸고 있는 원동천은 그만큼 큰 힘을 가지고 있다는 말이오?"

베아트리체는 빙긋 웃으면서 고개를 끄덕였다. 그러더니 다음 말을 이었다.

"무한한 사랑은 그 축복 또한 크기 마련입니다. 작은 그릇보다는 큰 그릇이 더 많은 물을 담을 수 있는 것처럼 하늘이 크면 하느님께서 주시는 은총 역시 그만큼 많이 받아들일 수 있고 또 완전한 것이 된답니다. 이와 같이 자기 자신은 물론 다른 여덟 하늘까지 회전하는 에너지를 나누어 주고 있는 원동천은 하느님과 가장 가까운 곳에 있습니다. 하느님의 사랑과 지혜가 가장 뛰어난 세라핌 천사와 상응하고 있는 것이지요."

베아트리체의 쉬운 설명은 단테의 머릿속을 맑게 했다. 그리고 가슴속에 하나하나 경건한 글귀로 와 닿게 했다. 그녀는 마지막 충고까지 덧붙여 주었다.

"지금 보이는 천사들의 둥그런 원을 당신의 잣대로 재려고 하지 마세요. 겉모양이 아닌 그 능력의 힘에 대해 방향을 돌려 생각한다면 하늘에서는 가장 큰 것이 가장 뛰어나다는 것을 알 수 있을 거예요. 또한 크고 작은 하늘을 각각 맡아 다스리는 천사들의 품격도 하느님과 가깝고 먼 정도에 따라 비례하고 있다는 사실을 확인할 수 있을 거예요."

북동풍이 부드럽게 한 차례 불고 지나가면 조금 전까지 자욱하던 안개가 사라지고 북반구의 하늘은 맑게 개어 온 하늘이 아름답게 미소를 띤다. 그와 마찬가지로 베아트리체의 논리적인 설명과 대답에 그의 기분도 점점 상쾌해지더니 진리가 하늘의 별처럼 밝게 드러났다.

그녀가 말을 마치고 단테가 황홀한 기쁨에 취해 있을 무렵 끓는 쇳물이 불똥을 튀길 때처럼 모든 하늘의 빛 바퀴가 차례대로 그 빛을 더욱 밝게 빛냈다. 그렇게 밝아진 불빛들은 수효를 셀 수 없을 만큼 기하급수적으로 늘어갔다.

하느님에 의하여 자리가 정해진 하늘의 모든 것들은 화합을 이루어 하느님을 향하여 '호산나(우리를 구원하소서)'를 외치며 찬미의 노래를 부르고 있었다.

단테는 찬미가를 들으면서도 여전히 한 가지 의문을 품고 있었다. 그 마음을 알아차린 베아트리체가 또다시 설명해 주었다.

"저기 보이는 첫 둘레가 바로 세라핌이고, 둘째 둘레는 케루빔입니다. 저 천사들이 있는 힘을 다해서 저렇게 빨리 돌고 있는 것은 하느님과 닮고 싶은 의지가 넘쳐흐르고 있기 때문이죠. 세라핌 천사와 케루빔 천사는 하느님께서 매어주시는 사랑의 줄을 따르려고 자신들의 사랑을 보여드리고 있는 것입니다. 그다음 세라핌과 케루빔 밖을 돌고 있는 세 번째 천사는 좌품천사 트로니입니다. 이젠 아셨겠죠?"

"아아!"

단테는 고개를 끄덕였다. 축복받은 이의 근거는 보는 행위에 따라 유래되는 것이지 그 다음에 오는 사랑의 행위에서 유래되는 것이 아님을 깨달은 것이다. 너무나 드높아 흠모하고 숭상해야 할 하느님을 가장 가까운 곳에서 모시고 있으니 어찌 거룩해지지 않을 수 있겠는가!

베아트리체는 말을 계속 이었다.

"그러나 당신이 또 하나 알아야 할 것은 누구에게든지 진리이신 하느님을 알게 되는 것 자체가 모든 지성의 궁극적 목적이 된다는 사실입니다. 그만큼 하느님을 보는 시야가 깊을수록 기쁨도 크게 되는 것이지요. 사도 요한이 '영원한 생명은 곧 참되시고 오직 한 분이신 하느님 아버지를 알고 또 하느님 아버지께서 보내신 예수 그리스도를 아는 것입니다' 라고 말씀하신 것처럼 하느님을 알고 있는 정도에 따라 그 기쁨도 다릅니다. 이렇듯 완전한 천국의 행복은 하느님을 볼 수 있는 마음에서부터 비롯되는 것입니다. 하느님을 사랑하는 것은 그 다음에 오는 것으로서 결과이지 원인은 아닙니다."

단테는 그녀의 말에 고개를 끄덕이며 자신의 생각을 이야기했다.

"그러니까 하느님을 알고 나서야 하느님을 사랑하게 된다는 것으로 하느님을 아는 일이 하느님을 사랑하는 일보다 먼저란 말이잖소. 즉, 하느님의 은총과 좋은 뜻이 잉태하고 낳는 상급을 받을 행복이란, 하느님을 얼마만큼 알고 보고 있느냐에 달려있다는 뜻이오? 또한 보고 있는 능력에 따라 하느님의 은총과 그 은총에 협력하는 선한 의지에서 비롯되는 것으로 먼저 하느님의 은총이 있어야 하고 사랑은 그 은총에 협력해야만 하느님의 사랑에 도달할 수 있다는 뜻인 것 같소."

본래 아홉 천사들을 3등급으로 구분되어 있었다.

● 상급삼품上級三品
①세라핌(치품熾品) : 원동천原動天 관리
②케루빔(지품智品) : 항성천恒星天 관리
③트로니(좌품座品) : 토성천土星天 관리

● 중급삼품中級三品

④도미나치오니(주품主品) : 목성천木星天 관리

⑤비루투디(역품力品) : 화성천火星天 관리

⑥포테스타디(능품能品) : 태양천太陽天 관리

● 하급삼품下級三品

⑦프린치파티(권품權品) : 금성천金星天 관리

⑧아르칸젤리(대천사大天使) : 수성천水星天 관리

⑨안젤리(천사天使) : 월광천月光天 관리

베아트리체는 곧 둘째 자리에 있는 세 천사들에 대해 얘기했다.

"가을도 겨울도 없이 영원한 봄 속에 싹이 트는 둘째 자리에는 목성천을 다스리는 주품, 화성천을 다스리는 역품, 태양천을 다스리는 능품천사들이 있는데 이 중급삼품을 다스리는 천사들이 세 가지의 선율을 내며 끊임없이 '호산나'를 부르고 있는 것입니다."

베아트리체는 아래쪽을 내려다보면서 하급삼품 천사들에 대해서도 설명했다.

"중급삼품의 첫째 도미나치오니, 둘째 비루투디, 셋째 포테스타디 천사 영역 밖에서 놀이마당 삼아 춤을 추고 있는 것은 하급삼품 중 금성천을 다스리는 권품천사 프린치파티이고, 두 번째는 수성천을 다스리는 대천사 아르칸젤리입니다. 그리고 가장 끝에서 춤추며 돌고 있는 것은 월광천을 다스리는 천사 안젤리로서 현재 우리와는 가장 멀리 떨어져 있는 천사지요. 천사들은 모두 가장 위 지고천에 계시는 하느님을 우러러보고 있으며 아래쪽으로는 에너지를 내려주면서 서로서로 일체가 되어 하느님께로 차례차례 끌어올리고 있답니다."

단테는 그녀의 말에 고개를 갸우뚱했다.

"하지만 수도자 출신의 교황 그레고리우스 1세는 5세기경 이름도 알
길 없는 어떤 사람으로부터 엮어진 구품천사론에 대하여 이의를 제기
했잖소?"

수도자 출신으로 최초의 교황 자리에 오른 그레고리우스 1세는 자신
을 항상 '하느님의 종'이라고 칭했다. 그는 구품천사론에 있어서 무명인
이 말한 일곱 번째의 권품천사를 다섯 번째의 역품천사 자리에 두었고
그 역품천사는 일곱 번째의 권품천사 자리에 두어 서로 자리를 맞바꾸
어 놓았다.

단테의 말을 들은 베아트리체는 미소를 지었다.

"그분은 그 사건 때문에 천국에 와서 눈이 번쩍 뜨였을 때 쓴웃음을
지을 수밖에 없었습니다. 그러나 땅에 있는 사람들이 숨어 있는 진리를
엉뚱하게 해석했다고 해서 이상하게 생각하실 건 없습니다. 천상에서
모든 것을 본 바울로님이 천사들의 빛 테에 대한 바른 진리를 지금까지
의 사실들로 밝혀 놓았으니까요."

참^眞

태양은 서쪽, 달은 동쪽에서 지평선 위에 수평으로 걸쳐 있을 때면 마치 하늘 끝에서 태양과 달을 각각 저울대 위에 올려놓은 것처럼 보인다. 그러다가 이윽고 달도 태양도 지평선에서 벗어나 다른 반구로 옮겨 가는 것이다. 레토의 아들 아폴론은 태양이 되었고 딸 아르테미스는 달이 되었다.

베아트리체는 짧은 시간 동안 얼굴에 미소를 띤 채 말없이 그 점을 가만히 지켜보았다. 잠시 후 정적을 깨뜨리고 입을 열었다.

"단테, 당신이 굳이 제게 말하지 않는다 하더라도 저는 당신이 알고 싶어 하는 것을 이미 다 알고 있습니다. 모든 장소와 시간을 굽어보시는 하느님께 당신의 소망이 비쳐졌기 때문이지요."

"그렇다면 나의 소망을 그대가 이루어 주시오."

베아트리체는 조금도 주저함 없는 그의 요구에 기꺼이 고개를 끄덕였다.

"완전하시며 시작도 끝도 없으신 영원한 하느님께서 천국을 창조하신 것은 그분의 선이나 행복을 쌓으시기 위해서가 아닙니다. 하느님께서는 이미 완전한 선이시기 때문에 그런 것은 있을 수도 없는 일이지요. 하느님께서 인간들에게 거룩한 빛을 비춰주시는 까닭은 사람들이 모두 그분을 닮길 바라시는 마음에서 비롯된 것입니다. 영원부터 사랑하셨으며 또 새로운 사랑을 베풀어 주시는 까닭은 불쌍한 피조물들을 구원하시기 위해서지요."

하느님께서 '나는 곧 나다. 너희 선조들의 하느님 야훼이다'라고 하신 것은 '스스로 있는 자(야훼)'로서 모든 만물에 존재성을 부여하셨음을 의미하는 것이기도 하다.

우리 인간들은 하느님께서 허락하심으로 실체를 드러낸 존재에 불과한 것이다.

"시간을 초월하여 모든 한계를 뛰어넘는 영원 속에서 사랑의 본질이신 하느님께서는 당신 마음대로 창조를 하실 수도 안 하실 수도 있는 것입니다. 즉, 창조는 결코 필연적인 결과가 아니라는 말입니다. 결과적으로 하느님께서는 순수한 의지대로 피조물 안에 당신의 사랑을 나타내신 것이고 피조물들은 하느님의 사랑을 받아야만 존재할 수 있지요."

단테는 고개를 끄덕이며 다시 성서의 한 구절을 떠올렸다.

'땅이 아직 모양을 갖추지 않고 아무것도 생기지 않았는데 어둠이 깊은 물 위에 뒤덮여 있었고 그 물 위에 바람, 영, 혼, 얼이신 하느님의 기운이 휘돌고 있었다.'

이렇듯 하느님께서는 세상을 창조하시기 이전에도 한가로이 휴식을 취하고 계시지 않았던 것이다.

베아트리체는 계속 말을 이었다.

"하느님은 물체가 아니십니다. 물체는 누군가에 의해서만 움직일 수 있으나 하느님께서는 부동不動의 원동자原動者이시기 때문입니다. 물체는 영靈보다 덜 고상하지만 하느님께서는 영보다 더 고상하심은 물론 가장 고귀하신 분이십니다. 형상形相과 질료質料가 결합하여 순수한 존재가 될 수 있는 것은 마치 시위가 셋인 활이 화살 셋을 쏘는 것과 마찬가지입니다. 그렇게 함으로써 본질을 구성하는 요소에 결함이 없는 존재가 나타나는 것이지요."

단테는 그녀에게 다시 확인하기 위해서 되물었다.

"당신이 말하는 활은 신성神聖이요, 시위는 성부, 성자, 성령을 일컫는 것이오? 또 화살 셋은 각각 형상과 물질 그리고 그 혼합물을 말하는 것이오?"

베아트리체는 고개를 끄덕였다.

"그렇습니다. 그리고 천사의 형상과 영혼이 없는 질료가 결합된 것이 바로 인간이지요. 빛이 호박琥珀이나 수정 속을 통과할 때 전혀 시간이 걸리지 않는 것처럼 하느님에 의해 창조된 그 세 개의 피조물은 처음과 마지막의 구별 없이 모두 동시에 완성되어 빛을 발했던 것입니다."

"그렇다면 그 세 개의 피조물 사이에는 우선순위도 없다는 말이오?"

베아트리체는 당연하다는 듯이 말을 받았다.

"물론이에요. 세 개의 실체는 질서나 구성까지 동시에 창조되었고 순수행위가 그 내부에서 생긴 실체는 우주의 정점에 놓여 있습니다. 단순한 질료는 가장 밑 부분에 있는 지구의 위치를 차지하고 중간의 천구에서는 질료와 형상의 힘이 불가분의 관계로 맺어져 있지요."

"하지만 예로니모는 '천사들이 창조된 것은 나머지 세 개가 창조되기 수 세기 이전이었다'고 주장했잖소?"

그는 교회학자였던 예로니모의 학설을 예로 들어가며 그녀의 말에 이의를 달았다.

예로니모는 언어학과 박사학에 관해 교부들 가운데 가장 박식하고 뛰어난 사람이었으며 신·구약 성서를 라틴어로 완역하여 일반인들에게까지 널리 보급했다.

그의 말을 들은 베아트리체는 고개를 내저었다.

"창세기 맨 앞을 보면 '한 처음에 하느님께서 하늘과 땅을 지어내셨다'고 기록되어 있으며, 집회서에는 '영원히 살아 계신 분이 온 우주 만물을 창조하셨다'라고 적혀 있습니다. 이처럼 성서 여러 곳에서 제 말이 명백히 입증되고 있는 것입니다. 그래서 토마스 아퀴나스님은 성서를 인용하여 예로니모님의 이론을 반박했지요."

지상에 발을 딛고 있는 인간이 어떻게 하느님과 우주의 섭리를 명백히 알 수 있겠는가! 그것을 깨달을 즈음이면 그들은 벌써 지상에서 벗어나 영의 세계에 들어와 있을 것이다.

그가 갈피를 잡지 못하고 당황하는 기색을 보이자 베아트리체가 조언을 해주었다.

"당신이 그 모든 부분에 세심한 주의를 기울인다면 스스로 결론을 얻을 수 있을 것입니다."

그러나 그는 자신의 지식으로는 끝없는 의문만 되풀이될 뿐이었다.

"예로니모님의 주장이 왜 틀렸다는 것인지 이해할 수가 없소."

베아트리체는 표정이 굳어져 심각한 말투로 설명해 나갔다.

"당신의 의문은 성서의 권위뿐만 아니라 자연의 논리에도 벗어나는 것입니다. 당신의 말씀대로라면 하늘을 움직이기 위해서 창조된 천사가 하늘도 없이 이미 존재했었다는 말이 되는 것입니다. 이것은 분명 이치에 어긋나는 것이지요."

"아!"

그는 그제야 베아트리체의 말을 쉽게 이해할 수 있었다. 그리고 천사들이 언제, 어디서, 어떻게 창조되었는지 알고 싶어 하던 소망도 이루어졌다.

"거룩한 천사들이여! 천상에서 영광된 빛을 누리시는 이여!"

단테가 천사들을 찬양하자 베아트리체가 고개를 저었다.

"하지만 하느님에 의해 창조된 천사들이라고 하여 모두 다 의롭고 겸손한 것은 아니랍니다. 천사들 중 일부는 창조되자마자 하느님께 반역을 하고 타락하여 하느님을 섬기지 않았지요."

단테는 눈을 휘둥그렇게 뜨고 주위를 둘러보았다.

"천상에 있는 천사들 중에서 하느님을 섬기지 않는 자가 정말 있었단 말이오?"

"지금 이 천상에는 없습니다. 그들은 마음속으로나마 하느님께 반역의 죄를 저지르는 순간 땅, 물, 불, 바람을 이루는 원소가 되어 땅을 향해 번개같이 곤두박질쳐졌습니다. 그리고 하늘에는 의로운 천사들만 남게 된 것입니다. 그들은 당신이 지금 보고 있는 것처럼 거룩한 영혼의 주위를 쉼 없이 돌며 항상 하느님의 곁을 떠나지 않지요."

단테는 벌을 받고 지상으로 쫓겨난 천사들을 생각하며 혀를 찼다.

"쯧쯧! 특별히 하느님의 은총을 받고 태어났음을 깨닫지 못하고 그런 죄를 저지르다니……. 그런데 그들이 타락하게 된 특별한 이유라도 있는 것이오?"

그는 안타까움과 분노의 감정이 뒤섞인 상태에서 베아트리체에게 다시 물었다. 그러자 오히려 그녀가 그에게 다른 질문을 던졌다.

"이미 사탄이 되어 있는 루치펠로를 기억하시는지요?"

단테는 지옥의 대마왕 루치펠로를 떠올리곤 고개를 끄덕였다.

"타락의 가장 큰 원인은 저주받을 교만 때문이었습니다. 당신이 이미 보았듯이 루치펠로는 지구 중심에 떨어져 온갖 무게에 짓눌려 있지요. 지금 여기 있는 천사들은 하느님의 힘에 의해 명철한 자질로 만들어진 만큼 겸허하게 자신들이 하느님의 힘에서 비롯되었음을 인식하고 있답니다."

"베아트리체, 공의로우신 하느님께서 누구에게는 교만을 주시고 누구에게는 따로 겸허함을 주셨단 말이오? 완전하고 의롭게 창조된 천사들이, 더욱이 천사장이였던 루치펠로가 어떻게 자신을 창조하신 하느님께 반역을 할 수 있었단 말이오?"

"하느님께서는 당신의 창조물에게 영혼을 불어넣어 주실 때 그 생명체에게 은총으로서 자유의지를 함께 불어넣어 주셨답니다. 그 은총은 각각 하느님에 대한 애정의 크기에 따라 공덕으로 부여되는 것이니 이 점에 대해서는 추호도 의심할 여지가 없습니다."

단테는 베아트리체의 말을 이해하기 위해 온 정신을 그녀의 말에 집중했다.

"만약 제 말을 귀담아 들었다면 이제부터는 도움을 받지 않더라도 당신 스스로 이 천사들에 대해 여러 가지를 생각하실 수 있을 겁니다."

"그동안 나는 지상에서 천사들은 본능적으로 이해와 기억과 의지를 갖추고 있다고 배웠으며 또 그대로 믿고 있었소. 그러나 이제 그대의 입을 통하여 그렇지 않음을 듣고 보니 새삼스러울 뿐이오."

베아트리체는 지상에서 잘못 가르친 탓에 애매하게 혼란만 일으키고 있는 여러 학파들의 주장에 대해서도 이야기했다. 그가 충분히 이해할 수 있도록 세심한 배려를 하고 있는 것이다.

"천사들은 하느님의 얼굴을 우러러보고서는 너무나 기쁜 나머지 눈을 떼려고 하지 않으니 그 얼굴에는 모든 것이 숨김없이 비쳐집니다. 이와 같이 천사들은 모든 것을 하느님을 통하여 보고 있기 때문에 과거나 미래까지 한눈에 알 수 있지요. 그러니 굳이 지난 일 따위를 회상할 필요가 없는 것입니다. 인간의 지성처럼 추상적인 개념을 가질 필요도 없지요."

"어떤 경우에서든 천사들의 기억력을 설명하는 사람은 지상에서 허황한 꿈을 꾸고 있는 셈이니 입으로만 주장하는 쪽이 죄도 더 하잖소?"

"그렇습니다. 지상의 인간들은 지혜와 원리를 탐구한답시고 철학을 도구로 삼고 있습니다. 진리로 가는 길을 오로지 한 길로만 생각하고 자신의 주장만 내세우고 있지요. 남의 의견은 들을 생각도 않으면서……."

"아마도 자신이 진리를 깨달았다는 착각에서 벗어나기가 두렵기 때문이겠지. 착각 속에서만 희열을 얻을 수 있었을 테니까."

그는 지상에서 보아왔던 수많은 엉터리 철학자들을 떠올리곤 혀를 차지 않을 수 없었다. 자신의 생각에만 몰입된 사람들은 영원히 진리를 깨닫지 못할 게 당연하기 때문이다.

"하지만 그것보다 더 큰 잘못은 성서를 멸시하거나 왜곡하는 것입니다. 생각해 보십시오. 하느님의 말씀인 성서가 땅에 심어져 자라기까지 얼마나 많은 사람들이 피를 흘려야 했습니까? 심지어는 하느님의 아들 예수 그리스도까지 십자가에 못 박혀 피를 흘리시지 않았습니까? 그렇게 하여 얻게 된 진리의 말씀이 얼마나 은혜로운 것인지 지상의 사람들은 모르고 있습니다. 그러니 불쌍하다고 할 수밖에요."

하긴 생각해보면 단테 자신부터 코웃음이 나올 지경이었다. 지상의 대다수 인간들은 티끌같이 보잘것없는 자기 재주를 세상에서 최고인 양 내세우고 있다. 여럿 가운데 어떻게든 돋보이고자 안간힘을 쓰고 있는 것이다. 그런 이들의 머릿속에 과연 성서가 하느님의 말씀으로 남아 있겠는가?

그중에는 하느님의 복된 말씀을 열심히 듣는 척하는 자가 있을지도 모른다. 그러나 사실 그들의 본심은 자신의 이익을 구하는 데 더 급급하다. 가슴에 손을 얹고 하늘을 우러러 진정 하느님의 백성이라고 말할 수 있는 자가 몇이나 되겠는가?

베아트리체는 지상에서 의견이 분분한 사건을 예로 들어가면서 설명해 주었다.

"제법 똑똑하다는 어떤 사람은 이런 말을 합니다. 예수 그리스도께서 수난을 당하실 때 햇빛이 땅에 비치지 않은 것은 달이 뒷걸음질 쳐 태양과 지구 사이로 들어가 태양의 빛이 지상에 이르는 것을 방해했기 때문이라고요. 즉, 때마침 일식 현상이 일어났다는 것이지요. 하지만 그것은 거짓입니다. 사실은 태양이 스스로 빛을 거둬들인 것입니다. 그 때문에 온 세계 사람들의 눈에는 마치 일식 현상처럼 보였던 것이지요. 피렌체에 '라포'와 '빈도'라는 성姓이 아무리 많다 해도 도처에서 일어나는 엉터리 설의 많음에 비한다면 아무것도 아닐 거예요."

단테는 엉터리 설을 주장하는 것도 나쁘지만 그 설을 맹종하는 사람들도 옳지 못하다고 비난했다.

"철없는 양들은 아무것도 모른 채 배가 터지도록 헛바람만 먹고 목장으로 돌아온다오. 이 양들의 무지함에도 잘못이 없다고는 할 수 없소. 그 피해가 당장 눈에 보이지는 않겠지만 언젠가는 막대한 해를 입게 될 것이오. 그때 그들은 피차간에 책임을 면치 못할 게 분명하오."

예수님께서는 첫 제자들에게 말씀하시길 '너희는 가서 세상에 복음을 전파하라'고 하셨지 절대로 '세상에 나가 허튼 소리를 퍼뜨리라'고 말씀하시지 않았다. 그래서 제자들은 그 말씀에 따라 신앙의 싸움에 맞닥뜨려서는 복음서를 방패와 창으로 삼을 수 있었던 것이다.

그러나 요즘 성직자들은 어떠한가. 해학과 익살을 섞어서 설교를 하고 그것으로 청중이 들끓으면 만족하여 더 이상 아무것도 구하려 하지 않는다. 그러나 하느님의 백성들이 성직자의 모자 끝에 깃든 요망한 사탄의 깃털을 발견한다면 자신들이 믿었던 대사大赦의 진상을 알았을 텐데……. 그 사탄이 성직자의 귀에 불어넣어 준 지혜의 이름으로 사탄의 심부름꾼이 죄를 사했음과 교회가 세운 권위의 대사가 아닌 그 거짓 선언으로는 참 구원이 될 수 없음을 알았을 것이다.

베아트리체는 지상에서 일어나고 있는 어처구니없는 일들에 대해서도 이야기했다.

"성직자들의 거짓 사면령을 믿고 있는 청중들은 확실한 근거가 없는데도 말로 구원만 약속하면 덮어놓고 모여듭니다. 이 얼마나 어처구니없는 일입니까? 그 때문에 성 안토니오의 돼지들이 살찌고 그밖에 돼지보다 더 돼지 같은 자들이 가짜 돈을 뿌리며 몸을 불리고 있어요."

성 안토니오는 이집트 코무스에서 출생한 성인으로 20세 때 부모를 여의고 바위굴에 거처를 정하여 20년 동안 나일 강 동쪽기슭에서 살았다.

그는 제자들을 위해 수도원 제도를 창시하여 아타나시우스와 파코마우스의 수도원 제도에 큰 영향을 끼쳤다.

중세기에 이르러 수도회의 제자들은 돼지를 길렀다. 그들은 몽매한 청중들로 하여금 이 돼지를 존경하도록 했다고 한다. 그래서 청중들은 대사大赦를 위한 증거로서 이 돼지를 보살폈다. 그러나 이 돼지들은 수도

자들이 먹기 위한 것에 지나지 않았다.

베아트리체가 말하는 가짜 돈이란 청중을 후려 먹는 수도자들의 위조 사면을 일컫는 것이었다.

"자, 꽤 오랫동안 본론에서 빗나갔으니 이제부터는 바른 길로 향해야겠어요. 길도 시간도 이제 얼마 남지 않았습니다."

베아트리체는 주위를 환기시키더니 다시 천사들에 대한 이야기를 시작했다.

"천사의 수가 어찌나 많은지 인간의 말이나 관념으로는 도저히 헤아릴 수가 없습니다. 다니엘에 의해 표시된 수를 잘 살펴볼 때 그가 '천만'이라고 표현한 말에서 짐작할 수 있을 거예요."

단테는 베아트리체의 말을 듣고 구약 성서에 나오는 예언자 다니엘이 했던 말을 떠올렸다.

'내가 바라보니 옥좌가 놓이고 태고로부터 계신 이가 그 위에 앉으셨는데 머리털은 양털같이 윤이 났다. 옥좌에서는 불꽃이 일었고 그 바퀴에서는 불길이 치솟았으며 그 앞으로는 불길이 강물처럼 흘러나왔다. 천만 신하들이 떠받들어 모시고 또 억조창생들이 모시고 섰는데 그는 법정을 열고 조서를 펼치셨다(다니엘 7 : 9~10).'

"천사들의 수가 인간들의 수만큼이나 많으리라고는 상상조차 못했소. 그 많은 천사들에게 하느님께서 공평하게 광명을 나눠주고 계셨던 거요?"

"그렇습니다. 천사들은 자신들에게 비춰진 하느님의 빛을 여러 가지 형태로 받아들이고 있습니다. 사랑은 하느님을 이해하는 정도에 따르는 것이므로 천사들의 아름다운 사랑에도 각각 뜨겁고 미지근한 차이가 있지요. 하느님께서는 엄청난 수의 천사들 안에 빛을 주고 계시지만 천지창조 이전이나 지금이나 변함없이 스스로 하나이십니다. 당신은 이제 영원하신 하느님의 무한히 높으심과 끝없이 넓으심을 더욱 우러러보아 야 합니다."

DANTE LA DIVINA COMMEDIA 30

정화천 淨化天

날이 점점 밝아옴에 따라 하늘에서 가장 밝은 빛을 내던 별도 그 빛을 잃어버렸다. 이렇게 태양이 지평선에 여명의 보따리를 풀 때쯤이면 하늘을 빛으로 수놓던 별들은 하나둘 자취를 감추어 버리기 마련이다.

그 순간 단테의 영혼을 사로잡던 승리의 천사들이 찬란한 점에서 벗어나 차츰차츰 시야에서 사라져 갔다. 천사들이 모두 모습을 감추자 그의 눈에 보이던 빛들 또한 사라져 버렸다. 갑작스런 어둠이 찾아든 것이다. 단테는 놀라움과 사랑의 힘에 이끌려 베아트리체를 바라보았다.

그녀의 아름다움! 이제껏 그녀에게 보냈던 찬사를 모조리 다 합친다 해도 지금 이 자리에 어울리지는 못하리라. 그가 본 그녀의 아름다움은 인간이 표현할 수 있는 한계를 완전히 초월한 상태였다. 아마도 인간을 창조하신 하느님만이 그녀의 아름다움을 다 헤아리실 수 있으리라.

단테는 베아트리체의 아름다움을 생생하게 전달할 수 없다는 사실에 절망하지 않을 수 없었다. 일찍이 희극이나 비극 작가가 절정의 고비에서 꺾여 좌절하는 것보다도 그는 더 크게 좌절했으며 무엇보다도 자신의 재능이 부족함을 뼈저리게 느꼈다.

눈부신 태양빛에 눈이 아찔해지듯 베아트리체의 아름다운 미소는 회상하는 것만으로도 그의 마음을 설레게 하고 넋을 잃게 만들었다.

단테는 현세에서 그녀를 처음 본 순간부터 지금 이 천상에 이르기까지 서툴게나마 줄곧 그녀를 시로 읊어왔다. 그러나 이제는 한계에 도달한 예술가처럼 베아트리체의 아름다운 모습을 더 이상 따라갈 능력이 없어 멈춰야 할 시기가 온 것 같았다. 살아 있는 인간으로서 지옥, 연옥, 천국과 같이 깊고 높은 문제를 다루는 시의 소재를 이끌어 나가기 위해서는 보다 힘찬 천상의 오케스트라에게 힘을 빌려야 할 것 같았다.

그때 하느님의 특별한 은총을 한 몸에 받고 있는 베아트리체가 마치 제자를 가르치는 스승처럼 자세하게 설명을 시작했다.

"우리는 지금 가장 큰 천구인 원동천 밖으로 나와 순수한 빛이 넘치는 정화천에 올라와 있습니다. 정화천은 곧 빛과 사랑을 의미합니다. 다시 말해 사랑을 안에서 불태우시는 하느님 마음의 빛인 것입니다. 그리고 지복에는 세 단계가 있습니다. 그것은 사랑이 가득한 지성적인 빛이요, 기쁨이 가득한 진실하고 선한 사랑이며, 일체의 감미로움을 초월하는 기쁨입니다."

"오, 사랑과 기쁨의 근원이신 하느님의 은총이여! 언제나 저를 사랑으로 보살피시고 이제 거룩한 이곳으로 이끄셨습니다. 보잘것없는 저의 소원까지 살피시어 일일이 들어주시니 무어라 감사를 드려야 할런지요. 온 천하에 주님의 영광이 가득하시길 원하나이다."

단테는 자신도 모르는 사이 감격의 기도가 새어나왔다. 베아트리체는 기도 소리를 듣더니 부드럽게 미소 지으며 다시 설명했다.

"이제부터 당신은 천국 병사의 첫째와 둘째 군대를 볼 것입니다. 그 하나는 지옥의 대마왕 루치펠로와 싸운 의로운 천사들이지요. 그들은 오직 하느님을 바라봄으로써 행복을 느끼고 있답니다. 그리고 다른 하나는 지상에서 세속적인 악마와 싸운 복된 영혼이지요. 특히 이곳 정화천에 있는 영혼들은 최후의 심판 때 갖게 될 그 육신의 옷을 입은 상태로 나타날 것입니다. 왜냐하면 그들을 가려주는 빛이 없기 때문이죠."

순간적으로 번쩍인 번갯불을 보고 나면 그 다음에는 아무리 밝은 빛의 움직임조차 눈에 들어오지 않는 법이다. 그와 마찬가지로 홀연히 어떤 빛의 장막이 단테를 둘러 비추며 감싸버렸기 때문에 그는 아무것도 볼 수가 없게 되었다.

그때 어디선가 온화하면서도 은근한 목소리가 들려왔다.

"빛과 사랑으로 이 천국을 평화롭게 하시는 하느님께서는 이곳으로 올라오는 사랑스런 영혼들이 하느님의 빛을 받기에 합당하도록 배려해 놓은 뒤 반겨주십니다."

이 몇 마디가 그의 귀에 들리자마자 단테의 몸에 갑작스럽게 활력이 솟아오르는 것이 아닌가! 그는 가슴이 두근거리고 머리가 상쾌해지면서 자신의 힘을 능가하는 그 무언가를 느꼈다. 눈에도 새로운 시력이 열리는 듯 갑자기 눈앞이 밝아졌다. 이제 그의 눈은 어떤 밝은 빛이라도 견뎌낼 수 있게 되었다.

시력을 되찾고 가장 먼저 볼 수 있었던 것은 눈앞에 펼쳐진 찬란한 빛의 강물이었다. 그 모습은 요한묵시록의 한 구절을 그대로 옮겨 놓은 듯했다.

'그 천사는 또 수정 같이 빛나는 생명수의 강을 나에게 보여주었습니다. 그 강은 하느님과 어린양의 옥좌로부터 나와 그 도성의 넓은 거리

한가운데를 흐르고 있습니다(묵시록 22:1~2).'

봄이 되면 형형색색 물든 강변의 양 기슭 사이로 햇살을 받아 보석처럼 빛나는 시냇물이 흐르는 것을 본 적이 있을 것이다. 그처럼 무수히 반짝이며 한줄기로 흘러내리는 빛의 무리가 눈에 보였다. 그 빛 속에서 생생한 불꽃을 일으키고 있던 천사들이 사방으로 흩어져 있던 복된 영혼들 속으로 떨어졌다. 그 모습이 얼마나 아름답던지 마치 황금에 홍옥을 아로새겨 놓은 것 같았다. 이어서 어떤 천사의 불꽃은 영혼들의 향기에 취한 듯 그들 안에 묻혔고 어떤 천사는 솟아올랐다. 그 모습이란 물고기가 폭포를 타고 오르는 듯했다.

"당신이 보고 있는 광경에 대한 궁금증이 더 깊어질수록 저의 기쁨도 커진답니다. 하지만 그 소망이 더 이상 커지기 전에 당신은 어떤 것이라도 감당할 수 있는 시력을 갖춰야만 합니다."

그녀는 잊지 않고 단테를 위해 성실한 충고를 덧붙였다.

"저 빛의 흐름 속에 잠기는 듯 솟아오르는 천사들과 복된 영혼들의 웃음은 사실 그들 실체의 그림자에 지나지 않아요. 저 빛들은 원래부터 희미한 것이 아니라 당신의 시력이 저렇게 높은 곳까지 보기에는 부족하기 때문이랍니다."

평소보다 늦게 잠이 깬 아기가 고개를 돌려 엄마 젖을 간절히 찾는 동작이 제아무리 빠르다 할지라도 지금 시력을 높이고자 천사의 생명수가 흐르고 있는 곳으로 몸을 기울인 그보다는 빠르지 못할 것이다.

단테는 정신을 모아 눈의 초점을 맞추고 보다 잘 보기 위해 물결 사이로 몸을 굽혔다. 이렇게 빛의 강물을 마시고 나자 조금 전까지 강처럼 길게 보이던 것이 신기하게도 둥글게 보였다.

탈을 써서 얼굴을 가리고 있던 사람이 그 탈을 벗고 본 모습을 드러낼 때면 전혀 딴사람처럼 보이듯 눈앞이 흐려져 있을 때는 형체를 잘 알 수 없었던 것들이 지금 그의 눈앞에 너무도 선명하게 또렷이 드러났다. 복된 영혼들과 천사들이 축제를 벌이는 모습과 천상의 두 궁궐이 보인 것이다.

"오, 하느님의 빛이시여! 당신의 빛을 받고 진실한 왕국의 드높은 천사들을 보았나니 제게 힘을 주시어 본 대로 말할 수 있게 하옵소서."

인간은 하느님의 모습을 보고 마음의 평화를 얻기 마련이다. 인간에게 하느님의 모습을 비춰주는 빛이 저 위에 있었던 것이다. 빛은 둥글게 뻗어 있었고 그 테두리는 태양의 둘레보다 더 넓게 퍼져 있었다. 그것은 온통 원동천의 꼭대기에 반사된 빛으로 거기에서 생명과 활력을 얻고 있었다. 또한 계곡이 풀과 꽃들로 만발하여 호수에 제 모습을 비춰 보듯 세상을 떠난 영혼들이 구원을 받아 빛 위에서 천 개도 넘는 계단에 제 모습을 비춰 보며 이들을 떠나 위로 솟아오르고 있었다.

맨 아래층이 저렇듯 엄청난 빛을 가지고 있으니 지고천의 가장 꼭대기에서는 어떤 일이 일어나고 있을지 모를 일이었다. 그러나 단테의 눈은 그 넓이와 높이에 시력을 잃기는커녕 오히려 그 기쁨의 질과 양까지 모두 취하고 있었다. 하느님께서 직접 다스리시는 곳은 자연의 법칙이 통하지 않는 법이기에 멀고 가까운 차이도, 크고 작음의 차이도 없었다.

이어 그 빛 속에서 복된 영혼들이 장미꽃 형태를 이루었다. 베아트리체는 하느님의 영광이 찬미의 향기와 더불어 층층이 퍼져 나가는 영원한 장미의 황금빛 속으로 그를 데리고 들어가더니 말했다.

"보세요, 흰옷을 입은 이들이 얼마나 많은가를! 손에 종려 나뭇가지를 들고서 옥좌와 어린양 앞에 서 있는 복된 영혼들이지요. 그들은 이 천국의 넓고 큰 거리를 한가롭게 거닐고 있습니다. 그러나 좀 더 잘 살펴보세요. 이곳의 자리는 벌써 거의 다 차서 빈자리가 많이 남아 있지 않습니다. 그러나 지상은 지금 온통 악취가 풍기고 있어서 이곳에 올 자격이 있는 사람들 또한 거의 없습니다."

베아트리체는 손을 들어 고귀한 옥좌 하나를 가리켰다.

"저 자리는 하인리히 7세를 위해 마련된 것입니다. 지상의 모든 것을 정리하고 당신이 천상 잔치에 초대되기 전 하인리히 7세는 로마의 황제가 될 것입니다. 그분이 로마의 황제 자리에 오른 뒤 질서를 잡은 치적治績으로 이탈리아는 평화를 되찾게 되지요. 그리고 조만간 교회와 국가가 서로 화해할 것입니다."

"그게 정말이오?"

단테는 너무나 기쁜 나머지 함박 웃음을 머금고는 확인하듯 물었다.

베아트리체는 가볍게 고개를 끄덕였다.

"물론이지요. 당신 역시 살아 있는 동안 평화로웠던 피렌체의 본래 모습을 다시 볼 수 있을 거예요."

하인리히 7세는 룩셈부르크 가家의 독일 국왕으로 신성 로마 제국 황제 자리에 올랐다. 그는 오토 1세 이래의 정책을 계승하여 황제당의 환호를 받았다. 그 시기가 바로 피렌체의 황금시대였다.

단테가 하인리히 7세에 대한 생각에 잠겨 있을 때 베아트리체가 그의 생각을 일깨웠다.

"하지만 당시 교황당 일파의 맹목적인 탐욕이 눈을 멀게 했습니다. 사람들은 그 탐욕으로 인하여 유모를 쫓아내고 굶어 죽어가는 어린애와 같이 되어 버린 거예요. 의로운 하인리히 7세 뒤를 이어 클레멘스 5세가 교황의 자리에 오르게 될 겁니다. 그러나 정의로우신 하느님께서는 성직을 이용하여 개인의 이익이나 취하는 그를 거룩해야 할 그 자리에 오래 앉혀 두시지는 않을 거예요. 클레멘스 5세는 교황의 성스러움을 모독한 과실로 마술사 시몬이 있는 저 지옥의 제8옥 세 번째 구덩이에 거꾸로 처박히게 될 테니까요."

베르나르도

예수님께서 흘리신 성스러운 피로 세워진 교회, 예수님 신부의 거룩한 위용이 그의 눈앞에 흰 장미의 모습으로 펼쳐졌다. 세상의 교회는 예수님을 위하여 사탄과 싸우는 교회지만 지금 보이는 천상의 교회는 싸워 승리한 교회이다.

자신들을 창조하고 영광을 베풀어 주신 하느님을 바라보면서 천사들은 찬미의 노래를 부르고 있었다. 큰 장미의 꽃잎 속으로 들어간 천사들은 그곳을 통해 사랑이 충만한 하느님의 옥좌가 있는 곳으로 올라갔다 내려갔다 하며 오르내리는 동작을 반복했다. 마치 벌들이 꽃에서 꿀을 따러 드나들 때의 분주함 같았다.

싱싱한 불꽃으로 타오르는 천사들의 얼굴은 하느님을 향한 사랑의 표시였다. 황금빛 날개는 지혜를, 그 밖에 눈보다 더 새하얀 부분들은 순결함을 나타내는 것이었다. 천사들은 꽃잎 사이를 드나들며 끊임없이 날갯짓을 했다. 그 날갯짓을 통하여 하느님께 받은 평화와 사랑을 이곳

저곳으로 나눠주고 있었다.

저 높은 곳에 계시는 하느님과 복된 영혼들 사이를 천사들이 날아다니고 있었지만 하느님을 직관하고 있는 영혼들의 시야를 절대 가리지 않았다. 더구나 하느님께서 영혼들에게 비춰주시는 영광의 빛은 온 세상 필요한 곳에 충만하게 비춰지고 있었기 때문에 그 어떤 피조물로도 막을 수가 없는 것이다.

아늑하고 기쁨 가득한 이 왕국에는 신·구약 시대에 구원받은 영혼들이 살고 있었다. 이들은 오직 하느님만을 사랑하고 바라볼 뿐이었다.

'이들에게 빛을 비춰주시는 하느님 아버지! 삼위이신 성부와 성자와 성령의 빛이시여, 사랑의 본체시여! 지금 끊임없이 풍파에 흔들리고 있는 지상의 저희들을 굽어 살피시옵소서.'

로마는 한때 이 세상에 다시없을 영화를 누리며 웅장하고 찬란한 문화유산을 남겼다. 그래서 큰곰자리와 작은곰자리의 별이 매일같이 돌고 있는 저 북쪽 땅에서 온 야만인들은 로마의 대리석 건물을 보고는 벌어진 입을 다물지 못했다고 한다.

그처럼 지상 세계에서 하느님이 계시는 천국으로, 유한의 시간에서 영원의 시간 속으로, 썩은 냄새가 풍기는 피렌체에서 거룩한 정의의 나라로 오게 된 단테는 그저 어리둥절할 뿐이었다. 망연히 환희의 기쁨에 휩싸인 그는 말을 하거나 들을 수 없는 지경이 되었다. 그저 제자리에 못 박힌 듯 가만히 서 있을 수밖에 없었다.

성지 순례자들은 마침내 소망하던 성전에 들어서게 되면 여행의 피로도 잊은 채 이곳저곳을 둘러보며 기뻐하기 마련이다. 그리고 고향에 돌아가서 본 것들을 이야기해주고 싶어 벌써부터 마음이 조급해진다. 단테 역시 순례자와 같은 마음이 되어 빛 가운데를 걸어갔다.

사랑을 담은 수많은 얼굴들이 차례로 보였고 하느님의 빛과 저들의 미소가 그 얼굴을 꾸며 주면서도 태도에는 위엄이 갖춰져 있었다. 그는 광대한 천국의 전체적인 모습을 볼 수 있었으나 아직 시선을 어느 한 부분에 고정시키지는 않았다.

단테는 새로운 경이로움과 호기심에 불타 갑자기 머릿속을 스치는 의문에 대한 설명을 듣고자 베아트리체 쪽을 돌아다보았다.

"아!"

그 순간 그는 뒤통수를 한 대 얻어맞은 사람처럼 아찔했다. 당연히 그곳에 있으리라 생각했던 베아트리체의 모습이 보이지 않았기 때문이다. 대신 그 자리에는 백발이 성성한 노인이 흰옷을 입은 채 그를 바라보고 있었다. 노인의 눈과 볼에는 기쁨 어린 사랑의 정이 넘쳐흐르고 있었다. 마치 자애로운 아버지의 모습 같았다.

"베아트리체는 어디에 있습니까?"

노인은 그의 물음에 굵고 부드러운 음성으로 대답했다.

"그녀는 그대의 소망을 풀어 주기 위하여 나를 이곳까지 오게 했느니라."

단테는 어머니를 잃은 아이처럼 똑같은 말투로 다급하게 다시 한 번 물었다.

"베아트리체는 어디에 있습니까?"

그러자 노인은 손을 들어 위쪽을 가리켰다.

"눈을 들어 저기 가장 높은 곳에서부터 세 번째 원을 보아라. 보좌에 앉아 있는 그녀를 발견할 수 있을지니, 그곳이야말로 그녀가 쌓은 믿음에 의하여 정해진 복된 자리이다."

그는 노인의 말에 따라 눈을 들어 위를 올려다보았다. 베아트리체는 그곳에서 하느님의 빛을 후광으로 만들어 쓰고 있었다. 천둥 소리를 나게 하는 저 하늘에서부터 더없이 깊은 바닷속까지의 거리라 하더라도 단테와 베아트리체 사이의 거리와는 비교될 수 없을 것이다.

그러나 지상에서와는 달리 거리를 느낄 수 없는 천상이었기 때문에 바로 눈앞에서처럼 그녀의 모습을 또렷이 볼 수 있었다.

"오, 고귀한 희망의 여인이여! 내 소망은 당신 안에서 굳건하게 이루어졌소. 당신은 나를 구하기 위해 수고를 아끼지 않고 일부러 지옥까지 와 주었소. 내가 지옥과 연옥을 거쳐 이곳 천국에 이르기까지 모든 것을 볼 수 있었던 것은 오직 당신의 자비로운 힘과 사랑 때문이오. 당신은 또 힘이 미치는 한 모든 정성을 기울여 나를 노예의 몸에서 자유의 몸으로 끌어내 주었소. 그 누가 이보다 더 큰 사랑을 내게 줄 수 있겠소!"

단테는 베아트리체를 향해 목청껏 외쳤다. 목소리는 격정으로 떨리고 가슴은 한껏 부풀었다. 그는 그녀에게 마지막 염원을 보냈다.

"베아트리체, 당신의 뜻에 합당하도록 내 영혼에 그 큰 사랑을 심어주시오. 그리하여 지상에 돌아갔다가 진정으로 육체의 옷을 벗게 되는 날, 당신의 뜻을 좇을 수 있게 해주시오."

단테의 말이 끝나자 그녀는 아득히 먼 곳에 있으면서도 미소를 보내왔다. 한동안 물끄러미 그를 바라보던 그녀는 하느님이 베풀어 주신 영원한 생명의 샘이 있는 방향으로 돌아섰다.

이번에는 노인이 입을 열었다.

"희망의 여인 베아트리체는 기도와 거룩한 사랑으로 나를 이곳으로 보냈느니라. 그대가 이 천국을 무사히 순례할 수 있도록 내게 안내자의 역할을 맡겼노라. 복된 영혼들의 영광을 볼 수 있도록 그대를 치료해 주고 하느님을 직관할 수 있도록 도와주는 것이 내 임무니라."

단테는 노인 앞에 공손히 고개를 숙이며 물었다.

"수고를 아끼지 않고 저를 위해 안내자가 되어 주신다니 무엇이라 감사드려야 할지 모르겠습니다. 그런데…… 어르신께서는 누구신지요?"

그의 질문에 노인은 인자한 미소를 띠었다.

"나는 성모 마리아님의 충성스런 종 베르나르도이니라."

"예?"

노인의 이름을 듣는 순간 그는 경이감에 휩싸여 온몸이 뻣뻣하게 굳는 느낌이었다.

"다, 다시 한 번 말씀해 주십시오. 누구시라고요?"

그가 너무 당황한 모습을 보이자 노인은 부드러운 표정으로 다시 대답해 주었다.

"나는 프랑스 다종의 귀족이었던 베르나르도이니라. 사람들은 나를 관상 박사라고 부르기도 했다."

베르나르도는 신학자로 처음 시토의 베네딕트회 수도원에 들어갔다가 후에 클레르보에 새 수도원을 세워 원장이 되었다. 그는 모범적인 수도 생활을 지도했다. 유럽 여러 나라들의 권력자들을 신앙생활에 귀의하게 했기 때문에 정치적인 영향력도 컸다. 그는 신앙에 이성이 개입하는 것을 극도로 기피하여 명상으로 말미암은 하느님과의 감각적 일치를 인간이 도달해야 할 최고의 단계로 삼았고 이것을 그리스도와의 영적 혼인이라고 일컬었다. '자유의지를 버리면 구원의 길이 없다. 그러므로 구원 작업은 이 두 가지의 상호작용 없이는 성취될 수 없다'고 했다. 한편으로 '하느님 아버지, 당신의 뜻이 이러하오니 곧 무엇이든 저희는 마리아님을 통하여 가지게 되나이다'라며 예수 그리스도와 성모 마리아에 대한 깊은 신심을 가지고 있었다.

예수님께서 십자가를 지고 골고다 언덕으로 가실 때 한 여인이 그분께 흰 수건을 바쳤다. 예수님께서는 그 수건으로 얼굴의 땀을 닦으셨는데 예수님의 얼굴이 그곳에 찍혔다고 한다.

그러한 사실을 믿고 저 멀고 먼 유고슬라비아의 크로아티아에서 성지까지 순례 온 촌사람이 정작 그 수건을 쳐다보곤 만족하지 못한 나머지 '우리 주 예수 그리스도, 참으로 인자하신 하느님 아버지! 이것이 진정 당신의 모습이란 말입니까?'하고 되풀이했다고 한다.

그랬던 것처럼, 단테도 저 천국의 평화를 관상觀想에 의해 현세에서 맛본 성인의 세찬 사랑의 불을 보며 그와 같은 심경에 사로잡혔다.

지상에서 이미 천상의 평화를 맛본 베르나르도는 관상을 하여 영혼의 신비성을 주장했다. 철학이 위대하긴 하지만 그보다 더 위대한 것은 신학이며 신학보다 더 위대하고 드높은 것은 사랑이다. 단테는 그러한 사실을 베르나르도의 사랑에서 깨달을 수 있었다.

베르나르도는 그를 바라보며 말했다.

"은총의 아들이여, 그대가 정녕 이 천국의 참 행복을 알고 싶다면 눈을 들어 저 위를 보라. 그대가 머물러 있는 흰 장미의 노란 꽃술에서 저 지상의 밑바닥만 주시하고 있다면 천국의 참모습은 영원히 볼 수 없을 것이다."

단테는 흠칫 놀라 얼른 베르나르도를 바라보았다. 천국의 참모습을 볼 기회를 놓친다면 지금까지의 힘든 순례가 무슨 소용이 있겠는가.

베르나르도는 그때서야 다시 말을 이었다.

"자, 눈을 들어 가장 멀리 있는 원을 보거라. 그러면 그곳에서 하늘의 영광이시요, 우리의 어머니이신 성모 마리아님이 계신 것을 볼 수 있을 것이다. 천상의 모든 백성들은 사랑의 빛이신 그분께 충성을 다하고 있느니라."

베르나르도의 말대로 눈을 들어 바라보니, 흰 장미 맨 위쪽 끝에 유난히 밝은 빛으로 다른 빛들을 압도하고 있는 모습이 보였다. 아침 동틀 무렵, 지평선에 떠오르는 해가 석양에 지는 해보다 더 밝고 찬란하듯 유난히 밝은 그 빛 때문에 사방에 있는 다른 빛들이 기운을 잃은 듯 희미해보였다.

한가운데에서는 천 명도 넘는 천사들이 날개를 펴고 서로 소리 맞춰 찬미의 노래를 부르며 춤을 추었다. 각각 그 모습과 빛이 달랐다. 그들이 노래하고 춤추는 가운데 한 사람, 상냥하게 미소 짓는 아름다운 빛이 보였다. 그 미소는 보는 사람으로 하여금 황홀한 기쁨에 충만케 하는 것이었다.

단테의 어휘가 아무리 풍부하고 상상력에 있어 누구에게도 뒤지지 않는다 할지라도 어찌 이 기쁨의 모습 중 한 부분이나마 표현할 수 있겠는가!

그는 사랑과 기쁨에 도취된 나머지 정신없이 성모 마리아를 바라보았다. 베르나르도 또한 깊은 사랑이 담긴 시선을 성모 마리아 쪽으로 보냈다. 그러자 단테의 눈빛은 한층 더 세차게 열정으로 불타올랐다.

DANTE LA DIVINA COMMEDIA 32

구원과 사랑의 빛

성모 마리아는 베르나르도에게 있어서 늘 기쁨이 솟아나는 샘물이었다. 그는 오랫동안 성모 마리아를 응시하고 있었다. 이윽고 베르나르도가 응시하던 시선을 거두고 단테를 돌아보더니 스승이 제자에게 깨달음을 주듯 엄숙한 표정으로 말했다.

"성모 마리아님께서는 하와로부터 비롯된 인류의 상처를 치유해 주신 분이시다. 저분은 예수님의 구원 사업에 동참하심으로서 스스로 전 인류의 고통을 나누어 지셨다. 그럼에도 불구하고 당신의 발치에 아름답게 서 있는 하와를 그윽한 사랑의 눈길로 바라보고 계시느니라."

그때 성모 마리아님과 하와에 이어서 세 번째 여인이 보였다. 그 여인은 단테의 사랑 베아트리체와 나란히 앉아 있었다. 그녀는 바로 야곱에게 시집갔던 라반의 딸 라헬이었다.

베르나르도는 아무런 내색 없이 이야기를 계속해 나갔다.

"시편을 노래한 시성詩聖 다윗께서 어떻게 태어났던가? 아브라함의 아

286

내 사라와 이사악의 아내 리브가와 므낫세의 아내 유딧을 거치지 않았더냐?"

베르나르도가 말한 유딧이란 여인은 므라리의 딸로서 후에 므낫세의 아내가 된 히브리 여인을 가리키는 것이었다. 유딧은 당시 위세를 떨치던 아시리아의 군대 총사령관 홀로페르네스의 목을 친 것으로도 유명한 여인이다. 그녀는 연약한 여자의 몸으로 바툴리아에서 홀로페르네스를 제거하여 이스라엘에 승리의 영광을 안겨주었다.

"위대한 유딧이여! 그리고 그 밑에서 나온 다윗의 증조모 되는 룻이여! 룻과 보아스 사이에서 태어난 오벳이여, 또 그 밑의 이새여, 그리고 그 아래 위대하고 위대한 왕 다윗이여! 영원히 주님의 영광을 받게 되리라."

다윗의 계보와 그 가문을 찬양한 베르나르도는 다시금 단테에게 입을 열었다.

"위대한 꽃잎들을 그대는 보게 될 것이다. 아름다운 꽃잎 밑에 더욱 아름다운 꽃잎으로 겹겹이 차례차례 서 있는 모습을……."

단테는 베르나르도에게 질문 한 가지를 던졌다.

"그런데 어째서 아름다운 꽃잎인 복된 영혼들이 구약과 신약 시대로 서로 나뉘어 있는 것이지요?"

그는 주저하는 기색 없이 곧바로 대답해 주었다.

"그 까닭은 바로 구약시대와 신약시대의 시대적 차이에서 기인하는 것이다. 구약시대나 신약시대나 오직 한 분이신 예수 그리스도를 믿는 신앙은 하나이다. 하지만 장차 오실 예수님을 그리워하는 구약시대의 사람들과 이미 오신 예수님을 따르는 신약시대 사람들이 서로 같을 수는 없는 것이다. 그렇기에 저렇듯 따로따로 나뉘어져 있는 것이다."

베르나르도의 설명은 구약시대 사람이라고 해서 모두 구원을 받지 못하는 것은 아니라는 뜻이었다. 그 당시에도 장차 오실 예수님을 굳게 믿었던 사람들은 비록 예수님을 보지 못한 채 죽었지만 모두 구원을 받아 연옥에서 천국으로 올라왔다는 것이다. 그리고 저 오른쪽에 보이는 빈자리는 앞으로 구원받아 천국에 오를 영혼들로 채워질 것이라고 했다.

"저곳에 서 있는 자들은 이미 오신 예수님을 굳게 믿은 자들이다. 저들은 현세에서부터 성령의 은총을 가득 입었지. 그리고 저 오른쪽의 빈자리는 바로 유다 광야에서 '회개하라, 천국이 가까이 왔다'고 외쳤던 세례자 요한님의 자리이다."

세례자 요한은 정의로움을 행동으로 실천하다가 그만 순교한 사람이었다. 그는 헤로데 왕이 자기 동생 필립보의 아내 헤로디아를 취한 불륜을 지적했다가 옥에 갇히게 되었다. 그러나 헤로디아의 딸 살로메의 간청으로 목이 잘려 쟁반에 올려지는 수모를 당하고 지옥의 림보까지 내려가게 되었던 것이다.

"그분은 예수님의 구속求贖으로 구원될 때까지 2년 동안이나 지옥에 머물렀다. 예수님께서 말씀하시기를 '여자가 낳은 자 중 세례자 요한보다 큰 인물은 없다'라고 하셨느니라."

"그렇다면 세례자 요한님의 아래쪽에 보이는 저 많은 빛들은 대체 어떤 영혼들인지요?"

"저 빛들은 바로 프란치스코와 베네딕투스, 아우구스티누스 등 수많은 복된 영혼들이 둥글게 원을 만들어서 이곳저곳에 흩어져 있는 것이다."

단테의 궁금증이 어느 정도 풀리자 베르나르도는 화제를 돌렸다.

"그대는 이제 하느님의 영원한 섭리를 보게 될 것이다. 그러니 신앙의 참 모습들을 잘 살펴보기 바란다. 구약시대나 신약시대 모두 하느님의 구원을 받을 수 있었으나 구약시대에는 완전한 구원이 아닌 노예의 법에 의하여 구원이 이루어졌다는 사실을 알아둘 필요가 있다. 그러나 구약시대나 신약시대나 한결같이 예수 그리스도의 구속으로 이 꽃동산은 채워지고 있느니라."

그는 손가락을 길게 뻗어 한 가운데를 양편으로 나누어 놓고 있는 층계 아래를 가리켰다.

"저곳을 보아라. 저곳은 아직 이성이 갖춰지지 않은 어린 영혼들이 앉아 있는 곳이다. 아기들은 자신이 쌓은 공이 아직은 없기에 저렇듯 예수님의 사랑으로 이루어지는 구원 덕분으로 저곳에 불림을 받고 앉아 있는 것이다. 그것은 모두 자유의지에서 오는 진정한 선택을 가지기 전 육체를 벗어난 영혼들이기에 가능한 것이니라."

단테가 그곳을 주의 깊게 살펴보니 정말 베르나르도가 말한 것처럼 아기들의 영혼들이 있었다. 하지만 그는 또 다른 의문을 품지 않을 수 없었다.

"아기들의 영혼은 쌓은 공도 없는데 어떻게 의롭고 거룩한 영혼들만 머무는 이곳으로 들어올 수 있었을까요?"

그는 알 듯 말 듯 미소를 지으며 대답했다.

"엉뚱한 생각에 묶여있는 그대의 매듭을 내가 풀어주겠다. 저들은 다시는 주리지도 목마르지도 않을 것이며 태양이나 그 어떤 뜨거운 열로도 저들을 괴롭히지 못할 것이다. 또한 하느님께서는 저들의 눈에서 모든 눈물을 씻어주실 것이다. 이제는 죽음도 없고 슬픔도, 울부짖음도, 고통도 없을 것이다. 그들에게는 이런 것들이 모두 사라지는 하느님의 은총이 있었기 때문이다."

이 영광의 천국에는 어느 것 하나 우연함이 없었다. 이곳에서 보이는 모든 것들은 전부 영원한 하느님의 법칙으로 세워져 있어서 마치 반지가 손가락에 꼭 맞게 만들어지는 것처럼 완벽하게 이루어져 있는 것이다. 지상에서 올바른 삶을 누릴 새도 없이 이곳까지 달려온 저 어린 영혼들에게 베푸시는 하느님의 은총도 그와 마찬가지였다.

"인간은 원래 하느님의 종으로 창조되었느니라. 모든 것이 그분의 뜻에 따라 움직이며 계획된다. 이 모든 것은 성서에 뚜렷하게 밝혀져 있으니 그대뿐만 아니라 지상의 모든 사람들은 다 알 것이다. 그러나 하느님께서 내리시는 은총이 모두 같은 것은 아니니라. 에사오와 야곱의 일화에서 그것을 엿볼 수 있을 것이다."

이사악의 아들 에사오와 야곱은 쌍둥이 형제였다. 이사악의 아내 리브가는 아기를 갖지 못하자 그녀의 남편 이사악은 하느님께 아기를 갖게 해달라고 기도했다. 결국 아내 리브가는 임신을 하게 되었다. 그러나 이상하게도 뱃속에 든 아이가 서로 싸우는 것이었다. 리브가가 하느님께 고통을 하소연하자 하느님께서 리브가에게 말씀하셨다.

"너의 태에서 두 민족이 나올 것이다. 태에서 나오기도 전에 두 부족으로 갈라졌는데, 한 부족이 다른 부족을 억누를 것이다. 형이 동생을 섬기게 될 것이다(창세기 25: 23)."

달이 차서 아이가 태어났다. 하느님께서 이미 예고하신 대로 쌍둥이였다. 먼저 태어난 아이는 살결이 붉은 데다 온몸이 털투성이였다. 그래서 이름을 에사오라고 짓고 둘째로 태어난 아이는 에사오의 발꿈치를 잡고 나왔다 하여 야곱이라고 지었다. 그는 하느님의 은총을 입은 자였다.

"이처럼 아직 태어나지도 않고 선이나 악을 행하지도 않았지만 하느님의 뜻에 따라 그들은 택함을 받게 되느니라. 그것은 그 자신의 행동 때문이라기보다는 오직 택하시는 이의 높은 섭리 때문이다. 에사오와 야곱에게 내린 은총의 빛에 차이가 있는 것도 모두 그 지고한 섭리에 의

한 것이니라."

베르나르도의 설명으로 이제 어느 정도는 이해할 수 있었다. 저 어린 영혼들이 비록 쌓은 공덕은 없지만 천국의 여러 층에 자리 잡고 있는 이유를 알 것 같았다. 그것은 처음부터 하느님의 섭리에 따라 각기 다른 은총을 입은 까닭이었다.

아담으로부터 아브라함 시대까지는 장차 오실 예수 그리스도를 믿는 부모들의 신앙에 따라 아기들이 구원을 받기에 충분했으나 그 이후로는 그렇게 되지 않았다. 하느님과 아브라함의 계약에 의해 남자들은 비록 불완전하나마 세례 의식으로서 할례를 받아야만 비로소 천국에 오를 수 있었던 것이다.

그러나 예수님께서 오신 이후인 신약시대에 이르러서는 예수 그리스도의 완전한 세례를 받지 않으면 비록 죄가 없는 아기일지라도 지옥의 림보에 가서 머물러야만 했다.

"그대는 어서 고개를 들고 저 성스러운 성모 마리아님을 보라. 저분은 그리스도와 가장 닮은 분이시다. 저분의 얼굴에서 발산되는 빛을 받아야만 예수님을 뵐 수 있는 능력을 받게 되느니라."

베르나르도가 큰 소리로 외치자 단테는 고개를 들고 성모 마리아님을 바라보았다. 마치 저 높은 지고천까지 오를 수 있는 자격을 얻은 것 같은 기쁨으로 성모 마리아님께 얼굴을 향했던 것이다.

그때 그는 찬란한 무지개가 세상을 비추는 그분의 아름다움을 보았다. 지금까지 보았던 그 어느 것도 이처럼 그를 놀라게 한 적이 없었다. 그 무엇도 그토록 황홀하게 한 적은 없었으며 이처럼 예수 그리스도와 닮은 모습을 본 적 또한 없었다.

성모 마리아 앞에는 여러 천사들이 날개를 활짝 펴고 있었다. 이어서 천국의 모든 영혼들이 성모 마리아를 찬양하기 시작했다.

"은총이 가득하신 마리아님, 항상 기뻐하소서!"

가브리엘 대천사가 노래하는 모습도 보였다. 곧이어 성모 마리아께서 이 성스러운 찬미가에 화답했고 그들은 모두 눈부시도록 찬란한 빛을 뿜어내고 있었다.

마치 떠오르는 태양빛에 의해 새벽별이 반짝이듯 성모 마리아로부터 빛을 받음으로써 더욱 성스럽게 변모된 베르나르도에게 단테는 가르침을 구했다.

"거룩하신 스승 베르나르도님, 영원하신 자리를 떠나 이 아래에까지 내려오셔서 저를 보살펴 주시니 참으로 감사드립니다. 그런데 찬미가에 화답하고 계시는 성모 마리아님 앞에서 날개를 활짝 펴고 있는 저 천사들은 누구입니까?"

그 천사들은 확실히 그의 궁금증을 부채질하고 있었다. 어디선가 본 듯도 하였지만 너무나 강렬한 빛에 싸여 있어 좀처럼 알아볼 수 없었기 때문이다. 모든 천사나 영혼들 안에 있는 늠름함과 우아함이 그 천사들에게서 드러나고 있었다.

"우리도 저 천사들처럼 되기를 소망하고 있다. 저기 성모 마리아님 가장 가까운 곳에서 큰 기쁨을 누리고 있는 두 분은 인류의 아버지인 아담과 그리스도교의 첫 창시자인 베드로이시다."

그는 그제야 고개를 끄덕일 수 있었다. 아담은 비록 교만과 탐욕으로 선악과를 맛보아 인류에게 원죄의 짐을 지워 준 장본인이었지만 그는 장차 오실 메시아를 믿었던 첫 번째 사람이기도 했다.

또 그 오른편에 서 있는 베드로 역시 그리스도를 세 번이나 부인하는 어리석음을 저질렀으나 자신을 희생하고 반석으로 삼아 예수 그리스도의 교회를 세운 선구자였다.

"또 한 분은 예수님께서 가장 사랑했던 제자 요한으로, 창과 못에 의하여 흘린 그리스도의 보혈을 얻은 신부(교회)의 슬픈 미래의 모습을 죽기 전에 미리 본 분이시다."

사도 요한은 사랑의 사도로서 그의 이름은 '주의 은총, 주의 은총을 간직한 사람, 계시를 받고 있는 사람, 하느님의 선물을 받은 사람' 등 네 가지의 뜻이나 가지고 있었다.

"사도 요한님은 천국에 대하여 다음과 같이 말씀하셨다. 천국의 궁전은 눈부신 보석으로 채워져 있고 이상한 광휘로 빛나고 있으며 영원한 온갖 즐거움이 넘쳐흐르고 있는 곳이라고……."

성모 마리아 곁에는 이스라엘 백성을 이끌고 홍해를 건넜던 모세의 모습도 보였다. 그는 하느님께서 주신 만나로 이스라엘 백성들을 먹이며 사십 년 동안이나 광야에서 인도했던 인물이다.

또 베드로 맞은편에는 성모 마리아의 어머니 안나의 모습도 보였다. 그녀는 당신의 거룩한 딸을 보면서 너무 기쁜 나머지 끊임없이 '호산나'를 노래하며 한시도 딸에게서 시선을 떼지 않았다.

아담의 뒤에는 믿음의 여인 루치아가 앉아 있었다. 그녀의 이름은 '믿음의 빛과 광명'이라는 뜻을 가지고 있었다.

"루치아는 그대가 세상의 암흑에서 방황하고 있을 때 희망의 빛 베아트리체에게 달려가 그대를 구하도록 하신 분이다."

물론 단테는 그 사실을 잘 알고 있었다. 루치아는 시칠리아 섬의 시라쿠사에서 태어난 여인으로 디오클레아누스 황제의 박해로 순교한 초대교회의 선봉장이었다. 그녀는 하느님께 종신서원終身誓願을 했기에 귀족 아들의 구혼을 거절했고 여기에 분개한 그 귀족의 고발로 가톨릭 신자

임이 발각되어 붙잡히게 되었다.

사악한 시라쿠사 지사는 그녀에게 온갖 수단으로 배교를 강요했다. 심지어는 육체적 능욕까지 보이려고 했으나 실패했을 뿐더러, 장작을 쌓고 불태워 죽이려고 했으나 살아남는 등 늘 하느님의 보호하심을 받았다. 하지만 결국 잔악한 인간들에 의해 목이 베어졌다. 그러나 그녀는 목이 베어진 상태에서도 수 시간 동안이나 살아 있는 기적을 보여주었고 하느님을 모시는 기쁨을 간직한 그대로 영원한 정배淨配 예수 그리스도를 찾아 천국에 오르게 되었다.

"이제 그대가 천국의 모습을 보고 있을 시간도 얼마 남지 않았다. 그러니 서둘러 태초에 하느님의 사랑이 있는 곳을 향해 눈을 돌리도록 하자. 그대는 저 거룩한 빛을 꿰뚫어 볼 수 있어야만 하느니라. 하지만 지금 그대의 능력만으로는 하느님이 계신 곳까지 오르기가 힘들 것이다. 현재로선 오직 성모 마리아님의 간구懇求하심이 필요할 뿐, 달리 방법이 없느니라. 그대여, 이제 모든 허울을 벗어 던지고 사랑 하나만 간직한 채 나를 따르도록 하라."

베르나르도는 단테를 돕기 위해 모든 노력을 다하고 있었다. 그는 정화된 거룩한 몸가짐을 위해 성모 마리아께 봉헌의 기도를 올렸다.

영원불멸

베르나르도는 격정과 기쁨에 찬 목소리로 성모 마리아를 찬미했다. 그는 예수 그리스도를 잉태한 그녀의 위대함을 칭송하는 것으로 시작했다.

"성모 마리아님! 예수 그리스도께서는 하느님과 일체시니 당신의 아드님이 곧 하느님이시기도 합니다. 그렇듯 높고 존귀하신 분임에도 당신은 이미 하느님으로부터 원죄 없이 태어나신 협력자로서 온 누리 모든 피조물 중 가장 겸손하시고 또한 가장 순박하신 분입니다. 하느님께서는 세상을 창조하시면서부터 당신이 구세주의 어머니가 되실 것을 이미 섭리하셨나이다."

처녀 마리아가 가브리엘 대천사로부터 하느님의 전갈을 받았을 때, 그녀는 그 섭리에 순종했다.

"이 몸은 처녀이옵니다. 어찌 그런 일이 있을 수 있겠습니까? 하지만 이 몸은 주님의 종이오니 지금 말씀대로 내게 이루어지기를 바랍니다

(루가 1: 34~38)."

처녀 마리아는 하느님께서 자신을 선택하셨다는 생각에 가슴이 설레었다. 그것은 주님께서 여종의 비천한 신세를 돌보셨다는 환희에서 비롯된 것이었다. 그녀는 하느님의 은혜로우심에 마음을 다해 감사드렸다.

"이제부터는 온 백성이 나를 복되다 하리니 전능하신 분께서 나에게 큰일을 해주신 덕분입니다. 주님은 거룩하신 분, 주님을 두려워하는 이들에게 대대로 자비를 베푸십니다. 주님은 전능하신 팔을 펼치시어 마음이 교만한 자들을 처벌하셨습니다. 권세 있는 자들을 그 자리에서 내리치고 보잘것없는 이들을 높이셨으며 배고픈 사람은 좋은 것으로 배불리시고 부유한 사람은 빈손으로 돌려 보내셨습니다(루가 1: 48~53)."

베르나르도는 하느님을 찬양하는 노래를 불러 화답했다.

"당신의 종 이스라엘을 도우셨습니다. 우리 조상에게 약속하신대로 그 자비를 아브라함과 그 후손에게 영원토록 베푸실 것입니다(루가 1: 54~55)."

그는 구세주이신 하느님을 찬양했고 이스라엘에 베푸신 하느님의 업적을 회상하고 있었다. 또한 아브라함에게 예언한 하느님의 계획이 성모 마리아와 그의 태중에서 태어난 예수님을 통하여 이루어졌음을 감사드렸다. 그리고 다시금 성모 마리아를 찬미하기 시작했다.

"당신께서는 처녀의 몸으로 아기를 잉태하는 고통도 인내하신 분이십니다. 그리고 겸손과 순종의 모범을 보여주셨습니다. 당신의 태중에서 태어난 분은 인간을 향한 하느님의 사랑의 결정이셨습니다. 그분으로 인해 인류는 다시금 사랑으로 타오를 수 있었고, 그 뜨거움으로 영원한 평화 속에 이렇게 많은 천국의 장미가 피어날 수 있었습니다."

단테 역시 베르나르도의 생각과 다름이 없었다. 성모 마리아는 놀라운 하느님의 계시와 선택을 받고 자칫 교만해질 수 있었음에도 불구하고 결코 겸손함을 잃지 않았다.

"하늘의 어머니시여! 당신은 참으로 크시고 넓으시옵니다. 하느님의 은총을 구하면서도 당신께 의탁하지 않은 자, 그런 자의 소망이야말로 날개 없이 날려고 하는 것과 같은 우매한 짓임을 저희는 잘 알고 있나이다."

성모 마리아께로 향하는 베르나르도의 찬미의 노래는 끝이 없었다.

"인류의 어머니 마리아님, 당신의 인자하심은 소망하는 자에게 희망이 되고 있습니다. 당신 안에는 자비와 어여삐 여기심과 은혜로우심과 피조물 안에 있어야 할 좋은 것은 무엇이든지 어우러져 있나이다."

베르나르도는 이윽고 단테에 대한 얘기를 꺼냈다.

"이미 거룩한 어머니이신 당신의 도우심으로 당신과 당신의 아드님이 머물렀던 지상에서 이곳까지 각각 영혼들이 쌓아 놓은 생애를 하나하나 보아온 이 사람 단테를 지켜봐 주옵소서. 지금 그가 어머니 마리아님의 은총을 구하오니 주의 깊게 들어 허락하소서. 그가 마지막 구원을 향해 눈을 높이 들어 올릴 수 있도록 당신께서 하느님 아버지께 간구하여 주옵소서."

단테가 지금 하느님을 뵙고자 하는 조급한 마음은 그 어느 것에도 비교할 수 없을 정도로 간절했다. 그는 베르나르도의 말에 용기를 얻어 직접 성모 마리아를 향해 간곡하게 부탁했다.

"아름다운 이시여! 제가 비록 천국의 모든 것에 어울리기에는 부족하고 부족하오나 부디 소망하건대 저의 기도를 들어 허락하소서. 사랑하는 나의 어머니시여, 당신의 은혜에 힘입어 저로 하여금 인간의 허물을 벗게 하소서. 제게 천국의 더없는 기쁨을 맛볼 수 있도록 은총을 베풀어 주소서. 성모 마리아님, 당신은 무엇이든지 다 뜻대로 하실 수 있는 구세주의 어머니시옵니다."

옆에 있던 베르나르도도 그를 도왔다.

"그가 하느님을 뵙고 새롭게 태어날 수 있는 계기를 만들어 주소서. 하느님의 지고한 사랑과 끝없는 은혜로우심을 체험하여 고통스러운 자기정화의 과정을 거쳐 사랑을 잃지 않도록 보호하소서. 저의 기도가 헛되지 않도록 베아트리체와 모든 성인 성녀들이 두 손을 모아 함께 기도하고 있나이다."

하느님께서 창조주로서 사랑하고 예수 그리스도의 어머니로서 섭리하신 성모 마리아! 인간으로 태어난 사람 중에 그리스도와 함께 가장 거룩한 성모 마리아! 인간의 육신까지 예수님께 하늘로 불러올리심을 받으신 분! 그 성스러운 분이 지금 기도를 봉헌하고 있는 베르나르도를 그윽한 사랑의 눈길로 바라보고 있었다. 그것만으로도 그의 기도가 얼마나 진실 되고 간절한 것이었는가를 알 수 있었다.

이윽고 창조주의 어머니 성모 마리아는 눈길을 돌려 영원하신 빛 하느님을 바라보았다. 그 어떤 피조물도 그처럼 밝은 빛으로 볼 수는 없을 것 같았다. 결국 단테는 자신의 소망의 마지막 열망이었던 하느님을 향해 달려가고 있었다. 정말이지 도저히 믿기지 않는 사실이었다. 그토록 강렬했던 열정이 조금씩 이루어져 가고 있는 것이다. 베르나르도는 잠시도 쉼 없이 그를 지켜보고 있었다. 그는 인자한미소를 지으며 단테에게 위를 올려다보라는 눈짓을 보냈다. 그는 그의 표정을 읽고 위를 올려다보았다.

그 순간 단테의 시선은 영원한 진리이신 하느님의 숭고한 빛 속으로 들어가게 되었다. 아! 이때 그가 본 것들을 어찌 말로 표현할 수 있을까. 그것은 언어로는 표현할 수 없도록 인간의 상상을 훨씬 초월하고 있었다. 마치 잠에서 깬 후에도 꿈의 감동이 여운으로 남아 있듯 그는 정신이 몽롱한 상태였다. 꿈속에서 본 환상들이 시간이 지나면 모두 사라져 버리는 것처럼 이때 본 환상들 또한 금세 사라졌으나 그로 인한 환희만큼은 여전히 그의 마음 안에 아로새겨져 있었다.

그러나 순백의 흰 눈일지라도 따뜻한 봄 햇살 아래에서는 저절로 녹아 없어지는 법이다. 그것은 저 키메의 무당 시빌라가 동굴에 살면서 사람들의 이름과 운명을 나뭇잎에 적어 놓은 것과도 같은 경우이다. 결국 인간의 운명이란 바람 앞에서는 버티지 못하고 그냥 날려가 버리는 나뭇잎처럼 시간에 휩쓸려 사라져버리는 것이다.

단테는 성모 마리아께 간절한 목소리로 거듭 청했다.

"오, 지고한 빛이시여! 너무나 높은 사랑이시여! 인간의 생각을 초월하여 너무도 찬란히 비치는 빛이시여! 당신이 보여주신 것들이 비록 잠시일지라도 제 마음 안에 머물러 제 혀로 하여금 당신의 영광된 빛 중 어느 하나만이라도 후세에 전할 수 있는 은총을 베풀어 주소서."

지금의 거룩한 모습들이 조금이나마 자신의 기억 안에 되살아나 머물게 되기를 단테는 간절히 원했다.

"제가 읊은 시들이 사람들에 의해 낭송된다면 당신의 영광이 세상 백성들에게 더욱 널리 알려질 것입니다. 부디 제 소망을 허락하소서!"

지상에서는 빛을 보면 볼수록 눈앞이 흐려져 아무것도 보이지 않게 되는 법이지만 이 천국에서 본 하느님의 영광의 빛은 보면 볼수록 오히려 더 잘 보였고 기쁨이 충만해졌다. 그러나 그 모든 것을 견뎌낼 수 있었던 것은 그의 눈이 하느님의 무한한 사랑에 초점을 맞추어 머물렀기 때문이었다.

"오, 풍성한 주님의 성총聖寵! 저는 이제 감히 당신의 영원하신 빛에 눈길을 잡아매고자 하옵나이다. 그러나 이 모든 것은 주님께서 사랑으로 허락을 하셔야만 가능한 일이옵니다."

그 영원한 빛의 깊은 곳으로부터 그는 정확히 볼 수 있었다. 온 세상에 하나하나 흩어져 있는 모든 것들이 하느님 아버지의 사랑으로 모아져 한 권의 책으로 묶여지는 것을……. 이곳 천국의 영광에 오른 영혼들의 빛도 영원하신 하느님의 빛에 비하면 티끌보다 더 작은 존재에 지나지 않았다. 우주적宇宙的 형상을 본 단테는 그 엄청난 광경 앞에서 무한한 기쁨을 느낄 수 있었다.

단테는 순간 이아손이 황금양피를 취하기 위하여 아르고라는 배를 타고 콜기스 섬으로 향할 때의 일을 생각해냈다. 그때까지도 바다 위로 배가 지난 적이 한 번도 없었기에 바다에 비친 배의 그림자를 보고 오히려 바다의 신 포세이돈이 깜짝 놀랐다는 이야기를……. 그런 전설이 2,500여 년에 거쳐 사람들에게서 천천히 잊힌 것보다 지금 그가 특별한 은총으로 삼위일체이신 하느님을 볼 수 있었던 한순간의 놀라움을 망각하는 일이 오히려 더 힘들 듯했다.

그가 이처럼 넋을 잃고 꼼짝도 않은 채 하느님의 빛을 뚫어지게 바라보게 된 것은 계속 보면서도 더 보고 싶은 뜨거운 열망이 타올랐기 때문이었다.

하느님은 당신 스스로 계시는 분으로서 가장 완벽한 선善이시며 무한한 분이시다. 그리고 모든 피조물 속에 계시는 영원불변의 존재이시기도 하다.

선善은 의지의 대상이다. 크나큰 선일수록 더욱 의지를 끌어당기는 것이다. 하느님께서는 무한한 선이시기 때문에 자연스레 단테의 모든 본연의 의지 전체를 끌어당겨 당신 이외의 것에 주의를 기울일 자유를 허락하지 않으셨다.

결국 사람은 하느님 앞에서 다른 것을 할 수 없는 것이다. 의지의 대상인 선이 모두 그 안에 들어 있기 때문이었다. 사람이 그 하느님의 빛 안에 머물면 완전하지만 만약 벗어나게 되면 결함투성이가 되어 불완전해진다는 사실을 단테는 깨달을 수 있었다.

자신 같은 사람이 미미한 기억으로 하느님의 영광된 은총에 대하여 표현하고 논한다는 것은 젖먹이 아기가 본능적으로 표현하는 것보다 훨씬 더 부족하다는 사실이 분명했다. 그러나 하느님께서는 불변不變의 존재이시다. 그분은 앞으로의 무구한 미래에도 항상 영원히 그대로 계시는 분이시기 때문이다. 그분은 또한 어떤 다른 모습으로도 변화되지 않는 분이기에 단테는 자신의 부족한 능력으로나마 표현할 수가 있었던 것이다.

하지만 무엇보다도 놀라지 않을 수 없는 것은 그 자신에게 일어나는 변화였다. 하느님을 우러러보면 볼수록 점점 시력이 높아져 순간적으로 보이지 않던 하느님의 거룩한 모습이 차츰 뚜렷해지는 것이었다.

우리가 '세 사람'이라고 말할 때 사람이라는 이름은 셋에게 공통된 단어이다. 그렇듯 영원한 빛이신 하느님께서도 일체一體이시나 세 가지의 위격位格을 가진다. 실제적 관계의 대립은 성부성聖父性과 성자성聖子性 사이에 있고 이것은 두 위격인 성부와 성자를 가리키고 있는 것이었다. 발원Spiratio과 발원을 통한 전개는 그들 간에 서로 대립하지만 성부와 성자와는 다르고 발원은 성부와 성자와 어울린다. 그러나 발원을 통한 전개는 성부와 성자와 두 위격 어느 쪽에도 어울리지 않으므로 그것은 제3의 위격을 가리킬 수밖에 없다. 이것이 바로 성령Spiritus Sanctus인 것이다. 그러나 위격에 적용된 3이란 숫자에서 중요한 것은 질료적質料的 구별이 아니라 형상적形相的 구별로서 초월적 일성一性, unum과 똑같이 초월적인 의미로 이해해야만 한다.

하느님의 이 세 위격들은 하나의 하느님 본성과 하나의 하느님 본질과 하나의 하느님 실체로서 세 위격은 동일하고 영원하며 전능하다. 그러나 이 위격들은 서로 구별되는 것으로, 성부는 스스로 계시는 분이므로 다른 원천을 갖고 계시지 않지만 성자는 성부의 실체로부터 오직 성부에게서 출산出産된 것이다.

하지만 성령은 출산된 것이 아니고 하나의 유일唯一 원리로서 성부와 성자로부터 발출發出되었다. 지금 단테의 눈에 비춰진 하느님의 빛은 마치 무지개 같았다. 성부께서는 빛을 내시고 성자는 반사되는 사랑의 불길이었다.

아, 말이란 생각에 비하여 얼마나 모자라고 미약한 것인가! 인간의 짧은 언어로 하느님에 관한 것을 말하려 하는 것은 마치 원의 둘레를 측정하려고 온갖 헛된 열정을 쏟아 부었던 기하학자의 모습과도 같다.

하느님께서는 당신 안에 스스로 계시고 스스로 당신을 아시며 성부와 성자께서 사랑하시는 성령이셨다. 삼위일체三位一體의 빛 안에서 잉태되어 반사된 또 하나의 빛이 온통 그의 시선을 차지했다. 그 빛은 바로 예수 그리스도의 빛이었다.

단테는 그 빛을 자세히 살펴보았다. 찬란한 빛을 뿜으며 새로이 인간의 모습을 취한 예수 그리스도께서 어떻게 신성과 인성이 합쳐졌는지 알고 싶어 열심히 살펴보고는 있었으나 그에게는 그 신비로움을 깨달을 만한 지혜와 능력이 없었다.

해변의 많은 모래에 대해서도 그 어떤 진리 자체를 다 규명하지 못하여 그 근원을 하느님께 돌리는 것이 인간들이다. 그러니 유독 그만 무지

한 것이 아니며 그것이 당연한 일이 아니겠는가. 은총의 하느님께서는 사랑으로 당신의 빛을 반사시켜 새로운 모습을 취하는 것을 보여주고 계셨다. 결과적으로 단테의 한계는 가장 높은 환상 앞에서 탈진했던 것이다.

그러나 하느님께서 그의 열망과 의욕을 수레의 두 바퀴처럼 고루 돌려주신 덕분에 그 둘은 조화를 이룰 수 있었다. 태양과 다른 모든 별들도 하느님의 크신 사랑에 의하여 움직이고 있었다.

사람에게는 하느님께서 주신 영혼이라는 큰 선물이 있다. 그러기에 이렇게 살아 있는 영혼이 하느님의 은총 안에서 영광의 복락에 영원히 머물러 있다는 것 자체가 크나큰 은총이 아닐 수 없었다. 그러기 위해서는 항상 자신의 마음을 위에 계신 하느님께 향하도록 최선을 다해야만 하는 것이다. 왜냐하면 하느님께서는 시작(α알파)과 끝(Ω오메가)이 없는 영원불멸의 분이시기 때문이다.

끝

그는 자유를 찾아가고 있다.
그것은 목숨을 아끼지 않는 자만이 아는
귀중한 자유다.

편저자의 말

세계 문학의 최고봉이라 불리는 단테의 《신곡》을 소설화한다는 것은
생각할 수 없는 일이었고 나 자신 역시 그럴 자격을 충분히 갖추고 있지
못하다는 것을 잘 알고 있다. 그럼에도 불구하고 이 어려운 작업을 하기
로 결심할 수 있었던 이유 중에 첫째는 작품의 위대함 때문이었고, 둘째
는 읽을 독자의 수가 매우 적다는 현실 때문이었다.

어느 날 나는 평소 친분이 두텁던 분의 권유로 《신곡》을 접하게 되었
다. 물론 그 전에도 작품에 대해서 간혹 들어 알고 있는 터였지만 큰 관
심을 갖지는 않았다. 그러다 이번 기회에 《신곡》을 제대로 한번 읽어봐
야겠다고 결심하며 읽기 시작했는데 작품에 서서히 빠져들다 보니 어
려움이 한두 가지가 아니었다. 전문 1만 3,000여 행에 이르는 시구 가운
데 나오는 고유명사만 해도 1,300개 이상이나 되는 이 방대한 작품을 전
문지식 하나 없이 탐독한다는 것은 보통의 인내심으로는 엄두조차 낼
수 없는 일이었다.

　더욱이 그리스도교, 중세 철학, 헬라 철학, 그리스 로마신화, 성서, 아리스토텔레스의 윤리학 그리고 당시까지의 중요한 역사적 사실 등에 이르기까지 생소한 내용들을 총체적으로 이해하며 작품을 읽어 내려간다는 것이 여간 어려운 일이 아니었다. 그럼에도 불구하고 내가 《신곡》을 끝까지 정독할 수 있었던 가장 큰 이유는 내 지난날의 삶의 모습을 되돌아보게 하는 강렬한 그 무엇인가가 작품 곳곳에 묻어 있었기 때문이다.

　'육에서 나온 것은 육이요, 영혼에서 나온 것은 영이다'라는 인간 본연의 질문을 스스로에게 던지게 된 것이다. 어떻게 사는 삶이 가장 올바른 삶인가, 인간은 죽어서 어디로 가며 또 무엇을 버리고 무엇을 가지고 가야 하는가'라는 종교적, 철학적 의문들이 꼬리를 물며 나의 가슴에 비수가 되어 날카롭게 꽂혔다. 뿐만 아니라 오늘날과 같이 정신보다 물질을 중시하는 시대에 인간의 도덕적 양심과 신앙의 문제들을 과연 어떻게 바라봐야 하는가에 대해 가톨릭 신앙인으로서 영성적 묵상에 이은 반성의 시간을 갖지 않을 수 없었다. 그만큼 《신곡》은 단순히 과거의 역사와 문학, 철학, 종교 등을 이해하는 데 머물지 않고 나에게 현실적 비판과 아울러 미래에 대한 희망을 안겨 주었다.

　나는 그야말로 비장한 각오를 가지고 각종 참고 서적을 찾아가며 많은 시간적 투자와 정신적 노력을 아끼지 않았다. 그 결과 몇 개월이 지나서야 겨우 《신곡》의 마지막 부분을 읽을 수 있었다. 그때 나는 무언가 새로운 것을 발견했을 때의 어린아이처럼, 가슴 벅차고 참다운 삶을 향한 진실한 사랑과 희망의 영원성에 잠을 이룰 수 없었다. 그러나 그 같은 감동의 여운도 잠시 나는 시간이 지날수록 묘한 아쉬움에 휩싸였다. 프랑스의 소설가이자 극작가인 볼테르의 말이 계속해서 나의 귓전을 맴돌았기 때문이다.

'단테의 명성은 더욱 높아질 것이다. 왜냐하면 시간이 지날수록 사람들은 그의 작품을 거의 읽지 않게 될 것이기 때문이다.'

이때 나는 어떻게 하면 《신곡》의 그 진한 감동을 보다 많은 사람들과 함께 공유할 수 있을까 하는 고민에 봉착했다. 그래서 주변 사람들의 다양한 조언과 출판사 내 편집기획 회의를 거쳐 《신곡》을 소설화시키는 데 의견을 모았다.

사실 생각이 하나로 모아지기까지는 많은 이견異見들이 있었다. '원작의 명성에 손상이 가지 않는 범위 내에서 과연 얼마만큼 완성도 있게 옮길 수 있을까'가 가장 큰 어려움이었고, 또 하나는 소설화한다는 것 자체가 무리일 뿐만 아니라 원작을 왜곡시킬 수 있다는 지적이었다. 그러나 소수만이 읽고 자족하는 글이 되기보다는, 아예 읽지도 않고 책장에 꽂아 두는 책이 되기보다는 비록 그것이 원작에는 미치지 못할지언정 나름대로 의의가 있지 않겠느냐는 데 뜻을 모았다.

이번 3부작은 글의 형태나 구조상으로는 분명 소설이지만 개인의 순수한 창작물이라고 말하기는 어렵다. 그 이유는 《신곡》과 관련한 각종 자료들을 참고하여 보다 이해하기 쉽게 옮겨 놓은 글이기 때문이다. 혹자들은 이 같은 작업에 상당한 비판과 아울러 의문을 달지도 모른다.

'과연 《소설 신곡》이 단테의 《신곡》에 얼마나 부합할 수 있겠는가? 그리고 과연 독자들의 반응을 기대할 수 있겠느냐?' 하는 부분에서 말이다. 그런 의미에서도 분명히 밝혀 둘 것은, 결코 이 소설은 원작이 갖고 있는 기본 내용을 부정하거나 왜곡시켜서 쓰지 않았으며 능력이 닿는 한 원작에 충실하려 최선을 다했다는 점이다.

다만 독자들이 반드시 이해하고 넘어가야 할 부분이 있다면 이 소설은 현대적 관점에서 썼기 때문에 14세기 당시의 신학적인 용어나 문학적인 표현과는 어느 정도 차이가 있다는 점이다. 그래야만 단테의 《신곡》과 《소설 신곡》 사이에서 발생할 수 있는 오해의 폭을 다소나마 줄일 수 있으리라 본다.

그 어떤 위대한 문학 작품이라 할지라도 어느 정도 모순된 부분들이 발견되기 마련이다. 반드시 그런 의미에서가 아니더라도 이 소설을 읽고 난 후 많은 독자들이 질책을 가할 것이다. 그것은 무엇보다 《소설 신곡》이 많은 부족한 점을 안고 독자들에게 다가갈 것임을 나 자신이 잘 알고 있기 때문이다.

그러나 단지 양서良書를 보다 많은 독자들과 공유하고자 하는 소박한 꿈을 지닌 한 사람으로서 독자들이 이 책을 통해서 열 가지 중에 하나만이라도 받아들일 수 있다면, 읽지 않고 열을 모두 잃는 것보다 낫지 않겠는가. 그렇기에 나는 《소설 신곡》이 호평을 받든 혹평을 받든 그 평가에 대해서는 연연하고 싶은 생각이 없다. 단지 본래 전달하고자 했던 나의 의도가 왜곡 없이 고스란히 전달되어 처음 단테의 《신곡》을 접하는 독자들에게 다소나마 도움이 될 수 있다면 그것만으로도 내 작은 노력이 헛되지 않은 것이라 믿는다.

《소설 신곡》이 완성되기까지 수고를 아끼지 않았던 분들과 이 책을 읽어주실 독자 여러분들께 심심한 감사의 마음을 전한다.

편저자 최승

단테의 생애

알리기에리 단테Alighieri Dante : 1265~1321년는 호메로스, 셰익스피어, 괴테와 더불어 세계 4대 시성 중 한 사람으로 이탈리아가 낳은 당대 최고의 시인이다. 뿐만 아니라 위대한 사상가였고 활동적인 정치가였으며 종교적 명상가이기도 했다.

그는 영원불멸의 거작이자 인간이 만든 가장 위대한 시가詩歌들 중 하나인 《신곡 Divina Commedia(1308~1321년으로 추정)》을 자신의 조국 이탈리아에 바침으로써 중세의 정신을 종합하여 문예 부흥의 선구자 역할을 했다. 또한 오늘날 인류 문화가 지향해야 할 하나의 보편적 목표를 제시해 주었다.

정확한 날짜는 알 수 없지만 단테는 1256년 5월경 피렌체에서 출생했다. 당시 피렌체는 베네치아와 더불어 유럽의 경제권을 장악했고, 금융·통계술 등이 발달하여 도시가 상당한 부를 누릴 만큼 중세 말 서구 세계에서 가장 번창한 도시 국가 중에 하나였다.

그러나 그러한 물질적인 풍요로움과는 대조적으로 인간의 도덕성은 땅에 떨어졌고 부정부패의 역비례 현상이 피렌체 곳곳에 번져갔다. 아마도 이러한 시대적 상황은 앞으로 우리가 단테의 생애와 작품 세계를 이해하는 데 중요한 요소로 작용하리라 본다.

사실 단테라는 한 개인에 관한 기록은 거의 없는 편이다. 그는 자신의 인생에 대한 직접적인 기록을 거의 남기지 않았기 때문에 우리가 그에 관해서 안다는 것은 지극히 부분적이고 제한적일 수밖에 없다. 단지 보카치오의 《단테의 삶》과 빌라니의 《연대기》 정도가 그의 생애에 대한 간접적인 사실들을 기록해두고 있을 뿐이다. 여기서는 그것을 토대로 하여 그의 발자취를 더듬어 보고자 한다.

그는 겔프당(교황파)을 지지한 피렌체의 귀족 가문 출신으로, 아버지는 알리기에로 디 벨린치오네Alighiero di Bellincione이고 어머니는 벨라Bella라고 하나 그 이상은 알려진 것이 없다. 그러나 고조부 카치아구이다Cacciaguida는 쿠라도Currado 3세 치하에 기사로 신성 로마 제국 황제를 섬겨 십자군 전쟁에 참가하여 전사했다고 언급되어 있다.

단테는 가정에서 라틴어 교육을 받다가 산타 크로체Santa Croce 수도원에서 문법·논리학·수사학의 3학과와 수학·음악·기하학·천문학의 4학예를 배웠다. 특히 그는 수사학에 남다른 관심을 보여 브루네토 라티니Brunetto Latini에게서 사사하기도 했다.

또한 라틴어 외에도 프랑스어, 프로방스어에 탁월한 능력을 보였으며 음악·춤·노래·그림·법률 등 모든 분야에서 조예가 깊었고, 특히 18세가 되었을 때에는 구이토네 다레초Guittone d'Arezzo의 영향을 받아 최초로 시를 쓰기도 했다.

한편 단테는 동급생인 G. 카발칸티와 두터운 우정을 맺었고 고전 연구를 끊임없이 계속하여 V. 베르길리우스의 작품을 섭렵했다. 또한 구이도 구이니첼리Guido Guinizeli의 새로운 시작법詩作法에도 특별한 관심을 가졌다. 그 외에도 단테는 시칠리아파와 토스카나의 귀토네파 서정시에서 받은 영감을 바탕으로 베아트리체를 향한 마음을 노래하기도 했고, 그 후에 청신체파淸新體派시인으로서 시작 경험을 쌓기도 했다.

단테에게 있어서 영원한 여인 베아트리체는 그의 젊은 날을 그린 서정시집《신생(1292년)》에서도 생동감 있고 아름답게 묘사되어 있다. 단테의 나이 겨우 9세 때 마치 천사처럼 순결한 베아트리체를 처음 만나 연모의 정을 느꼈고, 18세 때 다시 만나 그리움으로 애태웠다고 한다. 그러나 그녀는 시모네 디 바르디와 결혼했고 1290년, 젊음과 아름다움의 절정기에 그만 짧은 생을 마감하고 말았다.

그 후 단테가 평소 찬미하던 여성의 이상화가 급속도로 진전되었고 시집《신생》의 후미에 의하면 베아트리체를 위해 대작을 준비하겠다는 소신을 피력했다.《신생》은《신곡》의 중추가 되는 종교적·시적 사상의 싹틈을 엿볼 수 있는 작품으로 단테의 문학과 철학에 대한 깊이와 연구가 본격적으로 시작되는 중요한 시기에 쓰였다.

한편 단테는 베아트리체가 죽을 무렵 아레초의 기벨린당원들과 캄팔디노에서 혈전을 벌인 다음 피사에 대항하여 싸우는 전쟁에 참가하고 있었다.

그러던 중 그녀의 부고訃告를 받고 깊은 고뇌에 빠져 있다가 아리스토텔레스, 키케로, 보에티우스, 토마스 아퀴나스 등을 깊이 연구하며 윤리학·철학·신학에 심취하기 시작했다. 또한 G. 카발칸티와는 더욱더 돈독한 우의를 다지며 자신의 고뇌와 방황에서 벗어나려는 노력을 끊임없이 해나갔다.

1298년경, 피렌체의 도나티 가문의 딸 젬마와 결혼하여 세 아들을 두었다. 그중 둘째 피에트로는 아버지 단테의 문학을 깊이 연구하여 학자가 되었다.

그 후 단테는 정치활동에도 본격적으로 가담하기 시작했다. 당시 피렌체는 겔프당(중산층 옹호)과 기벨린당(상류층 대변자) 사이에 피비린내나는 투쟁이 벌어지고 있었다. 단테는 겔프당에 속해 있었다. 그는 정치적이나 철학적인 면에서 해박한 지식을 갖추고 있었기 때문에 당시 정계에서 중추적인 역할을 담당했다.

1300년, 당시의 교황이었던 보니파티우스 8세의 간섭을 벗어나기 위한 방편으로 이웃나라 산 지미니아노에의 특파 대사를 거쳐 마침내 통령의 한 사람으로 선출되기에 이른다. 또한 그 해에 피렌체를 다스리던 6인의 행정위원 중 한 명이 되기도 했다.

그러나 사회는 더욱더 윤리적인 쇠퇴기에 접어들었고 급기야는 또다시 당쟁의 소용돌이 속에서 헤어나지 못하고 있었다. 겔프당이 흑당과 백당으로 나뉘어져 두 파벌은 권력 확보를 향한 싸움을 끊임없이 전개해 나갔다. 단테는 당시 교황청과 단지오 왕가의 간섭에서 벗어나 피렌체의 독립을 주장했던 백당을 지지했다. 때문에 단테는 교황의 분노를 사게 되어 할 수 없이 흑당에 의해 피렌체에서 추방되었고, 1302년에는 독직 죄로 고소당하면서 벌금 납부와 2년간의 유형을 선고받았으며 공민권을 박탈당했다. 그러나 단테가 이에 응하지 않자 다시 2개월 후에는 추방 명령과 재산 몰수령이 내려졌고, 시 정부에 체포될 경우에는 화형에 처한다는 통고를 받았다. 이때부터 정치적 이유에 의해 강요된 단테의 유랑생활이 끝없이 이어진다. 절망에 빠진 채 단테는 베로나에 가서 바르톨로메오 델라 스칼라의 외교사절이 되기도 하고 마라스피나의

식객이 되기도 했다. 그 뒤 트레비소, 파도파, 루카, 파리 등지를 배회하며 처참한 삶을 영위했다.

당시 그가 생각한 '부당한 단죄에 대한 유일한 대항'이란 백당의 잔당에 가담하여 피렌체를 탈환하는 일뿐이었다. 그러나 백당은 1303년과 그 이듬해에도 패배했고 그러는 동안 단테의 꿈은 점차 수포로 돌아가 결국 일인 일당으로 남게 되었다.

그동안 단테의 눈에 비친 세상은 온통 탐욕과 악으로 가득 찬 것이었다. 그러나 그의 절망은 오래가지 않았고 인류 구원의 길을 가르치려는 사람은 먼저 지옥에 가서 인간이 범한 죄의 실체와 이에 대한 하느님의 판결을 보아야 한다고 결심한다. 그리하여 그 고난과 실의에 빠진 유랑 생활에서도 인간 사회의 모습을 빠짐없이 관찰하여 그 가운데에서 멸하는 것과 영원히 사는 것을 지켜보았다.

《신곡》의 서곡에서 '어두운 숲을 헤매다'라고 표현한 것은 단테가 35세 때인 1300년, 유랑생활을 시작하기 바로 직전에 그의 양심, 예지, 신앙이 심각하게 흔들리고 있음을 간접적으로 보여주는 상징적 문구로 이해할 수 있다. 그 후 단테는 《향연(1306~1308년)》을 썼다. 그 무렵 《신곡》의 구상을 구체화하고 있었다. 《향연》의 내용은 아리스토텔레스 철학과 스콜라 철학을 중심으로 주로 윤리 문제를 다룬 미완의 작품이다.

또한 《리메》, 《칸토니에레》는 대부분 청신체로 베아트리체를 읊었다. 한편 1304~1307년에 걸쳐 《속어론》을 썼는데, 이것 역시 미완의 작품으로 라틴어의 언어 문제와 시작詩作에 관한 내용을 담고 있는 논문이다.

그러던 중 1310년, 단테에게 희망 섞인 소식이 들려 왔다. 다름 아닌 로마 제국의 재건을 위해 독일계 황제 하인리히 7세가 이탈리아에 내려 왔다는 것이었다. 그때 단테는 하인리히 7세가 이탈리아를 구하고 다시 부흥시킬 수 있는 적격자라고 생각했다. 그는 하인리히 7세에게 피렌체를 비난하는 포문을 열면서 탄원서를 보냈다. 여기서 단테는 하인리히 7세를 평화의 사도이며 자유의 수호자로 칭송하고 그에게 토스카나 지방을 공략하라고 권유했다.

이때 추방당한 자들에 대한 일차적인 대대적 사면령이 있었지만 단테만은 제외되었다. 그 후 피렌체를 비롯한 이탈리아의 모든 겔프당의 도시는 맹렬히 하인리히 7세에게 대항하며 나섰다. 게다가 1313년, 갑작스런 하인리히 7세의 죽음으로 인하여 단테의 피렌체 귀환은 다시 한번 물거품이 되고 말았다.

그동안 단테는 《제왕론》을 썼다. 그는 여기서 정의와 평화의 확립, 제국은 각 시민이 선출한 정부에 의해서 통치되어야 하고 이는 신의 가호로써 가능하다고 주장했다. 또한 교황과 황제를 분리하여 교황은 정신계를, 황제는 물질계를 다스려야 한다고 강력히 피력했다. 이 무렵, 피렌체 정부는 다시 한 차례의 사면령을 감행했다.

단테에게도 '자신의 죄를 인정한다고 공식적으로 선언하면 피렌체로 돌아갈 수 있다'는 명령이 내려졌으나 그는 영예롭지 못한 행동이라며 도리어 그것을 반박했다. 이에 격분한 흑당은 단테와 그의 아들에게 사형을 선고하는 궐석재판을 단행했고, 그 후 단테는 라벤나의 영주 폴렌타의 비호를 받으며 《신곡》의 마지막 부분을 완성했다.

최대의 걸작인 《신곡》은 단테의 문학적 · 종교적 사상의 결정체로 《지옥 편》은 1304~1308년에, 《연옥 편》은 1308~1313년에, 《천국 편》은 1314~1321년에 각각 완성되었다. 또한 그의 《농경시》는 친구인 G. 테르 비르지리오에게 보낸 목가牧歌이고, 1302년에 베로나에서 《수륙론》을 강의하기도 했다.

단테는 1321년 9월 14일, 56세의 나이로 라벤나의 영주 폴렌타의 외교사절로 베네치아에 다녀오는 도중에 숨을 거두고 말았다. 그는 오랜 염원이었던 피렌체로의 귀환을 끝내 실현하지 못한 채 덧없이 라벤나의 한 성당 모퉁이에 외롭게 묻혔다.

피렌체에 '단테의 집'이라는 곳이 있기는 하지만 그곳에서는 단테의 흔적이라곤 종이 한 장 찾아볼 수 없을 만큼 초라하기 그지없다. 그가 죽고 오랜 시간이 흘러서야 단테의 무덤을 돌려줄 것을 요구하는 피렌체에게 지금 그는 무덤에서 과연 무슨 말을 할지……. 끝까지 자신을 받아들이지 않고 박해를 가한 피렌체를 원망할는지 아니면 그래도 자신의 조국 피렌체를 아직도 사랑하고 있다고 말할는지 아무도 모른다.

작품 해설

　1307년경부터 쓰기 시작하여 몰년^{沒年} 1321년에 완성된 《신곡》은 밀턴의 《실락원》이나 버니언의 《천로역정》과 더불어 제1급에 속하는 그리스도교 문학의 최고봉이다.

　《지옥 편》, 《연옥 편》, 《천국 편》 3부로 이루어진 《신곡》은 각 편이 모두 33곡으로 되어 있다. 그러나 지옥 편에는 작품 전체에 대한 서곡이 있으니 34곡이라고 해야 보다 정확할 것이다. 모두 합하면 100곡이 된다. 그리고 《신곡》은 각 행이 11음절^{Endecasillabi}로 구성되어 있고 3운 구법^{Terza rima}을 취한다. 각 곡의 길이는 일정하지 않으나 대략 140행 전후이다. 따라서 작품 전체의 총 행수는 1만 4233행에 이른다.

　이것은 《신곡》이 삼위일체^{三位一體}를 상징하면서 정연한 구성을 이루며 설계되고 창작되었음을 뜻하는 것이다. 이처럼 이 작품에서 '3'이라는 숫자는 매우 중요한 의미를 갖고 있다. 한편 10이나 그의 배수 역시 작품 속에서 의미 있게 다뤄진다. 이는 완전함을 뜻하는 것이다.

지옥에서 벌을 받는 영혼들은 아리스토텔레스의 윤리학을 기반으로 절제, 폭력, 사기의 세 가지 순서에 따라 각기 다른 죄의 형벌을 받고 있다. 연옥 편의 영혼들 역시 선과 악의 개념을 바탕으로 불완전한 영혼들, 활동적인 영혼들, 명상적인 영혼들의 세 단계로 나뉘어져 있다.

지옥의 옥들 역시 3의 배수인 아홉 개로 되어 있으며 지옥의 문지기들도 아홉 명, 연옥의 천사들도 아홉 명, 천국에 있는 천사들의 품급도 아홉 가지이다. 그뿐만이 아니다. 지옥 입구에서 단테를 가로막는 짐승들도 세 마리, 단테를 인도하는 시인도 베르길리우스, 소르델로, 스타티우스 세 명이다. 이와 같이《신곡》에서는 3과 9 그리고 10과 100의 숫자가 끊임없이 작용하고 있다. 이는 단테의 의식적인 치밀한 구성에 의한 것으로 보인다.

이 작품의 원제목은 Commedia, 즉 희곡喜曲 또는 희극喜劇이다. 비참한 인상을 주는《지옥 편》을 제외한 나머지《연옥 편》,《천국 편》은 매우 쾌적하고 즐거운 내용을 다루고 있기 때문에 슬픈 시작에서 행복한 결말에 이른다고 하여 그와 같은 제목이 붙여진 것이다.

그런데 보카치오가 Commedia에 형용사 Divina를 덧붙여 부름으로써 오늘날 이 작품이 단순한 희곡의 차원을 넘어 숭고하고 성스러운 뜻을 가진 Divina Commedia(신성한 희곡)라고 불리게 된 것이다.

표면에 나타난《신곡》은 사후 세계를 중심으로 한 단테의 여행담이라고 볼 수 있다. 그러나 무엇보다도 베아트리체를 향한 순수한 사랑, 정치적 이유로 겪어야 했던 고뇌에 찬 오랜 유랑생활 등 폭넓은 인생체험을 통하여 단테 자신의 성장과정을 보여 주고 있는 작품이라고 할 수 있다. 또한 망명 이후 심각한 정치적, 윤리적, 종교적 문제들로 계속 고민해야 했던 단테가 자신의 양심과 고민 속에서 그 해결 방법을 찾아내기까지의 이야기라고도 볼 수 있다.

《신곡》은 단테가 33살이 되던 해의 성聖 금요일 전날 밤 길을 잃고 어두운 숲 속을 헤매며 번민의 하룻밤을 보내면서 시작된다. 다음날 단테가 빛이 비치는 언덕 위로 다가가려 하는데 갑자기 세 마리의 야수가 나타나 그의 길을 가로막는다. 그때 베르길리우스가 나타나 단테를 구해 주고 길을 인도한다.

그는 먼저 단테를 지옥으로, 다음에는 연옥의 산으로 안내하고는 꼭대기에서 사라져 버린다. 그곳에서 베아트리체를 만난 단테는 천국의 가장 높은 지고천至高天까지 이르게 되고, 거기에서 한순간이지만 하느님의 모습을 우러러보게 된다.

이처럼 《신곡》은 단테 자신의 개인적인 체험을 기록한 것이라고 할 수 있다. 때문에 여기서 단테는 인류 영원의 대표자로 상징된다. 그리고 단테를 인도하는 베르길리우스는 인간의 이성과 철학을 상징한다. 그러나 천국을 천력踐歷하기 위해서는 이러한 인간적 능력은 큰 도움이 되지 못한다. 따라서 연옥까지 안내를 맡은 베르길리우스는 단테에게 독립된 행동을 할 수 있는 자유의지를 허락했고, 지도자로서의 자격을 포기한 채 단테를 영원한 연인 베아트리체에게 맡긴다. 여기서 베아트리체는 신앙의 지식과 신학 및 종교적 상념을 상징한다.

한편 《신곡》에서의 골짜기는 지옥, 언덕은 연옥, 하늘은 천국을 각각 상징한다. 아홉 개의 구역으로 분류된 지옥은 영원한 슬픔과 괴로움의 세계를 나타내고, 일곱 개의 구역으로 구성된 연옥은 구원받은 영혼이 천국에 들어가기 전에 우선 그 죄를 깨끗하게 하는 곳이다.

또한 열 개의 구역으로 되어 있는 천국은 인간들이 하느님에게로 이르는 길을 제시하고 있으며 그 결말은 기쁨으로 끝이 난다.

이 작품이 포함하는 영역의 광대함과 그 속에 감춰진 메시지를 보다 깊게 이해하기 위해서는 이 시에 사용된 상징적 대요를 설명한《제정론》을 살펴볼 필요가 있다.

그 책에 의하면 인간은 신이 정했다고 하는 자연계에서의 목적과 초자연계에서의 목적을 향해 살아간다고 역설하고 있다. 현세에 있어서의 행복, 즉 지상낙원을 건설하기 위해서는 윤리적·지적 미덕이 명하는 바에 따라 살아가야 하며 제2의 목적, 즉 영원의 행복을 얻는 길은 하느님의 은총에 힘입으면서 그리스도교의 믿음·소망·사랑에 따라 세상을 살아가는 것이라고 한다. 그리고 인류를 현세의 행복으로 안내하는 것은 황제의 의무이고, 영원의 행복으로 인도하는 것은 교황의 의무라고 말한다.

이것은《신곡》의 중요한 장면에 나오는 이미지와 매우 흡사하다. 따라서 단테의 상상 속에서 나온 우의적寓意的 여행담은, 실제에 있어서는 구체적인 체험에서 얻은 진실을 의식적으로 표현했다고 볼 수 있다.

방탕한 생활, 이성과 덕이 부재한 생활을 나타내는 '어두운 숲'은 세 마리의 짐승에 의해 지배되고 있다. 여기서 세 마리의 짐승은 각각 표범, 사자, 늑대로 표범은 정욕을, 사자는 교만을, 늑대는 탐욕을 상징하고 있다. 그러나 베르길리우스에 의해 인도된 단테는 결국 이 숲 속에서 벗어나 지상 낙원에 이르게 된다. 이렇듯 탄탄한 구조와 내용 설정은 《신곡》의 난해함에도 불구하고 독자들에게 상당한 지적 호기심과 풍부한 감정을 유발시키는 힘을 갖는다.

즉, 신곡이 최고의 걸작으로 뽑히는 여러 이유 중 하나가 바로 이 빈틈없는 구성에 있다. 롱펠로는 이 장엄한 서사시를 완벽한 건축물에 비유했다. 이유는 이 작품에 형용사가 극도로 적고 묘사가 전부 동사로 되어 있기 때문이다. '단테는 그림을 그리지 않는다. 그는 조각 한다'라는 평도 바로 그와 같은 맥락이다.

또한 이탈리아어로 쓰인 이 책에 대해 당시 학자들은 이 서사시가 라틴어로 쓰였더라면 더 높은 평가를 받았으리라고 아쉬워했지만 그가 사용한《신곡》의 용어는 후에 이탈리아어의 기초가 되었다. 뿐만 아니라《신곡》은 문체상으로 보다 특별한 성취를 이루었다고 볼 수 있다. 이는 다름 아닌 지적 혁신으로 날카로운 인물 묘사를 들 수 있다. 또한 추상적인 사상들을 엄격한 운율의 형태 안에서 우아하고 신중하게 표현한 그만의 독창성도 빼놓을 수 없다.

그러나 무엇보다도 특수한 장면들을 은유나 비유, 혹은 직접 묘사 등으로 그려냄으로써 얻을 수 있는 지속적인 생동감이다. 이러한 생생한 표현기법으로 단테는 저승세계를 실제로 보는 것처럼 묘사했다. 또한 그 등장인물들의 운명에 비장감과 비애를 더해 주어 주제의 중후함을 손상하지 않고 독자들의 낭만적인 기대감을 충분히 만족시켜 주었다. 한마디로《신곡》은 단테의 시적 성취뿐만 아니라 그의 사상에 관한 작품이라고 할 수 있겠다.

《신곡》은 프톨레마이오스의 우주관, 토마스 아퀴나스의 신학, 스콜라 철학, 그리스 로마신화, 성서, 신비주의 등 폭넓은 내용을 담고 있다. 뿐만 아니라 중세 르네상스 문화의 선구적 요소라고 할 수 있는 낭만주의와 인간적 신뢰, 사랑을 바탕으로 한 이지적 비판의식 등이 나타나 있다.

또한 단테 자신의 말에서도 알 수 있듯이《신곡》은 현실 세계의 사물을 빌려 하느님의 존엄과 심판 그리고 사랑과 구원의 진리를 투영하고 있다. 특히 그 알레고리로써 현세의 인간들에게 하느님에게로 이르는 길을 제시해 주고 있다.

그러나 무엇보다《신곡》이 오늘날 여느 작품들과 차별될 수 있는 위대함은 이 작품이 단순히 인간의 죄에 대한 신의 처벌과 구원의 문제만을 다룬 것이 아니라 현세를 날카롭게 직시하는 사회 개혁적 내용을 저변에 깔고 있기 때문일 것이다.

바로 이런 점들이《신곡》을 오늘날까지 세계 문학의 최고봉으로 우뚝 서게 한 중요한 요소가 아닌가 생각한다.